도즈

도즈

이 나 경 장 편 소 설

차례

1장 사라졌다 나타나는 마술처럼 ·7

2장 비워 둔 방 ·53

3장 무언가 섞여 온 게 아닐까 ·77

4장 인간이 아니다 ·169

5장 절대로 갈 수 없는 곳 ·233

6장 내가 꾸는 꿈에 머물러 줘 ·313

작가의 말 ·333

프로듀서의 말 ·336

1장

사라졌다 나타나는
마술처럼

“웰컴 투 서울! 환영합니다!”

캡슐 커버가 열리자 밖에서 대기하고 있던 스태프가 활기차게 인사했다.

2호 캡슐의 탑승객은 고등학생쯤으로 보이는 앳된 얼굴의 청년이었다. 누운 채로 멍하니 지시를 기다리는 그에게 스태프가 다가왔다.

“혹시 불편하신 데는 없으신가요?”

“어…… 네. 괜찮아요.”

탑승객들은 간혹 멀미나 두통을 호소하기도 했지만 청년은 다소 얼빠진 듯한 표정을 짓는 것 외에 별달리 문제가 없어 보였다.

“좋습니다. 이제 일어나시고요, 두고 가시는 물건 없도록 꼼꼼히 확인 부탁드립니다.”

청년은 안내에 따라 시트에서 내려와 수하물 수납함에서 캐리어를 꺼냈다.

"바닥에 표시된 화살표를 따라가시면 입국 심사장이 나올 거예요. 거기서 입국 수속 밟으시면 됩니다."

"감사합니다."

청년은 주위를 둘러보았다. 스테이션의 풍경이 어쩐지 생경했다. 좁고 어두운 데 갇혀 있다가 훤히 트인 곳에 나와서 그렇게 느끼는지도 모르겠다. 아닌 게 아니라 공기도 신선하게 느껴졌다.

그는 화살표를 따라가는 대신 B구역 뒤편에 마련된 대기석으로 이동했다. 일행과 만나는 게 우선이었다. 그런데 대기석에는 온통 모르는 얼굴들뿐이었다. 다들 어디에 있지? 그는 빈자리에 앉아 캐리어에서 휴대폰을 꺼냈다. 어쨌든 전화 한 통이면 해결될 일이었다.

그때 누가 그의 어깨를 톡톡 두드렸다.

"익스큐즈 미. 한국인이시죠?"

고개를 드니 하늘색 유니폼을 입은 스태프가 서 있었다.

"실례지만 잠시 사무실로 같이 가 주시겠어요?"

"저요? 왜요?"

"탑승 정보에 관해 확인할 사항이 있어서요. 잠시만 시간을 내 주시면 됩니다."

심각한 문제는 아니라고 덧붙였지만 스태프도 자세한 내용은 모르는 눈치였다. 청년은 못 미더워하면서도 그를 뒤따랐다. 스태프는 청년을 B구역 관리자 사무실로 데려갔다.

사무실은 아담했다. 통유리창으로 B구역의 캡슐들이 한눈에 내려다보였고, 한쪽 벽에 설치된 대형 스크린에는 각 캡슐의 CCTV 영상이 분할되어 비쳤다. 직원은 한 명뿐으로, 필시 그가 관리자일 터였다. 무언가를 타이핑하고 있던 관리자가 청년을 향해 의자를 빙글 돌렸다.

"불편을 끼쳐 죄송합니다. B구역 매니저 홍순천입니다."

"무슨 일이죠? 혹시 제가 뭘 잘못했나요?"

"아뇨, 아닙니다. 저희 쪽 전산에 사소한 오류가 발생한 것 같아서요. 워낙에 컴퓨터가 오래돼서 가끔 말도 안 되는 말썽이 생기곤 합니다만⋯⋯. 성함이 어떻게 되시죠?"

"남희수예요."

"예, 남희수 씨. 간단히 말해 현재 남희수 씨의 탑승 정보가 누락된 상황입니다. 화면이 먹통이 된 적은 있어도 내용이 사라진 건 처음이라 솔직히 저도 당황스럽네요. 무임승차하셨을 리도 없는데 말이죠."

그가 곧바로 희수를 안심시켰다.

"하하, 농담입니다."

"오래 걸리나요? 밖에서 식구들이 기다리고 있어서요."

"네, 최대한 신속히 도와드리겠습니다. 빈칸만 다시 채우면 돼요. 먼저 탑승권을 좀 보여 주시겠어요?"

희수가 휴대폰 전원을 켜서 도즈 앱을 열었다. 그런데 화면에는 아무것도 나타나지 않았다. 네트워크 연결이 되지 않고 있었다. 다행히 사진 앨범에 미리 저장해 놓은 탑승권 이미지가 있었으므로 그는 그것을 열어 매니저에게 보여 주었다.

"뉴질랜드 타우랑가에 다녀오셨네요. 성명은 아까 말씀해 주셨고, 주민번호가…… 어?"

그가 갑자기 말을 멈췄다. 그의 손가락도 타이핑을 멈췄다.

"남희수……?"

"네?"

"남희수 씨라고 하셨죠?"

"네."

"죄송한데 탑승권 말고 신분증 좀 볼 수 있을까요? 여권이나 다른 증명서도 상관없어요."

매니저는 희수에게서 여권을 건네받더니 자못 심각한 표

정으로 그것을 노려보았다. 한 번씩 시선을 돌려 희수의 얼굴을 쳐다보기도 했다.

마침내 그가 입을 열었다.

"여기서 잠시만 기다려 주세요. 금방 돌아오겠습니다."

그는 대답을 듣지도 않고 사무실을 나갔다. 희수는 어안이 벙벙해 눈만 휘둥그레 뜨고 있었다. 사소한 오류 이상의 문제가 생긴 게 분명하다는 확신이 들 때쯤 매니저가 돌아왔다. 그는 건장한 체격의 보안검색요원 두 명과 함께였다.

"저기, 선생님께선 여기 이분들 따라가시면 됩니다."

"뭐가 잘못됐나요? 어디 가는데요?"

희수의 질문에 대답하는 대신 매니저는 보안검색요원들에게 손짓했다. 두 남자는 복도 끝에 있는 방으로 희수를 데려갔다. 이 과정이 강압적이진 않았으나 희수로서는 거부할 도리가 없는 것도 사실이었다. 관리자 사무실보다 더 협소한, 창문조차 없어서 어쩐지 취조실처럼 느껴지는 소회의실에 그는 다시 얼마간 방치되었다. 식구들에게 연락하려 했으나 여전히 휴대폰 신호가 잡히지 않았다.

이윽고 직책이 높아 보이는 중년 여성이 들어왔다. 그녀는 희수의 맞은편 자리에 앉더니 희수를 이리저리 훑어보았다.

"남희수 씨. 본인 맞습니까?"

"아까 탑승권이랑 여권 보여드렸어요. 왜 이런 데 가두시는 거죠? 탑승 정보가 누락돼서 그것만 전산에 입력하면 된다고 들었는데요. 전 아무 잘못도 안 했어요."

그녀가 어떻게 설명할지 한참 뜸을 들이다가 조심스럽게 운을 뗐다.

"이런 소식을 전하게 되어 유감입니다만 사고가 있었습니다."

* * *

여행은 우격다짐으로 추진됐다.

처음에 아버지가 여행 얘기를 꺼냈을 때 희수와 태하는 그것이 농담이라고 생각했다. 이제 곧 방학이고 새해가 밝을 텐데 어디 경치 좋은 데서 며칠 지내며 식구들 간에 단합을 도모하자는 얘기가, 다른 사람도 아니고 아버지의 입에서 나왔다는 사실을 선뜻 받아들이기 어려웠다.

그러나 아버지는 진지했고, 그 진지함은 결국 형제에게도 전해졌다.

"진짜로 가요?"

"어디 갈지는 너희끼리 정해라."

기나긴 토의를 거쳐 형제는 여행지를 결정했다. 곧 방학이 됐고 새해가 밝아 세 식구는 계획한 대로 여행을 떠났다. 목적지는 뉴질랜드의 항구도시인 타우랑가였다.

남반구는 여름이었다. 그들은 숙소에 짐을 대충 풀어 놓고 해변으로 나왔다. 아버지는 백사장에서 몇 걸음 걷다 말고 그늘로 피신했고, 희수와 태하는 곧장 바다로 뛰어들어 석양이 질 때까지 나오지 않았다.

이튿날의 일정도 첫째 날과 대체로 비슷해 그들은 작열하는 태양 아래서 이국의 풍광과 계절을 만끽했다. 저녁 무렵에 아버지가 형제를 불렀다.

"슬슬 식사하러 가자."

형제는 숙소로 가서 옷을 갈아입고 내려왔다. 그들은 곧 묘한 광경을 목격했다. 호텔 로비에서 기다리던 아버지가 웬 한국인 여자와 살갑게 대화를 나누고 있었다. 여자는 알록달록한 원피스 차림의 아주머니로, 분위기로 짐작하건대 두 사람은 서로 아는 사이인 듯했다. 모르긴 몰라도 초면은 절대 아닌 듯했다. 게다가 아주머니 옆에는 초등학생쯤 돼 보이는 여자아이가 꼭 붙어 있어 얼핏 보기에 셋은 마치 한 식구 같았다.

태하가 괜스레 목소리를 낮추었다.

"누구지?"

"글쎄."

희수가 엄지손가락을 잘근거렸다.

머뭇거리는 형제를 아버지가 발견했다.

"거기서 뭐 하고들 있니? 이리 와서 인사드려라. 이분은 그러니까…… 아버지 친구야."

"여자 친구요?"

희수가 묻자 아버지가 겸연쩍은 듯 시선을 피했다.

"뭐, 그렇게 부를 수도 있겠군."

"처음 뵙겠습니다. 저는 장남인 남희수라고 하고요, 이쪽은 둘째인 남태하입니다. 저는 올해 고3 올라가고, 태하는 중3 올라가요."

희수가 꾸벅 인사하자 태하도 얼결에 같이 허리를 굽혔다. 아주머니는 생글생글 웃는 인상이었다.

"반가워요. 아버님께 말씀 많이 들었어요. 아들들이 아주 듬직하네. 우리 아이는 손서림이라 하고, 이번에 초등학교 4학년이 돼요."

"말씀 편하게 하세요."

"여기서 이러지 말고 장소를 옮기지."

아버지가 어색하게 끼어들었다. 얼굴이 벌그레한 게 볕을 오래 쬐어서는 아닐 터였다.

그들은 호텔 인근의 중식당으로 이동했다. 요리를 앞에 두고도 대화가 끊이지 않았다. 주로 희수가 묻고 아주머니가 대답하는 식이었다.

아주머니는 경찰인데, 무슨 사기 사건의 수사와 관련해 아버지에게 도움을 받은 것이 인연이 됐다고 했다. 올해 마흔세 살이니까 아버지와는 일곱 살 차이였다. 아버지의 어떤 면을 보고 호감을 느꼈는지 당최 모를 일이었다. 원래는 서울에서 만나서 함께 오기로 했다가 급하게 처리할 일이 생겨서 하루 늦게 합류했다고 했다.

"여기 너무 좋아. 햇볕이 따뜻해."

"지금은 저녁이라 선선한데 낮에는 엄청 더워질 거야."

"그래도 난 좋아!"

딸인 서림은 아주머니를 닮아 생김새가 예쁘장하고 체구가 작은 편으로, 사랑받고 자란 티가 나는 생기발랄한 아이였다. 아버지와는 이미 만난 적이 있어서 그렇다 쳐도 초면인 희수와 태하 형제에게까지 스스럼없이 다가왔다.

분위기가 무르익을수록 형제는 자연히 깨달았다. 애초에 이번 여행은 아버지가 여자 친구를 소개할 목적으로 계획

했던 것임을, 단합이란 단지 세 식구에 한정된 얘기가 아니었음을 말이다.

그런데 사실 아버지의 계획은 그 이상이었다. 내내 뻣뻣하게 굴던 아버지가 식사를 마칠 즈음 부자연스러운 헛기침으로 시선을 집중시키더니 천천히 말을 꺼냈다.

"너희들만 괜찮으면 오는 봄쯤에 양쪽 살림을 합칠까 하는데."

둥그런 테이블이 일순 정적에 휩싸였다. 당황하여 빨개진 얼굴을 보건대 심지어 아주머니와도 조율이 안 된 이야기인 듯했다.

"재혼하시겠다는 말씀이세요?"

희수가 신중히 말을 골랐다.

"하겠다는 게 아니라 할까 한다는 말이지."

그게 뭐가 어떻게 다른지 각자 뉘앙스를 곱씹으며 갸웃거리는 사이 아버지가 슬그머니 계산대로 도망쳤다.

서림은 뭐가 그리 신나는지 저만치 앞서가는 아버지에게 달려가 조잘거렸고, 나머지 셋은 한참 뒤에서 나란히 밤거리를 걸었다.

희수가 물었다.

"아주머니도 재혼 생각 있으세요?"

"글쎄, 아버지가 말씀하신 것처럼 이런 일은 식구들 의견도 중요하기 때문에……."

"아주머니는 생각 있으신 거죠?"

아주머니가 잠시 망설이다가 솔직히 대답했다.

"응. 그래."

"그럼 됐네요. 가장 중요한 건 식구들이 아니라 두 분의 의견이니까요."

"그렇게 말해 줘서 고마워."

하지만 이러한 전개에 대해 모두가 호의적인 건 아니었다. 사실 호텔 로비에서부터 태하는 줄곧 기분이 가라앉은 상태였다. 오붓한 가족 여행에 불청객이 끼어들었으니, 또한 그 불청객이 아버지의 여자 친구이며 급기야 재혼 얘기까지 나왔으니 짜증이 날 만도 했다. 꿈만 같던 여행이 대번에 지리멸렬한 악몽이 돼 버린 셈이었다.

태하는 아버지가 야속했다. 속없이 비위나 맞춰 주는 형에게도 배신감을 느꼈다. 그러나 무엇보다 기분 나쁜 건 태하 자신도 아주머니가 내심 마음에 들었다는 사실이었다. 그러면 안 되는 거였다.

아주머니가 부드러우면서도 힘 있는 목소리로 말했다.

"희수야, 태하야. 오늘 뜻하지 않게 진도가 한 번에 너무 많이 나갔는데, 당장은 우리끼리 서로 알아가는 게 우선인 것 같아. 게다가 모처럼 여행도 왔으니 골치 아픈 생각은 나중으로 미뤄 두고 여기서는 그냥 즐거운 추억 만드는 데만 집중하자. 아이스크림 어때?"

"좋아요."

희수가 대답했다. 아주머니가 이번엔 태하에게 물었다.

"태하도 같이 갈래? 아니면 사다 줄까?"

하마터면 대답할 뻔했다. 태하는 마음을 굳게 다잡았다.

"저는 됐어요."

그는 형에게 키를 받아 혼자 호텔로 돌아갔다.

다음 날에도 태하는 이런저런 핑계를 대며 겉돌았다. 여럿이 함께하는 일정에 건성으로 참여하거나 아예 불참했다. 물놀이는 시들해졌고 식사 자리는 가시방석이었다. 시간이 멈춘 것처럼 더디 흘렀다.

반면 나머지 식구들은 금세 가까워졌다. 형은 아주머니와 대화거리가 끊이지 않았고, 꼬맹이는 아버지와 형 곁에서 시종일관 까불었다.

"오빠도 같이 가자. 응?"

서림은 태하에게도 몇 번이나 손길을 내밀었다. 식구들도 각자의 방식으로 태하의 관심을 돌리려 애썼다. 그러나 그는 그것들을 번번이 거부했다. 억지로 비위를 맞추느니 차라리 외톨이가 되기를 택했다.

어느새 여행 마지막 밤이 됐다. 희수는 침대에 누워 휴대폰 화면만 들여다보는 태하를 일으켰다.

"잠깐 바람 좀 쐬고 오자."

"형이나 갔다 와. 난 쉴래."

"네가 솔깃할 얘기가 있는데 오늘이 아니면 안 할 거야. 그래도 싫다면 강요는 안 할게."

태하가 인상을 찌푸렸다.

"아, 뭔데."

호텔 앞 망가누이 해변엔 드문드문 사람들이 있었다. 희수와 태하는 데크를 따라 걷다가 한적한 곳에서 멈추었다. 하늘엔 별이 촘촘히 박혀 있었고 파도는 잔잔했다.

"나오길 잘했지?"

"할 말이 뭐야?"

"먼저, 아주머니랑 서림이한테 너무 매몰차게 굴지 마. 나도 그렇지만 두 사람도 많이 노력하고 있어."

"형은 어떻게 그럴 수 있어?"

태하가 섭섭함을 토로했다.

"아버지 진짜 재혼하시게 놔둘 거야? 엄마한테 미안하지도 않아?"

어머니는 4년 전에 돌아가셨다. 오랫동안 지병을 앓았던 터라 마음의 준비는 했었지만 그래도 식구들은 상심이 컸다.

희수가 말했다.

"알아. 네가 그렇게 생각하는 것도 충분히 이해해. 하지만 엄마한테 미안해할 일이 아니야. 엄마를 배신하는 게 아니라고."

"당연히 배신이지! 그 아주머니가 엄마 자리를 차지하는 건데."

"그게 차지하겠다고 차지해져? 우리 엄마가 엄마가 아니게 되냐고. 아주머니도 우리 엄마를 대신할 생각 없으셔. 그 냥 우리랑 한 식구가 되는 것뿐이야. 한집에서 같이 사는 거 말이야. 그 이상으로 의미 부여할 필요도 없고 이유도 없어."

"아무리 그래도……."

"내 얘기 들어 봐."

희수가 태하의 말을 잘랐다.

"솔깃할 얘기가 있다고 했지? 나 올해 수능 보잖아. 지금 성적만 유지해도 내가 원하는 대학에 가는 덴 문제 없어. 그런데 그 학교가 집에서 다니기엔 꽤 멀 거란 말이지. 그럼 어떻게 될까?"

"기숙사에 가겠지."

"자취할 거야. 그러면 그때 너도 데려가 줄게."

헉, 태하가 숨을 들이켰다.

"나도?"

"둘이 따로 살자. 그러니까 새 식구들이랑 어색하고 껄끄러워도 1년만 참고 지내. 엄마도 네가 항상 웃고 살길 바라시지, 멀리 여행 와서까지 방구석에 틀어박혀 있으면 마음이 안 좋으실걸? 그러니까 고민은 이걸로 끝."

문득 태하는 어쩐지 엄마가 형의 입을 빌려 말하고 있다는 생각이 들었다. 태하가 아버지를 닮았다면 희수는 엄마를 빼닮았다. 얼굴만 그런 게 아니라 성격도 그랬다. 그런 형이 괜찮다고 하니 정말로 괜찮을지 모른다.

태하가 곧 마음을 정했다.

"대신에 방은 따로 쓸 거야."

✳ ✳ ✳

아침부터 기운차게 깡충거리던 서림은 로비에서 태하를 발견하고는 멈칫했다. 그간 먼저 다가갈 때마다 철저히 무시당한 학습의 결과로 이제는 거리를 두고 눈치를 살피는 것이었다.

그런데 이번엔 달랐다. 태하가 먼저 인사했다.

"굿모닝."

어색하고 무뚝뚝한 인사를 받은 서림은 마치 말하는 고릴라라도 본 것처럼 화들짝 놀랐다. 인간의 언어를 구사하리라고는 감히 상상도 못 했다는 표정이었다. 태하가 다가가자 서림은 옴씰옴씰 뒷걸음쳐서는 그대로 엄마 뒤에 숨어 고개만 빼꼼 내밀었다.

"이거 네 거지?"

태하가 내민 손에는 낯익은 물건이 있었다. 전날 잃어버린 너구리 인형이었다.

"어?"

"이거 네 거 맞지? 엘리베이터 앞에 떨어져 있더라."

"썬구리야."

"썬구리가 얘 이름이야?"

"응!"

서림이 신나서 설명했다. 〈스파이 애니멀〉이라는 만화에 등장하는 동물 캐릭터 인형으로 선글라스를 쓰고 있어서 썬구리라고 했다. 너구리 캐릭터에 얽힌 사연을 한참 들려주던 서림은 대뜸 감사를 표했다.

"찾아 줘서 고마워, 오빠."

·이 일을 계기로 서림은 태하에게 완전히 마음을 열었다. 태하도 자신을 졸졸 따라다니는 동생에게 그가 지닌 품성 이상의 상냥함을 발휘하려 애썼다. 그 결과 오후 무렵엔 둘이서 대화하는 데 전혀 어색함을 느끼지 않게 되었다.

부모들도 흡족해했다. 이번 여행에선 아이들끼리 서로 가까워진 것만으로도 큰 수확이었다. 중식당에서의 폭탄 발언 이후로 아무도 재혼에 관해 언급하지 않았지만 다들 어렴풋이 예감하고 있었다. 가까운 시기에, 어쩌면 정말로 봄이 오기 전에 두 식구가 살림을 합칠지도 모르겠다고.

노을이 질 무렵에 그들은 타우랑가 공항으로 이동했다. 구름 사이로 비행기가 나는 걸 서림이 신기하게 올려다봤다.

"비행기다. 저거 타고 집에 가려면 얼마나 걸릴까?"

"글쎄? 한 여섯 시간쯤?"

태하가 대답했다.

"최소 열한 시간은 걸린대. 그것도 직항일 때 얘기고, 중간에 어디 경유하면 열네다섯 시간쯤 걸려."

희수가 정정했다. 그도 휴대폰으로 검색해 보고 안 사실이었다.

"말도 안 돼. 그럼 점심에 출발하면 새벽에 도착하겠네?"

아주머니도 슬쩍 끼었다.

"예전엔 다들 그렇게 다녔어. 더 옛날엔 배로 가느라 몇 달씩 걸리기도 했고. 엄마가 보기엔 지금이 더 말이 안 돼. 세상이 진짜 좋아졌어."

그들이 이용하는 것은 항공기가 아니라 차세대 교통수단 인 '도즈(Doze)'였다. 도즈는 일립시스(EllipSys)사에서 개발 한 텔레포트 캡슐이다.

도즈의 이용 요금은 전 세계 어디든 99달러로 동일하다. 전송 시작부터 완료까지 20분이 채 걸리지 않으며, 탑승 시 각이 지정되어 있지 않아 24시간 아무 때나 자유롭게 이용 할 수 있다. 특히 기상 등 각종 요인으로 인한 지연, 연착 및 취소의 부담이 없는 것도 장점으로 꼽힌다.

도즈는 오랜 시범 운영 기간을 거쳐 3년 전에 처음으로 상용화되었다. 이후 이용객의 수가 폭발적으로 늘어나면서 스테이션도 대거 증설되었다. 이에 따라 지구 전역이 말 그 대로 1일 생활권이 되었다. 부산에서 눈을 떠서 뉴욕에서 브런치를 먹고 오후에 파리의 샹젤리제 거리를 거닐다가 밤에는 아이슬란드에서 오로라를 감상하는 식의 하루짜리 여행이 가능해진 것이다. 소셜 미디어에선 하루에 10개국 의 랜드마크를 배경으로 인증 영상을 올리는 챌린지가 유행하기도 했다.

도즈는 장거리를 이동할수록, 체류 기간이 짧을수록 더 유용하다. 그러나 워낙에 편의성과 접근성이 탁월해 단거리의 국내 여행에서도 도즈가 다른 교통수단을 점차 대체하는 추세다. 여행은 그 과정까지 전부 포함하는 것이라지만 도즈의 등장 이후로 그것도 옛말이 됐다.

타우랑가 스테이션이 그러하듯 도즈 스테이션은 대개 기존의 공항에 별관으로 부설되어 있다. 그러나 대도시나 유명 관광지에는 도심에 단독으로 설치되어 있고, 심지어 어떤 지역에는 두 개 이상 설치되기도 했다. 서울 스테이션은 인천공항 스테이션과 별도로 삼성역 인근의 40층짜리 빌딩에 위치해 있다.

희수와 태하 형제는 이번 여행에서 처음으로 도즈를 이용했다. 경험이 없는 탑승객들이 으레 그러하듯 그들도 한국을 떠날 적에는 꽤 불안해했었다. 인터넷에서 도즈에 관한 괴담을 읽었기 때문이었다.

그에 따르면 누구는 전송되는 도중에 문제가 생겨 기계에 반쯤 파묻힌 상태로 발견됐다고도 하고, 또 누구는 곤죽처럼 흐물거리는 상태로 목적지에 도착했다고도 한다. 캡슐이 닫히기 직전에 파리 한 마리가 날아 들어와 두 생명체가 동시에 전송된 결과 처참한 몰골의 파리 인간으로 합성되었 다는 글도 있었다.

"그 파리 인간이니 뭐니 하는 건 옛날에 나온 영화 얘기 야. 다른 것들도 죄다 헛소문이니 신경 쓰지 마라."

형제의 이야기를 잠자코 듣던 아버지가 일축했다. 애석하 게도 그다지 권위 있는 발언은 아니었다. 아버지 역시 경험 이 없기는 마찬가지였으니까.

서울에서 출발할 때만 해도 형제는 기대 반 걱정 반이었 다. 그런데 막상 캡슐에 탑승하고부터는 그런 걸 생각할 여 유가 별로 없었다.

캡슐에 각각 탑승한 형제는 스태프가 안내하는 대로 캐리 어를 수납함에 넣고 시트에 누웠다. 스태프는 탑승객의 안 전벨트를 체결한 뒤 캡슐 바깥에서 커버를 닫았다. 이내 조 명이 꺼졌고, 동시에 외부와 차단됐음을 알리는 전자음이 들렸다. 이어서 웅웅거리는 소리가 나더니 진동도 미세하게 느껴졌다. 그렇게 전송이 시작됐다.

여유는 바로 이때뿐이었다. 기대든 걱정이든 할 수 있었 으나 둘 다 하기엔 시간이 부족했다. 암흑 속에서 섬뜩한 망 상을 제대로 펼치기도 전에 그들은 까무룩 잠이 들었고, 정 신을 차렸을 땐 벌써 타우랑가 쪽의 캡슐에 도착한 뒤였다.

커버가 열리자 느껴지는 공기부터 달랐다. 그들은 여름에 와 있었다.

"형도 기절했어?"

"너도?"

희수와 태하는 서로 머쓱하게 바라보았다. 아버지도 잠이 들었었다고 했다.

스테이션에 비치된 팸플릿에 따르면 전송 중에 깜빡 정신을 잃는 것은 자연스러운 현상이며, 애초에 '도즈'라고 이름 붙인 것도 그 때문이라고 한다.

이렇듯 전송을 한 차례 경험한 덕에 타우랑가에서 서울로 돌아가는 스테이션에서 그들은 마음이 한결 느긋했다. 적어도 괴담에 대해선 더 이상 신경 쓰지 않게 됐다. 전송은 두려운 게 아니라 신기한 거였다. 사라졌다 나타나는 마술처럼, 어쩌면 죽었다 되살아나는 마법처럼.

희수 일행은 엑스레이 검색대를 통과해 출국장에 들어왔다. 푸드 코트에서 배를 채우고 면세점도 구경했더니 시간이 꽤 지체돼 있었다.

"슬슬 갈까? 서울 도착해서 집까지 가는 시간도 생각해야지."

"돌아가려니 아쉽다."

"다음에 꼭 다시 오자."

일요일 밤이라 출국장은 귀국하는 여행객들로 북적거렸다. 일행은 상대적으로 한산한 E구역으로 갔다. 그들은 번호표를 뽑고 대기석에 앉아 순번을 기다렸다.

각 구역엔 도즈 캡슐이 열두 대씩 비치되어 있고, 캡슐마다 담당 스태프가 배정되어 있었다.

"굿바이! 카 키테 아노!"

스태프들은 캡슐 커버를 닫기 전에 꼭 그렇게 말했다. 이를 지켜본 서림이 신기한 듯 발음을 따라해 보았다.

"뭐라고 하는 거지? 카 키테 아노?"

"여기 원주민인 마오리족이 쓰는 언어야. 탑승객이 내릴 때는 '하에레 마이'라고 하지? 그건 환영한다는 뜻이고 '카 키테 아노'는 다시 만나자는 뜻이래."

희수가 설명했다. 팸플릿에 나와 있는 내용이었다.

순번이 가까워졌을 무렵 갑자기 태하가 눈치를 보며 자리에서 엉거주춤 일어섰다.

"응? 벌써 차례가 됐어?"

"아니, 아직이긴 한데……."

잠깐 어디 좀 다녀오겠다며, 금방 따라갈 테니 먼저 서울에 가 있으라며 태하는 슬금슬금 뒤로 물러났다.

"야, 태하야. 기다려."

희수가 재빨리 그 뒤를 따라갔다. 다른 식구들을 돌아보며 방금 들은 말을 고스란히 읊었다. 태하 데리고 금방 따라갈 테니 먼저 서울에 가 계시라고.

때마침 전광판에 아버지의 대기 번호가 표시됐다.

"뭐, 데려온다니까 괜찮겠지. 우리는 서울에서 기다립시다. 내가 가서 기다릴 테니 서림이부터 태워 보내요."

잠시 망설이던 아버지는 그렇게 말하곤 캡슐 쪽으로 걸어갔다. 아주머니도 서림도 곧 자기 순번이 되어 캡슐에 탑승했다.

한편 희수에게 덜미를 잡힌 태하는 억지웃음을 지으며 난처해했다.

"어디 가는데? 너 또 뭐 잃어버렸지?"

"그냥 배 아파서 화장실 가려는 거야. 나는 느긋하게 볼일 보고 갈 테니까 형은 얼른 다시 돌아가. 형 차례 다 됐겠다."

"이미 늦었어. 화장실 갔다 와. 앞에서 기다리고 있을게."

"하……."

뒤통수를 벅벅 긁던 태하는 마지못해 사실대로 털어놓았다. 실은 기념품 가게에서 인형 하나를 사려 한다고.

"오마귀라는 녀석이야. 까마귀인데 깃털이 오렌지색이라

오마귀야. 썬구리랑은 원래 숙적이었는데 무슨 사건을 계기로 둘도 없는 절친이 됐대."

"서림이랑 얼마나 붙어 다녔다고 고새 인형 박사가 다 됐네. 〈스파이 애니멀〉 인형도 모으려고?"

"그런 게 아니라 아까 가게에 갔을 때 서림이가 그걸 만지작거리더라고. 처음엔 그냥 지나쳤는데 그 모습이 자꾸 마음에 걸려서. 나중에 후회할 바엔 지금 하나 사 줄까 했지."

희수는 놀란 눈치였다.

"대견한 생각이긴 한데, 그러니까 나만 빼놓고 치사하게 혼자서 점수 따려고 했다는 거네?"

"형만 뺐다기보다는, 그 뭐냐, 빼도 되지 않을까 했다는 말이지."

태하가 아버지의 말투를 흉내 내더니 한마디 덧붙였다.

"그리고 진짜로 배가 아프기도 하고."

"알았으니까 방귀 그만 뀌고 얼른 갔다 와."

여동생에게 줄 선물을 잔뜩 산 형제는 다시 대기석으로 갔다. 식구들이 떠난 시간보다 30분가량 지체됐다. 잠시 기다리니 둘의 대기 번호가 거의 동시에 전광판에 떴다.

"이번에도 동시에 도착하겠다. 혹시 또 뭐 잊은 거 없나 잘 생각해 봐. 내 선물이라든지."

"없어. 아까 뭐라고 했더라? 카 키테 아노!"

형제는 각자 캡슐에 탑승해 시트에 누웠다.

캡슐은 좁고 어둡고 꽉 막혀 있었다. 희수는 자기가 꼭 관에 누워 있는 것 같다고 생각했다. 이미 많은 사람들이 그렇게 생각했다. 캡슐은 관으로, 전송은 죽음으로 흔히 비유되곤 했다.

생각은 곧 어머니에 관한 것으로 옮겨 갔다. 어머니와 함께 타우랑가에 왔으면 좋았겠다고 생각했다. 그때는 도즈가 없었으니 항공기로 왕복해야 했겠지만. 병약한 어머니가 그걸 견딜 수 있을지는 차치하고, 이동하느라 고스란히 하루를 날리는 호사스러운 여행이 됐겠지만 그래도 그만한 가치가 있었을 것이다.

희수는 어머니가 건강하던 시절을 떠올리려 애썼다. 하지만 그의 기억엔 어쩐지 앙상하게 뼈만 남은 모습이 또렷했다. 푸석푸석한 머리칼과 메마른 피부, 갈라진 입술밖에 생각이 안 났다. 그리고 이 말도.

"희수야, 사랑해. 동생 잘 돌봐 줘."

"그럴게. 나도 사랑해, 엄마. 세상 누구보다 더 사랑해."

어머니가 숨을 거두었을 때 희수도 그 자리에 있었다. 평온한 모습이 마치 잠이 든 것 같았다. 그날 어머니도 어디론가 전송됐다면, 거기서 행복하게 지내고 있다면 참 좋을 텐데.

불현듯 그는 오한을 느꼈다. 그러고 보니 한국은 지금 한 겨울이었지, 희수는 생각했다. 서림이네랑 헤어지기 전에 붕어빵 하나씩 먹자고 할까? 웅웅웅, 미세한 진동이 느껴졌다. 정신을 잃을 때까지 그는 붕어빵 파는 노점을 어디서 봤는지 기억해 내려 했다.

한편 태하는 탑승 시트에 누우면서 만반의 각오를 다졌다.

알려진 바에 따르면 도즈의 전송이란 캡슐 내부의 물질을 원자 수준으로 해체해 그것을 동기화된 다른 캡슐로 이동시켜 재구축하는 것이다. 이때 육신이 해체됨에 따라 의식 역시 불가피하게 끊어지는데, 일립시스사에서는 이를 두고 잠이 들었다고 표현했다. 엄밀히 따지면 잠드는 것과는 구별해야겠으나 이른바 마케팅적 허용인 셈이었다.

그런데 만약 전송 중에도 의식을 붙들고 있다면? 잠들지 않고 어떻게든 버텨 낸다면? 그럼 무슨 일이 벌어질까?

실제로 인터넷 커뮤니티나 소셜 미디어에는 해체와 조립이 진행되는 동안 의식을 잃지 않고 기존의 정신을 그대로 유지했다고 주장하는 사람들이 더러 있었다. 그들의 증언은 대체로 비슷했다. 그것은 환각 상태와 유사하며 자신과 우주가 하나가 되는 황홀한 체험이었다고 한다. 과거와 현재와 미래가 동시에 존재했고, 환상과 실재는 구분되지 않았으며, 일부는 전체이고 전체는 일부였다고 한다. 물론 아무도 그걸 증명할 수 없었다.

이것은 태하의 호승심을 자극했다. 전송 중에 잠들지 않는다고 해서 무슨 보상이 주어지는 건 아니었다. 오히려 일련의 전송 과정에 해로운 영향을 끼칠 위험이 다분했다. 그럼에도 태하는 깨어 있기로 결심했다. 사람들의 경험담이 참인지 거짓인지 판단하려면 직접 겪어 보는 수밖에 없었다. 별로 어려운 일도 아니었다. 그냥 잠만 안 자면 되는 것이다.

물론 바로 그 '잠만 안 자면 되는' 부분이 사실은 대단히 어려웠다.

태하가 검색해 보니 탑승객이 의식을 잃는 원인으로 크게 두 가지 가능성이 꼽혔다. 하나는 해체 과정이 진행됨에 따라 자연히 의식이 끊어진다는 것이고, 다른 하나는 모종의 사유로 인해 탑승객을 먼저 잠재우고서 해체 과정을 진행한다는 것이었다. 일립시스 측에서는 별다른 조치가 없어도 탑승객은 자연히 의식을 잃으나 순조로운 전송을 위해 캡슐 내부적으로도 적절한 환경을 조성한다는 식으로 두루뭉술하게 설명한 바 있었다. 기필코 재우고야 말겠다는 의지의 천명이었다.

말하자면 이것은 재우겠다는 의지와 그에 저항해 깨어 있겠다는 의지의 대결이었다. 첫 전송 때는 경황이 없었던 탓에 기절했다지만 태하는 불굴의 의지의 소유자로서 연달아 굴욕을 당할 순 없었다.

그는 시트에 눕기 직전에 허벅지를 세게 꼬집었다. 어금니로 혀도 잘근잘근 씹었다. 속으로 곱셈 구구를 불경처럼 외기도 했다. 칠사이십팔, 칠오삼십오, 칠육사십이, 칠칠…….

이윽고 전송이 시작됐다.

동시에 태하의 의식도 흐릿해졌다.

* * *

"사고라뇨……?"

희수의 목소리가 떨렸다.

여자는 물통에 손을 뻗어 희수 앞에 놓인 유리잔에 물을 따라 주었다. 마침 갈증이 나던 터라 희수는 그것을 단숨에 들이켰다.

여자가 신중히 운을 뗐다.

"이미 알고 계실지도 모르겠는데, 도즈 캡슐에서 사고가 발생할 확률은 40억 분의 1이에요. 도즈 이전에는 가장 안전한 교통수단이 항공기였어요. 항공기 추락 사고는 대형 참사로 이어지게 마련이라 사전에 철저히 대비했거든요. 그래도 사고를 완전히 막진 못했지요. 원인은 다양했어요. 기체에 결함이 생기거나 조류와 충돌하거나 테러를 당하거나…… . 아무튼 그럴 때마다 다수의 사상자가 나왔지요."

그녀가 안경을 콧등 위로 치켰다.

"바로 이 점에서 도즈는 혁신적입니다. 사고 발생 확률도 지극히 낮거니와, 설령 최악의 경우에도 피해는 오로지 탑승객 개인에 국한되지요. 어쨌거나 캡슐은 1인승이니까요."

"그래서요?"

"저희 일립시스에선 사고 가능성을 줄이기 위해 자원을 아끼지 않고 있습니다. 그런데 아무리 연구를 하고 시스템을 개선해도 발생 확률은 비슷한 수준을 유지하고 있어요. 솔직히 말씀드리면 오작동이 발생하는 원인도 아직 제대로 파악이 안 되고 있어요. 과연 오작동이 맞는지조차 불분명한 실정이에요. 이 점은 정말 면목이 없습니다."

똑똑. 밖에서 누가 여자를 호출했다.

"잠시만 실례하겠습니다."

여자가 나가자 희수는 얼른 휴대폰을 꺼내 신호를 확인했다. 아직도 먹통이었다.

"진짜 어떻게 된 거야……."

도즈 캡슐에서 일어나는 사고가 어떤 것인지는 희수도 알고 있었다. 그것은 참담 그 자체였다. 출발지에서 전송한 캡슐이 통째로 어디론가 증발해 버린다는 얘기다. 인터넷에 떠도는 괴담 같은 게 아니라 실제로 발생한 사건이었다.

여자는 그런 일이 희수의 가족에게 일어났다고 말하고 있었다. 아니, 아직 말하진 않았지만 맥락으로 보건대 그것은 기정사실이었다.

여자가 돌아왔다.

"죄송합니다. 본사에서 연락이 왔는데 통화가 조금 길어졌네요."

"그런 건 됐고요, 40억 분의 1의 확률로 일어나는 그 사고가 저희 가족한테 일어났다는 거잖아요. 알려 주세요. 누구예요?"

그녀가 희수를 진정시켰다.

"자, 말씀드릴 테니 부디 흥분을 가라앉히시고요. 제가 빙

빙 에둘러 말하는 건, 솔직히 저희도 이 일을 어떻게 전해야 할시 난감해서 그렇습니다."

"우리 태하예요? 저랑 같이 출발했는데 왜 도착을 안 했죠? 그리고 다른 식구들은 왜 못 만나게 하시는 거예요? 아버지는 어디 계세요?"

"남희수 씨."

여자가 한숨을 내쉬었다.

"유감입니다만 사고를 당한 건 남희수 씨였어요."

* * *

정신이 들었을 때는 이미 주위가 환했다. 순간적으로 태하는 어리둥절했다. 여기가 어디지? 젠장, 도착했구나……. 속이 메스꺼웠으나 뭔가를 게워 낼 정도는 아니었다. 그보다는 이번에도 잠들어 버렸다는 패배감에 입맛이 썼다.

캡슐 커버가 열리자 서늘한 냉기가 침투했다.

"웰컴 투 서울! 환영합니다!"

스태프의 환영 인사를 들으니 비로소 도착했다는 실감이 났다.

그가 캡슐에서 나오자 멀리 대기석에서 그를 부르는 소리가 들렸다. 아주머니와 서림이 오라고 손짓했다. 아버지도 옆에 있었다.

"갑자기 어디 갔다 온 거냐? 도대체 언제 오나 했다."

"금방 왔잖아요. 잠깐 볼일이 있어서."

태하가 곁눈으로 서림의 눈치를 살폈다. 선물을 전달할 적당한 타이밍이 있을 터였다. 지금은 아니고.

태하가 서림에게 말했다.

"붕어빵 좋아해? 이따 나가서 붕어빵 사 먹자. 지하철역으로 이어지는 통로에서 파는 것 봤어."

"그러면 나는 슈크림. 팥은 이에 껴서 별로야."

"오케이, 접수."

그가 다시 아버지에게 다가갔다.

"어우, 따뜻한 나라에 있다 와서 그런지 썰렁하네. 나만 춥나?"

"겉옷 보관함이 입국장 밖에 있으니까 너희 형 오면 바로 나가자."

아주머니가 물었다.

"태하야, 형은 나중에 출발했니?"

"아뇨, 같이 출발했으니까 금방 올 거예요."

아니었다. 서림이 재잘대다 지쳐 잠들었어도, 아주머니가 직장 때문에 어쩔 수 없이 떠나갔어도, 아버지와 태하가 몇 날 며칠을 교대해 가며 대기석에 앉아 망부석처럼 기다렸어도, 형은 돌아오지 않았다.

도즈가 상용화된 이래로 해외에서는 몇 건의 실종 사고가 있었다. 국내에선 남희수가 최초의 사례로 기록됐다.

일립시스 측에선 실종 180일째에 남희수의 유족에게 100만 달러의 위로금을 전달했다. 로또 복권 1등의 실수령액과 엇비슷한 수준으로 성의를 보인 것이었다. 그들은 현재 사고 원인에 대해 파악 중이고 실종자의 생환을 위해 모든 노력을 기울이고 있다면서도, 다만 사고가 발생할 가능성에 대해선 탑승 시에 분명히 고지한바 100만 달러는 배상금이 아니라 순전히 선의에 따른 위로금임을 강조했다. 자기네들에겐 책임이 없다는 것이었다.

TV에서는 법률 전문가들이 원탁에 둘러앉아 해외 사례를 대충 들먹이며 도즈 캡슐의 전송 중 발생한 사고로 말미암은 실종은 비행기 추락이나 선박 침몰 등 중대한 재난에 휘말린 후 실종된 경우인 특별 실종으로 취급하는 것이 타당하다고 입을 모았다.

이에 따라 사고가 발생한 지 1년이 경과했을 때, 즉 식구들이 타우랑가 여행에서 돌아온 지 1년이 됐을 때, 법원은 검찰의 신속한 청구에 의해 반년의 공시 최고 기간을 거쳐 남희수가 실종되었음을 선고했다. 이로써 남희수는 법률적으로 사망자가 되었다. 실제로는 죽었는지 살았는지 아무도 알지 못했다. 작은 흔적조차 찾지 못했다.

일립시스는 말뿐이었다. 아버지와 태하가 보기엔 그랬다. 무슨 노력을 기울이고 있는지, 성과가 있다면 어느 정도인지, 뭔가 알아낼 기미라도 있는지, 사측은 일절 내보이지 않았다. 몇 차례의 항의에도 담당자는 그저 최선을 다하고 있다고만 기계적으로 응답할 뿐이었다.

아버지는 일립시스 한국 지사가 있는 삼성역 도즈 타워 앞에서 원인 규명을 촉구하는 1인 시위를 시작했다. 태하도 아버지와 교대로 피켓을 들었다.

처음엔 이들을 동정하는 목소리가 컸다. 그런데 시간이 흐를수록 여론이 바뀌었다. 유족이 위로금을 더 받아 내려고 쇼한다는 말은 예사로 나왔고, 교통사고로 하루에 여덟 명꼴로 죽는데 저들만 유난 부린다는 얘기도 있었다. 요컨대 지겹다는 거였다. 남희수가 실종된 데에는 솔직히 본인의 책임도 클 거라고 지적하는 사람도 있었다. 소위 인플루언서라는 인간이 자기 개인 채널에서 말한 내용으로, 그냥 스태프가 시키는 대로 얌전히 있었으면 아무 일도 없었을

거라며 전송 중에 무슨 난잡하고 외설적인 행위를 했길래
멀쩡한 기계가 오류를 일으켰냐는 것이었다. 이를 계기로
인터넷에는 온갖 거짓 뉴스 기사와 커뮤니티 게시글이 빗
발쳤으며, 심지어 아버지와 태하를 찾아와 면전에서 그들을
조롱하는 1인 크리에이터도 있었다.

그러는 동안에도 희수는 돌아오지 않았다.

대중의 관심은 금세 시들었다. 사람들은 이제 다른 자극
적인 이슈에 눈길을 돌렸다. 불행은 어디에나 있었고 조롱
거리들도 넘쳐 났다. 식구들의 마음은 황폐해진 지 오래였
다. 심신이 쇠약해진 아버지는 법원이 실종 선고를 내린 것
을 계기로 시위를 그만두기로 결심했다. 이대로 희수를 잊
자는 게 아니라고, 오히려 더 오래 기억하기 위해서 한발 물
러나는 거라고, 대신에 희수의 몫까지 더 열심히 살자고 아
버지는 태하에게 권유했다.

태하는 아버지와 입장이 달랐다. 그는 죄책감에 시달리고
있었다. 만약 그날 기념품 가게에 가지 않았더라면, 예정대
로 캡슐을 탔더라면 사고를 피했을 것이다. 심지어 탑승을
앞두고 그는 형과 장난을 치다가 서로 대기 번호표를 바꾸
기까지 했다. 즉 원래대로라면 형이 아니라 태하가 사고를
당했어야 했다. 둘 중 하나가 사라져야 한다면 그건 자신이

어야 했다.

그러므로 시위를 멈추자는 말에는 절대로 동의할 수 없었다. 아버지가 그만두는 건 수긍할 수 있었다. 일립시스를 상대로 시위하는 동안 정말로 건강이 많이 상했으니까. 그렇다고 태하까지 멈추는 일은 없을 거라고 단언했다. 그는 혼자서 시위를 이어 나갔다.

한편 당초 계획보다 시기가 한참 미뤄지긴 했지만 아버지는 아주머니와 재혼했다. 한 가족이 완전히 망가지고 나서야 새 가족이 탄생했다. 새로운 가족은 안정적이었다. 식구들은 점차 일상을 회복했고 서서히 웃음을 되찾았다.

망가진 가족의 일원으로서 태하는 그 모습을 도저히 견딜 수 없었다. 아주머니와 여동생이 어머니와 형의 자리를 차지해서가 아니었다. 그것은 대신하겠다고 해서 대신할 수 있는 자리가 아니니까.

태하가 못마땅하게 여기는 건 아버지뿐이었다. 언제부턴가 그는 아버지가 형에 관해 이야기하기를 꺼린다는 걸 깨달았다. 어쩌면 아버지는 엄마도 형도 모두 잊고서 다시 시작하기로 했을까? 혹시 내 존재가 아버지의 새로운 인생에 걸림돌이 되는 걸까? 그렇지 않다는 걸 머리로는 알지만 심정적으로 거부감이 느껴졌다. 새 가족은 더할 나위 없이 화목했다. 실종된 형을 놓지 못하는 태하는 여기에 속할 자격이 없었다.

시간이 흐를수록 태하와 아버지의 관계는 멀어지기만 했다. 아버지는 아버지대로 태하가 털고 일어서기를 바랐고, 태하는 태하대로 아버지가 너무 행복해하지 않기를 바랐다. 그는 아버지와 마주치기 싫어 점차 방에 틀어박혔다. 아버지에 대해서보다 어머니와 형에 대해 생각할 때가 더 많았다.

오래지 않아 태하는 아버지와도 이별했다. 아버지는 수면 중에 돌아가셨다. 심장마비라고 했다.

이제 태하는 혼자 남겨졌다. 물론 그것은 착각이었다. 새어머니와 서림은 그를 언제나 한 가족으로 대했다. 하지만 태하는 더 신세 질 마음이 없었다. 어차피 언젠가는 따로 살 계획이었고, 이제 그 시기가 되었다고 판단했다. 그는 고등학교를 졸업하자마자 집을 나왔다.

이 모든 일을 겪는 동안에도 여전히 희수는 돌아오지 않았다.

태하는 형의 죽음을 한순간도 인정하지 않았다. 그랬던

그도 어느 순간부터는 형이 돌아올 거라는 기대를 접었다.

그가 1인 시위를 통해 목이 쉬도록 부르짖은 주장은 당장에 실종자를 찾아내라는 게 아니었다. 돈을 더 내놓으라는 건 더더욱 아니었다. 어째서 사고가 일어났는지, 돌아오지 않은 사람들이 어떻게 됐는지만이라도 밝혀 달라는 것이었다. 유가족으로서 정당한 요구였다.

그런데 몇 년 만에 일립시스에서 내놓은 답변에 태하는 기가 막혀 헛웃음이 나올 지경이었다.

"불가항력이라뇨? 명백한 사고를 그런 식으로 어물쩍 덮어 버리는 게 말이 됩니까? 이게 무슨 무책임한 짓이에요?"

"죄송합니다. 그렇게 말씀하시는 것도 충분히 이해합니다. 하지만 현재로선 이것이 최선의 결론입니다."

일립시스에선 다음과 같이 분석했다.

첫째, 캡슐은 정상적으로 가동됐다. 사고가 연달아 발생하지 않고 단발로 그친 것이 그 근거였다. 둘째, 발신 측과 수신 측의 조작에 문제가 없었다. 현장의 CCTV를 면밀히 확인한 결과 내린 판단이었다. 셋째, 탑승객 개인의 신체 및 체질에 특기할 만한 점은 딱히 없었다. 실종자들은 별다른 이상 없이 캡슐에 탑승했고, 다른 때 다른 곳에서 도즈를 이용했을 때에도 부작용을 호소한 적이 없었다. 넷째, 전송 중의 움직임은 사고와 무관했다. 시트의 안전벨트는 부지불식간에 몸을 뒤척이다가 추락하는 사고를 방지하는 용도로 체결하는 것이며, 캡슐 안에서 이루어지는 움직임 등은 애초에 전송에 아무런 영향도 주지 않았다. 그 밖에 다른 환경 요인들도 세세히 검토했으나 어떤 것도 사고를 유발한 원인이 아니라고 결론 내렸다.

400여 페이지에 달하는 보고서에는 이러한 내용을 뒷받침하는 숫자와 차트와 그래프가 가득 채워져 있었고, 출처도 주석으로 확실히 명기되어 있었다. 허투루 작성하지 않은 건 분명했다.

그러나 그 결론은 한숨이 나올 정도로 한심했다. 쉽게 말해 도저히 모르겠다는 것이었다. 사고를 그냥 천재지변쯤으로 여기고 그나마 발생 빈도가 현저히 낮은 걸 다행으로 알자는 것이었다.

"이건 사람 놀리는 것도 아니고……."

얼마 후 일립시스에선 다른 소식이 들렸다. 도즈의 연구 인력이 대거 감축되었다. 주력 사업이 교체됨에 따라 내려진 조치였다. 도즈는 기존 시스템을 운용하는 데 주안을 두고, 기존의 연구원들은 다른 프로젝트에 배치되었다. 그따위 미흡한 보고서를 갑자기 왜 작성했나 했더니 자기들 나름대로 매듭을 지으려고 한 모양이었다. 결과적으로는 화만 돋우었을 뿐이지만.

마침내 태하도 10년 만에 외로운 투쟁을 중단하기로 했다. 더 이상의 시위는 무의미하다는 판단에 따른 것이었다.

그동안 태하는 자의 반 타의 반으로 여러 직업을 전전했다. 처음엔 편의점과 카페에서 파트타임 아르바이트를 했고, 테마파크에서 인형 탈도 썼다. 공사 현장에서 일용직으로 일하거나 공항에서 수하물을 운반하기도 했다. 몸을 많이 쓰는 일이 잡생각을 떨치는 데 유용했다.

그에겐 삶의 목적이 없었다. 그가 영위한 것은 생활이라기보다는 차라리 생존에 가까웠다. 모은 것도 이룬 것도 없이, 희망도 절망도 없이 하루하루 시간만 흘러 어언 서른여섯 살이 됐다.

4년 전부터 태하는 무인경비업체로 출근했다. 야간에 순찰을 돌면서 보안장치를 점검하는 일을 했다. 간혹 센서에 이상이 감지되면 관제실로부터 출동 지시를 받기도 했다. 일은 제법 적성에 맞아서 중간에 고용계약을 갱신하기도 했다. 그로서는 드문 경우였다.

그는 근무 태도도 성실하고 인간관계도 무난해 동료들 사이에서 평판이 나쁘지 않았다. 그래도 그들과 사적으로 어울리는 일은 없었다. 그는 의식적으로 사람들과 거리를 두었다. 모두와 친하지만 실상은 아무와도 친하지 않았다.

태하가 그나마 곁을 주는 존재라곤 장수뿐이었다. 장수는 '스마트펫'으로 3년 전에 서림이 억지로 떠맡긴 로봇 반려견이었다. 생김새나 행동은 영락없는 슈나우저인데 실제로는 인공지능이 탑재된 로봇이라 먹이를 주거나 배설물을 치워 줄 필요가 없었다. 그러면서도 보통의 개보다 지능이 높고 눈치가 빨라 종종 귀여운 짓을 하곤 했다. 처음엔 성가시게 생각하던 태하도 어느새 장수에게 깊이 정이 들었다. 녀석이 태하의 유일한 가족이었다.

식구들을 떠났어도 태하는 여전히 혼자가 아니었다. 타우랑가에서 너구리 인형을 찾아 준 이래로 서림은 줄곧 태하의 편이었다. 그녀는 수시로 태하에게 연락해 안부를 물었다. 아픈 데는 없는지, 식사는 잘 챙기는지 집요하게 캐물었다. 태하는 충분한 학습을 통해 서림의 연락을 피하면 더 귀찮아진다는 것을 깨달은 뒤로 그녀에게만큼은 꽤 고분고분했다.

서림은 남자 친구가 생겼다고 자랑한 게 엊그제 같은데 벌써 결혼 얘기가 들렸다. 그래서인지 근래 들어 부쩍 서림의 연락이 잦아졌다. 자기가 결혼하고 나면 또다시 오빠가 외톨이가 될까 봐 걱정하는 듯했다. 제멋대로 단정하는 버릇은 나이를 먹어도 여전했다.

그날도 서림에게서 연락이 왔다.

태하는 근무를 마치고 돌아와 옷을 벗어 던지자마자 곯아떨어졌다가 점심 먹을 나절에야 겨우 눈을 떴다. 휴대폰을 확인하니 부재중 전화가 스무 통이 넘게 와 있었다.

그렇게까지 연락할 사람은 서림 말고는 없었다. 아니나 다를까 통화 목록에는 서림의 이름이 빼곡했다. 그런데 중간중간 새어머니의 전화번호도 끼어 있었다. 새어머니가 태하에게 직접 연락하는 경우는 거의 없었다. 태하가 부담스러워할까 봐 늘 서림을 통해 연락하곤 했다.

태하는 덜컥 겁이 났다. 뭔지는 몰라도 일반적인 상황은 아니었다. 위급한 사건이 벌어진 게 틀림없었다. 얼마나 심각한 일이지? 그러고 보니 지난번에 새어머니가 허리를 삐끗했다고 들은 기억이 났다. 그때 서림은 걱정할 정도는 아니라고 했지만 모를 일이었다. 아무리 정정하시다지만 새어머니 나이를 생각하면 마냥 안심할 수도 없었다. 누구에게든 불행이 닥칠 수 있다는 걸 태하는 누구보다 잘 알았다.

장수가 염려스러운 듯 큰 눈을 끔뻑이며 반려인의 눈치를 살폈다. 그가 장수의 머리에 손을 얹었다.

전화뿐 아니라 메시지도 와 있었다. 발신인은 역시나 서림이었다. 내용을 확인한 태하는 온 식구가 애타게 자신을 찾는 이유를 알게 됐다.

메시지 창에는 다음과 같이 적혀 있었다.

'자? 이거 보면 곧바로 전화해. 희수 오빠가 돌아왔어.'

2장

비워 둔 방

태하가 도즈 타워에 도착한 건 오후 3시가 거의 다 돼서였다. 뭐가 어떻게 된 일인지 물어도 서림은 일단 와 보라고만 할 뿐 말을 아꼈다. 형은 10층에 있다고 했다.

건물의 내부 안내도에 따르면 10층엔 병실이 있었다. 도즈 스테이션엔 의무적으로 진료센터가 설치돼 있는데 병실도 그에 맞춰 마련된 것이었다. 그렇다고는 해도 전송 후유증 자체가 드문 데다 설령 이상이 나타나도 일시적이므로 입원까지 필요한 상황은 거의 없을 터였다. 과연 10층 복도엔 사람이 아무도 없었다.

1036호실은 복도 끝에 있었다. 태하는 문 앞에서 호흡을 가다듬은 뒤 조심스럽게 문손잡이를 돌렸다.

병실에는 새어머니와 서림이 있었다. 그리고 그들 사이로 낯익은 얼굴이 하나 더 있었다. 희수였다. 희수가 침대에 비뚜름하게 걸터앉아 있었다.

"어……?"

태하는 마치 유령이라도 본 것처럼 얼어붙었다. 그럴 만도 했다. 오랜 세월이 흘렀음에도 형은 기억 속 모습 그대로였으니까.

"어디서 지내다 온 게 아니라 우리가 출발했던 뉴질랜드 스테이션에서 이리로 곧장 전송됐대. 쉽게 말해 시간을 건너뛴 것 같다는구나."

형이 옛날 모습인 건 그 때문이라고 새어머니가 설명했다. 태하가 도착하기 전에 이미 이 주제로 대화를 나눈 모양이었다.

희수가 멋쩍게 다가와 악수를 청하자 태하도 홀린 것처럼 손을 내밀었다. 맞잡은 손에서 온기가 느껴졌다.

"진짜 내 동생 맞아? 솜털 보송보송하던 애가 하루아침에 턱수염 꺼슬꺼슬한 아저씨가 되다니 충격이다. 길에서 만나면 몰라보겠어."

이 순간 누구보다 당혹스러운 사람은 응당 희수일 터였다. 새어머니 말대로라면 캡슐에 들어갔다 나왔더니 21년이 훌쩍 지나 있었다는 얘기다. 아버지는 고인이 됐고 동생은 자기보다 곱절이나 나이가 많은 아저씨가 됐다. 더구나 그 자신은 오래전에 죽은 걸로 돼 있었다. 태하와는 차원이 다른 당혹감을 느낄 것이다.

희수가 말했다.

"여기 도착한 지 오늘로 39일째야. 일립시스에서도 이런 일이 처음이라 이것저것 검사하느라 연락이 늦었는데 이제 집에 가도 좋대. 지금은 무슨 서류를 작성해야 한대서 기다리는 중이야."

태하는 희수를 보았다. 꿈에 그리던 형이 눈앞에 있었다. 뭔가 아귀가 잘 들어맞지 않는 기분이었지만 어쨌든 형이 돌아왔다. 그거면 충분했다. 다른 건 아무래도 좋았다.

태하가 어렵게 입을 열었다.

"저기, 아버지는……."

"응, 들었어. 오래전에 돌아가셨다고. 태하 네 얘기도 들었어. 혼자 지낸다며?"

희수가 담담하게 말했다.

태하가 물었다.

"아픈 덴 없는 거야? 나는 병실에 있다길래 뭐가 잘못된 줄 알고……."

"괜찮아. 난 멀쩡해."

태하의 얼굴을 신기하게 바라보던 희수가 문득 생각난 듯 물었다.

"그나저나 점수는 좀 땄어?"

"점수? 무슨 점수?"

"인형 말이야. 까마귀였나?"

태하는 곧 깨달았다. 타우랑가 스테이션에서 서림에게 줄 선물을 샀던 게 형의 마지막 기억임을. 글쎄, 어떻게 됐더라? 그날 태하는 선물 같은 걸 신경 쓸 경황이 없었다.

태하가 우물쭈물하니 서림이 얼른 끼어들었다.

"응, 오마귀. 그날 받았어. 내 방에 아직 있어."

서림과 새어머니는 한 걸음 뒤로 물러나 있었다. 반갑거나 기쁘지 않아서가 아니라 태하를 배려해서였다. 따지고 보면 실종되기 전에 사나흘 본 게 고작이니 서로 데면데면해서일 수도 있겠다.

마침 담당자가 돌아왔다.

"실례했습니다. 본사와 최종적으로 조율하느라 시간이 다소 지체됐네요."

그는 그러면서 서류 뭉치를 건넸다.

"여기 보시면 실종 및 귀환의 원인을 규명하는 데에 관해 남희수 씨의 협조를 요청하는 내용이 적혀 있습니다. 저희 쪽에선 남희수 씨를 통해 어떤 실마리를 찾을 것으로 기대하고 있어요."

"이제 집에 가도 되는 것 아니었나요?"

"물론 퇴원하셔야지요. 댁에 가셔서 가족분들과 시간 보내시고, 이곳 진료센터에는 격주 간격으로 날짜를 정해서 방문하시면 됩니다."

희수가 말했다.

"그런데 저는 아무 도움이 안 될 텐데요. 그냥 남들처럼 캡슐에 탔다가 내렸더니 세월이 흘러 있는 게 전부예요. 아는 게 하나도 없다고요."

"네, 그 점은 저희도 인지하고 있습니다. 다만 워낙에 초유의 상황인지라 뭐라도 해서 단서를 얻으려는 거예요."

이에 따라 당분간 정기적으로 검진과 면담이 있을 것이며 간혹 간단한 실험을 진행할 수도 있다고 담당자는 설명했다.

"실험?"

태하가 눈살을 찌푸렸다.

"당장에 구체적으로 계획이 잡혀 있는 건 아닙니다. 혹여 실험이 필요한 상황이 있을지 모른다는 전제하에 말씀드리는 거고요, 남희수 씨의 안전이 확보되지 않으면 저희 쪽에서 먼저 커트할 테니 걱정하지 않으셔도 됩니다. 실험 참가

비도 따로 책정해서 지급될 거예요."

"안전이고 나발이고, 전송은 절대로 안 돼요."

"아, 이해합니다. 보호자분의 입장은 충분히 전달하겠습니다. 이 부분은 추후 연구팀과 다시 논의하시지요."

다음으로, 일립시스에서는 희수의 존재에 관해 당분간 비밀을 유지하길 원했다. 사람들 입에 오르내리지 않게 해 달라는 것이었다.

"그런 거라면 우리도 찬성입니다."

태하가 선뜻 수락했다.

식구들로선 방송 인터뷰 등 외부 발설을 자제해 달라는 주문을 거절할 이유가 없었다. 오히려 식구들 쪽에서 먼저 부탁하고 싶은 심정이었다. 그만큼 사람들에게 받은 상처가 깊었다.

형이 돌아왔다는 사실이 세상에 알려지면 무슨 일이 벌어질까? 일립시스에서 받았던 위로금을 다시 토해 내라고 아우성치겠지. 캡슐 안에서 무슨 상스러운 짓을 벌였는지 자백하라며 형을 다그치겠지. 자기들끼리 뒤에서 수군거리고 손가락질하겠지……. 생각만으로도 태하는 진저리가 났다.

그런데 담당자의 요구는 식구들이 생각하는 것 이상이었다.

"말씀드린 비밀 유지에는 남희수 씨가 신원을 회복하지 않는 것도 포함됩니다. 법적 사망 상태를 유지하시는 조건만 지켜 주시면 생활하시는 데 모자람이 없게끔 경제적으로 충분히 지원해 드리겠습니다."

"사망 상태를 유지하라고요? 그게 무슨 말도 안 되는 소립니까? 기껏 돌아온 사람한테 죽으라는 거예요?"

"표현이 무시무시해서 그렇지 실상은 별거 아닙니다. 그저 신원 확인이 요구되는 활동만 삼가 달라는 의미예요. 운전면허를 딴다든지 국가고시를 본다든지 하는 것들 말이지요. 사고나 고소를 당하지 않도록 조심하시는 것도 물론이고요. 다른 나라에 가실 경우엔 저희 쪽에 사전에 말씀해 주시면 조치해 드리겠습니다."

"별거 아닌 게 아닌데요? 학교도 못 다니잖아요. 내년엔 대학 가야 하는데 시험도 못 치죠?"

차분한 희수와 달리 태하는 거의 폭발 직전이었다.

"이봐요! 장장 21년을 멈춰 있던 걸로도 부족합니까? 언제까지 우리 형 인생을 당신들 편의에 맞추라는 거예요?"

새어머니도 거들었다.

"정말 너무하시네. 이렇게 일방적으로 희생을 강요하는 법이 어디 있어요? 희수가 죄를 지은 것도 아니잖아요. 기본적인 생활은 하게 해 줘야지."

거센 항의에 당황한 담당자가 한 걸음 물러섰다.

"흠흠, 사실 그 문제를 쉽게 해결할 방법이 있긴 합니다. 혹시 다른 지역으로 이주하실 의향이 있으신지요? 저희 쪽에서 진행 중인 프로젝트가 있긴 합니다만."

"화성 말인가요?"

화성 스마트 시티 얘기였다. 일립시스에서 주도하는 대규모 프로젝트로, 화성에 첨단 도시를 건설해 전 세계 사람들을 이주시키는 계획이었다. 10년 전 달에 연구 기지를 건설하고부터 급물살을 타더니 어느새 완공을 앞두고 있었다.

담당자가 설명했다.

"화성은 일종의 도시국가로서 이주민들에게 사회보장번호가 발급돼요. 그걸 발급받는 절차가 여기서 신원을 회복하는 것보다 훨씬 간단하지요. 사람들 입방아에 오를 일도 없을 테고요. 실은 저희 쪽에서도 그러는 편이 부담이 덜해서 추천하고 싶습니다. 남희수 씨 외에 보호자분도 함께 이주하실 수 있도록 본사 승인을 받았어요. 그때까지만 현 상태 유지해 주시면……."

"아뇨, 안 갑니다. 우린 떠날 생각 없어요."

태하가 단칼에 거절했다. 새어머니와 서림은 태하의 강경

한 태도에 눌려 잠자코 눈치만 봤다.

담당자가 말했다.

"이것 참, 저희로서는 꽤 파격적인 제안을 드린 건데요……. 정 그러시면 화성 이주가 시작될 때까지 대략 1년 정도만이라도 비밀 유지를 부탁드릴 수 있겠습니까? 저희도 중요한 프로젝트를 앞두고 가급적이면 스캔들을 피하자는 방침이라서요."

"1년이 지난 다음에는요?"

"이후에는 가족분들 선택에 맡기겠습니다. 이 기간이 지난 후에도 비밀 유지에 협조해 주신다면 저희도 지원을 중단하지 않겠다고 명시하지요."

희수가 고개를 끄덕였다.

"알았어요. 1년 정도라면."

"잠깐만, 형. 그렇게 호락호락 받아들이면 안 돼."

"괜찮아. 어차피 나도 새로운 환경에 적응할 시간이 필요할 거야."

식구들끼리 의견을 나눈 결과 이쯤에서 수락하는 걸로 정리가 됐다. 주로 희수의 의견이 반영된 것이었다.

짝짝, 담당자가 손뼉을 쳤다.

"잘 생각하셨습니다. 저희는 남희수 씨가 원활하게 정착

할 때까지 물심양면으로 애쓰지요. 화성 이주 건에 대해서도 언제든 생각이 바뀌시면 연락해 주세요. 정원 외로 이주하실 수 있게 도와드리겠습니다."

그가 서류에서 해당 내용이 적힌 부분을 찾아 수정했다.

희수가 서명란에 이름을 쓰는 걸 못마땅하게 지켜보던 태하가 담당자를 불렀다.

"그럼 이제 우리도 한 가지만 요구합시다."

"네?"

"식구들이 그간 마음고생이 심했는데 그건 이미 지나간 일이니 어쩔 수 없다고 쳐도 형이 겪는 고생은 이제부터잖아요? 당신들 때문에 이런 부당한 일을 겪게 됐는데 보상이니 지원이니 하면서 돈 얘기만 하는군요. 그런 것보다는 먼저 사과부터 하는 게 도리 아닙니까? 여기 대표한테 직접 와서 사과하라고 전해 줘요. 염치가 있다면 그 정도 성의는 보여야지."

"대표님이라면 한국 지사장님을 말씀하시는…."

"비카스 람 말이에요. 일립시스 창업자."

비카스 람은 한낱 사업가임에도 천재, 혁신가, 선지자 등으로 불리며 과대평가되고 있었다. 그에 관한 여러 일화들이 신화처럼 전해지는데 더러는 사실이 아니거나 과장된 것들도 있었다. 이를테면 사람으로 변장한 외계인이라든가, 약물 주입을 통해 뇌를 100퍼센트 쓸 수 있게 됐다든가 하는 것들 말이다.

"워낙에 고고한 인간이라 우리 같은 유족들에게 사과는 커녕 얼굴조차 비춘 적 없죠. 우린 그 인간에게 직접 사과를 받아야겠어요."

담당자가 말했다.

"저기, 현재 최고경영자는 타이 로슨입니다."

"그 사람한테는 유감없어요. 사과해야 할 사람은 비카스 람이지."

"하지만 그분은 도즈 경영에서 손을 떼고 달 기지에 체류하고 계세요."

"알아요. 화성 이주 프로젝트에 정신이 팔려 있다죠. 그래서 뭐요? 멀어서 못 온다는 말은 인간적으로 하지 맙시다. 당신들 기술로 이제 달이든 화성이든 20분이면 올 수 있잖아요?"

"알겠습니다. 일단 요청은 해 보겠습니다만……."

"요청이 아니라 요구예요."

담당자의 곤혹스러워하는 태도를 보니 그를 압박하더라도 태하의 요구가 성사될 가능성은 크지 않아 보였다.

아무튼 이제 집에 갈 일만 남았다.

병실을 나서는데 하얀 가운을 걸친 땅딸막한 여자가 복도 끝에서부터 종종걸음으로 바삐 다가왔다. 서림과 비슷한 나이대로 보였다.

"이 중에 보호자분이 누구세요? 남희수 씨는 어디서 지내시나요?"

태하가 손을 들었다.

"접니다. 우리 집으로 갈 거예요."

"아, 그러면 잠깐만 시간 내 주실 수 있으실까요? 가시기 전에 드릴 말씀이 있어서."

그녀가 14층에 있는 자기 사무실로 태하를 데려갔다.

권영조라고 자신을 소개한 여자는 안경알 뒤로 총명한 눈빛을 번득였다. 그녀는 일립시스의 연구원으로 희수가 돌아온 뒤로 그를 전담하고 있었다.

"남희수 씨와는 관계가 어떻게 되시죠?"

"친동생이에요. 전혀 그렇게 안 보이겠지만."

영조가 피식 웃었다.

"동생이면 사고 전에 학생이었을 텐데, 한집에 사셨겠네요? 남희수 씨에 관해서 잘 아시죠?"

"잘 알죠. 그건 왜 물으세요?"

"다름이 아니라 앞으로 남희수 씨와 생활하시면서 뭔가 마음에 걸리는 점이 있다면 저희에게도 공유해 주셨으면 해서요. 저희는 남희수 씨가 원래 어떤 사람이었는지 모르니까 미세한 차이가 있어도 무심코 지나칠 수 있거든요."

태하가 그녀를 빤히 쳐다보았다.

"미세한 차이라는 게 무슨 뜻이죠?"

"예를 들어서 체취가 달라졌다든지, 더위나 추위에 약해졌다든지, 아니면 강해졌다든지, 수다스러워졌다든지 반대로 과묵해졌다든지…… 성격이나 식성, 말버릇, 잠버릇 등등 어쩐지 낯설게 느껴지는, 쉽게 말해 다른 사람 같은 모습들 말이에요. 워낙 오래전 기억이라 확실치 않으실지 모르지만 그래도 느낌이라는 게 있으니까요."

"혹시 우리 형 건강에 무슨 이상이라도 있습니까?"

영조가 펄쩍 뛰며 손사래를 쳤다.

"아뇨, 아니에요. 건강은 전혀 걱정하실 필요 없습니다. 문제가 있다면 저희 쪽에서 먼저 귀가를 권유하지도 않았겠죠. 남희수 씨에 대해 철저히 파악하고 싶어서 협조를 부탁드리는 거예요. 이런 내용을 남희수 씨가 의식하면 더 이상하게 행동할까 봐 동생분만 따로 부른 건데, 괜히 걱정 끼쳐서 죄송합니다."

"알겠습니다. 이상한 점이 있으면 알려 달라는 거죠?"

"제 명함 드릴 테니까 무슨 일이든 연락해 주세요."

건물을 나서며 새어머니는 누가 알아볼세라 희수에게 모자를 푹 눌러 씌웠다. 한때 온갖 방송에서 도배가 되었던 얼굴이라 노파심에 유난을 부리는 것이었다. 물론 여태껏 희수를 기억하는 사람이 있을 리 없었다. 사람들이 힐끔힐끔 곁눈질하는 건 순전히 새어머니의 행동이 수상쩍은 탓이었다.

태하가 말했다.

"형은 저랑 지낼게요."

"당연히 그래야지. 그래도 괜히 섭섭하다. 자주 연락할 거지? 집에도 종종 와 주면 더 좋고. 너는…… 너희는 어떨지 몰라도 나는 우리가 가족이라고 생각해."

태하가 새어머니에게 자주 찾아뵙겠다고 약속했다.

그는 형을 오피스텔로 데려갔다. 거기엔 내내 비워 둔 방이 하나 있었다.

* * *

서울엔 높고 화려한 건물이 즐비했다. 사람들 옷차림도 영 눈에 익지 않았다. 그러나 희수는 그런 것들엔 그다지 감

68

흥이 없었다. 건물은 늘 헐고 짓고를 반복해 왔고, 패션의 유행도 끊임없이 바뀌었으니까. 주변 풍경이 새롭고 어색하긴 해도 21년의 격차가 느껴질 만큼은 아니었다.

희수가 자신이 미래에 와 있음을 가장 먼저 실감한 건 동네 편의점에서였다. 태하는 탄산음료를 두 캔 꺼내더니 값도 치르지 않고 그대로 들고나왔다. 희수가 태하의 손등을 찰싹 때렸다.

"너 제정신이야? 다 큰 놈이 어쩌자고 도둑질이야?"

"응?"

"가서 제대로 값을 치르든지, 아니면 물건 제자리에 돌려놓고 와. 기가 막힌다 진짜. 도대체 어떻게 살아왔길래 이렇게 아무렇지 않게 물건을 훔치지?"

어안이 벙벙한 태하가 주변을 의식하며 희수를 잡아끌었다.

"목소리 좀 낮춰. 사람들이 쳐다본다."

"부끄러운 줄은 아나 보네?"

"그게 아니라 밖에선 동생 취급하지 말라고. 남들 보기에 모양새가 이상하잖아."

태하가 말했다.

"그리고 훔친 거 아니야. 원래 그냥 이렇게 들고나오

면 돼."

"혹시 훔친다는 말의 뜻이 바뀌었어? 남의 물건을 그냥 들고나오는 걸 훔친다고 하지 않으면 뭐라고 해?"

"엄연히 제값 치르고 산 거야. 방금 가게에서 나올 때 '결제가 완료되었습니다' 하는 안내 음성 못 들었어? 출입문에 녹색 불도 들어왔는데. 이거 때문에 요새는 계산대 쓸 일이 거의 없어."

이는 패스트트랙이라는 것으로, '가디언 엔젤'이라는 모바일 서비스가 제공하는 기능 중 하나라고 태하는 설명했다. 비단 상점에서 물건을 살 때뿐 아니라 입장권을 사야 하거나 대중교통을 이용할 때도 편리했다. 요금은 휴대폰에 연결해 놓은 신용카드로 청구되었다.

"아니, 아무리 물정을 모르기로서니 내가 좀도둑질이나 한다고 생각하는 건 너무한데? 나를 어떻게 생각하고 있는 거야?"

"몰라. 내가 알던 너는 그냥 꼬맹이였다고."

"우리 집 현관이 자동으로 열리는 것도 당연히 몰랐겠지?"

"안 잠그고 다니는 거 아니었어?"

"내가 현관문에서 3미터 이내로 접근하면 자동으로 열리게 돼 있어. 엄밀히 따지면 내가 아니라 이게 접근해야 하는 거지만."

태하가 손목시계를 흔들었다. 그게 휴대폰과 연동되어 작동하는 것이었다.

머쓱해진 희수가 소심하게 투덜거렸다.

"문 여는 게 뭐 대수라고 돈까지 내면서 그걸 시켜?"

"무슨 노인네들이나 하는 소릴 하고 있어. 문 앞에서 자잘하게 낭비하는 시간을 단축하는 건데."

그런데 무엇보다 희수를 당황케 한 것은 태하에게 반려견이 있다는 사실이었다. 태하는 어렸을 적에 개에게 물릴 뻔한 후로 개를 무서워했기 때문이다.

"그거랑은 별개지."

태하는 여전히 개가 꺼려진다고 했다. 하지만 장수는 개가 아니니까, 스마트펫이니까 괜찮다는 것이었다. 희수는 이해가 안 됐다.

"개처럼 생겼고 개처럼 행동하는데?"

"아무리 그래도 개는 아니잖아. 장수하고는 말이 통하거든. 내가 형 소개했더니 바로 경계 풀고서 꼬리 흔드는 거 봤지? 진짜 개였으면 그랬겠어? 낯선 사람이라고 짖거나 물거나 했겠지."

"그럼 스마트펫은 사람들 공격 안 해? 도둑이 들어도? 자기를 때려도?"

"인간에게 절대로 해를 끼치지 못하도록 설계돼 있어. 뭐라더라? 로봇 법칙인가 하는 게 있대. 대신에 주인이 사고를 당하거나 집에 강도가 들면 자동으로 119나 112에 연결해서 도움을 요청하고."

이 때문에 1인 가구엔 스마트펫이 거의 필수품이었다. 단순히 말벗으로 기능하는 것뿐 아니라 응급 상황에 대처하는 방편이기도 했다. 스마트펫이 주인의 생명을 구한 사례는 너무 많아서 이제 뉴스거리도 안 된다고 한다.

희수에게 설명하던 태하는 문득 깨달았다. 예전에 서림이 왜 말도 안 되는 핑계를 대면서까지 스마트펫을 떠넘기고 갔는지, 왜 이름을 장수라고 붙여 주었는지 말이다. 혹여 위급한 상황이 닥쳤을 때를 대비하려는 것이었다. 지금까지 태하는 서림에게 이러한 의도가 있을 거라곤 미처 헤아리지 못했었다. 하여간 걔는 쓸데없는 걱정을 너무 많이 해……. 태하는 남몰래 쓴웃음을 지었다.

태하의 벌이가 아주 좋진 않아도 형제 둘이서 지내기엔 적당했다. 그간 태하는 씀씀이가 거의 없다시피 해서 모아 놓은 돈이 꽤 됐다. 아버지에게 물려받은 재산도 있었다. 일립시스에서 희수에게 지원하는 금액도 예상보다 훨씬 후했다. 게다가 사고 때 받은 위로금도 그대로 남아 있었다. 식구들은 그 돈을 한 푼도 쓰지 않았다.

한편 태하는 이따금 영조의 말을 떠올리곤 했다. 그녀는 형이 다른 사람처럼 느껴지면 연락해 달라고 했었다. 그걸 의식한 탓인지는 몰라도 태하가 기억하는 형의 모습은 지금 형의 모습과 완전히 일치하지는 않았다. 물론 오랜 세월이 흘렀으니 기억이 윤색되었을지도 모른다. 어쩌면 태하의 관점이 달라져서일 수도 있다. 어릴 적 재미있게 봤던 TV 프로그램이 커서는 시시하게 느껴지는 것처럼, 매사 척척 해내고 여유롭던 형도 어른의 시선으로는 마냥 대단해 보이지만은 않을 것이다. 더욱이 낯선 세상에 뚝 떨어졌으니 서투르고 불안해하는 것도 당연했다.

하지만 단순히 그런 문제일까? 이유는 몰라도 태하는 형의 서늘한 시선에 머리끝이 쭈뼛한 적이 몇 번 있었다. 그럴 때면 형에게선 뭐라고 꼬집어 표현하기 어려운 불온한 분위기가 풍겼다. 그렇다고 다른 사람처럼 느껴질 정도는 아니었고 그런 느낌이 오래 지속된 것도 아니었다. 따라서 일립시스에 알릴 생각도 없었다.

태하는 저녁 늦게 출근했다가 아침 일찍 귀가했다. 희수는 태하가 오면 장수를 데리고 근처 호수공원으로 산책하러 나갔다. 로봇이라 산책할 필요가 없는 건 차치하고 방해 금지 모드를 설정할 수 있음에도 동생이 푹 쉴 수 있도록 아예 자리를 피해 주는 것이었다.

희수는 장수가 무척 마음에 드는 모양이었다. 개처럼 행동하면 하는 대로 대견해했고, 로봇티를 내면 그러는 대로 또 재밌어했다. 장수도 희수와 지내는 시간이 길어짐에 따라 오히려 태하보다도 희수를 더 잘 따랐다.

희수는 주로 혼자 있을 때 온라인 강의를 보며 공부했고 낮 동안엔 태하와 여가를 보내려 했다. 자투리 시간엔 뉴스 기사를 읽거나 영상을 시청했다. 자신이 놓친 세월 동안 무슨 일이 있었는지 알고 싶어서였다. 태하가 두서없이 들려주는 이야기는 호기심을 채우기에 부족했다.

21년 전에도 기후 위기가 심각하다는 얘기는 있었다. 그런데 지금은 그것이 우려 수준을 넘어서 피부로 느껴질 정도였다. 지구 각지에선 기상 이변으로 인한 재난이 다발적으로 일어났다. 한 번에 수십 수백 명씩 사상자가 발생했다.

이대로라면 향후 200년 내에 인류가 멸종할 거라고 전문가들은 경고했다. 더러는 그 시기를 30년 후로 진단하기도 했다. 분명한 것은 인류가 파국을 향해 착실히 전진하고 있으며 이미 회복 불능의 경계를 넘어섰다는 사실이었다.

화성 스마트 시티에 관한 소식이 연일 보도되는 것도 그 때문이었다. 천문학적인 자금을 쏟아붓는 이 프로젝트가 인류를 구원할지에 대해서는 의견이 분분했다. 일각에선 현대판 노아의 방주라고 기대감을 드러내는가 하면, 기껏해야 부자들의 사치스러운 방공호에 불과하다고 폄하하는 목소리도 높았다.

"아무나 신청해도 되는 줄 알았더니 무작위로 추첨하는 게 아니구나."

"여러 가지로 자격을 따져서 선발하는 거야. 젊을수록 좋고, 재산 수준도 볼 테고, 건강이나 직업도 꼼꼼히 검토하겠지."

"관심 없는 줄 알았더니 잘 아네? 사실은 너도 신청한 거 아니야?"

"신청은 무슨. 내가 거기 가서 뭘 한다고."

"글쎄, 너나 나나 뭐라도 하겠지. 살아 있으니까."

태하가 멈칫했다. 그는 희수가 법적으로 사망 상태라는 사실을 새삼 깨달았다. 이곳에선 존재 자체를 부정당하는 막막한 처지지만 화성에서라면 형도 숨통이 트이리라는 생각이 들었다. 감정적으로 거부감이 들어서 그렇지, 따지고 보면 화성은 태하에게도 그리 나쁘지 않은 곳이었다. 아니, 과거를 청산하고 새 출발을 하기엔 더할 나위 없는 장소였다.

태하가 충동적으로 말했다.

"그럼 우리 그냥 화성 가서 살까? 형 생각은 어때?"

"우리 둘이? 아니면 새어머니랑 서림이도?"

"우리끼리만. 티켓은 두 장뿐이랬어. 그래도 영영 못 만나는 건 아니니까."

희수가 손가락으로 오케이 사인을 해 보였다.

"그래. 네가 좋으면 나도 좋아."

태하가 말했다.

"거기 가서는 내가 형 할 테니까 형이 내 동생 해. 아니, 형제 사이에 터울이 많이 지니까 사촌 형제라고 하는 게 좋겠다."

"누구 마음대로 형이야? 하극상은 꿈도 꾸지 마."

"지금 내 몰골로 형을 형이라고 부르는 것도 이상하잖아. 솔직히 내가 형보다 더 오래 살기도 했고. 형 대접을 받겠다는 게 아니라 이치에 맞게끔 바로잡자는 거야."

"네가 기지도 못할 때 나는 뛰어다녔어, 인마."

태하가 한숨을 쉬었다.

"이건 진짜 아닌데……."

3장

무언가 섞여 온 게 아닐까

그날 태하는 평소보다 일찍 집을 나섰다.

꽃샘추위가 찾아왔다더니 과연 점심인데도 소슬한 냉기가 목덜미를 엄습했다. 이런 날에 밖에서 보자는 건 길게 대화할 생각이 없다는 뜻으로 간주해도 될 것이다. 태하에겐 차라리 다행이었다. 그는 윤모를 만나는 게 껄끄러웠다. 그렇다기보단 겁이 났다.

서윤모는 살인자였다. 태하가 알기론 그랬다. 단지 후환거리를 남겨 두지 않겠다는 이유로 사람을 죽인 것이었다.

그 사실을 알았을 때 태하는 정신이 번쩍 들었다. 자신이 범죄 조직에 가담하고 있다는 걸 태하도 모르지는 않았다. 그러나 범죄도 범죄 나름이다. 사람을 죽이는 것은 차원이 다른 문제였다. 더욱이 무고한 사람을 해치는 데는 어떠한 대의도 없었다.

그때 처음으로 태하는 인섬니악에서 벗어나기로 결심했다.

하지만 그럴 수 있을까? 이전에도 그만둔 동료들은 있었다. 그만두는 이유야 제각각이었지만 어쨌든 윤모는 매번 송별회 비슷한 걸 열어 주며 꽤 원만하게 헤어졌었다. 그런데 정녕 그 인간이 그들을 그냥 보내 줬을까? 후환거리로 여기지 않았을까? 태하는 떠나간 동료들이 어떻게 지내는지 은밀히 알아보았다. 두 명은 죽었고 다른 두 명은 실종된 상태였다.

윤모는 가차 없는 인간이었다. 그것이 태하가 그를 떠나려는 이유였다. 동시에 섣불리 떠나지 못하는 이유이기도 했다. 태하는 이러지도 저러지도 못한 채 한동안 어영부영 시간만 보냈다.

그러다 형이 돌아왔다. 이제는 형의 안전을 위해서라도 결단을 서둘러야 했다. 태하와 희수는 화성 이주를 약속받았다. 즉 1년 정도만 무사히 버티면 그다음은 갖가지 위협들로부터 해방되는 것이었다.

태하에게 가장 큰 불안 요소는 윤모였다. 아니나 다를까 윤모는 그를 가만히 놔두지 않았다.

"헤이, 태하 씨. 어떻게 지냈어? 지난번엔 아프다더니 이제 좀 나았나? 간만에 한번 봐야지? 바람도 쐴 겸 이번엔 여의도에서 볼까 하는데, 모레 시간 괜찮지? 또 무슨 일 있다고 하면 나 진짜 섭섭해."

은근한 협박이었다. 엉터리 핑계를 대며 지난 두 번의 호출을 거부했던 그로선 세 번째 호출마저 무시할 수 없었다. 그랬다간 의심을 살 터였다. 태하는 각오를 다졌다.

"알겠습니다, 대표님. 모레 여의도에서 뵙죠."

한강공원은 한산한 편이었다. 잠깐 거닐다 보니 그 이유를 알 만했다. 오래 머무르기에는 강바람이 제법 매서웠다.

태하는 윤모를 어렵지 않게 찾았다. 그는 벤치 하나를 독차지하고 앉아 있었다.

"대표님, 오랜만에 뵙습니다. 일찍 나오셨어요?"

"오, 태하 씨. 정각에 딱 맞춰 왔네."

자기는 시간이 떠서 조금 일찍 나와 있었다며 윤모가 빈 종이컵을 흔들었다. 귀가 빨간 걸 보면 밖에서 꽤 오래 시간을 보낸 듯했다. 그래도 그는 추운 내색은 하지 않았다.

"여기 옆에 앉아서 한강 좀 봐 봐. 경치가 기가 막히네."

"그렇네요."

윤모 옆에 앉은 태하는 완만히 흐르는 강물을 잠시 바라보았다. 시선은 정면을 향했으나 그의 신경은 온통 윤모의 심기가 어딘지에 쏠려 있었다. 다행히 언짢아하는 기색은 없었다.

"저기, 대표님."

태하가 신중하게 운을 뗐다.

"명단은 잘 보관하고 있으시죠?"

"아, 덕분에 요긴하게 쓰고 있어. 전에도 말했지만 개인적으로 필요해서 부탁했던 거니까 우리끼리만 아는 걸로 하자고."

"그 점은 걱정하지 않으셔도 됩니다. 그보다 혹시 임현재 소식 들으셨어요?"

윤모가 눈썹을 추켜세웠다.

"임현재? 임현재가 누구더라?"

"저한테 명단 사본 넘긴 담당자 말입니다. 저도 얼마 전에 알았는데 실종됐더군요."

"담당자 이름이 임현재였나? 그런데 그 인간은 태하 씨가 잘 처리했다고 하지 않았어? 실종이라니, 혹시 어디 묻어 버리기라도 한 거야? 터프하네."

태하가 윤모를 바라보았다.

"아뇨, 저는 모르는 일입니다. 제가 다녀가고 며칠 지나서 그렇게 된 거예요."

"그래? 그러면 태하 씨한테 겁을 먹어서 숨어 버렸나? 얼마나 몰아붙였길래 그래?"

그는 실실 웃고 있었다.

"저는 진짜 관련 없어요."

태하가 생각하기에 실종은 윤모의 소행이었다. 태하의 처리 방식이 미덥지 못하여 따로 찾아가 살해한 게 분명했다.

"아무튼 그래서 말인데요, 실은 경찰에서 저를 찾아왔었습니다. 실종되기 며칠 전에 임현재와 같이 있는 모습이 보안 카메라에 찍혔다면서요. 저도 임현재가 사라졌다는 걸 그때 처음 알았어요. 무슨 사이냐, 왜 만났냐 등등 질문을 받긴 했는데 의심 사지 않게끔 잘 대처했습니다."

"나 원. 있어서 문제 될 건 알았지만 없다고 문제 될 줄은 몰랐네. 하여간 성가시게 하는 인간들이 꼭 있더라고."

"그런데 얼마 전에 다시 형사가 집에 찾아왔어요. 이번엔 임현재한테서 뭔가 받은 게 없냐고 묻더군요. 구체적으로 말하진 않았지만 아무래도 명단에 관해 수사하는 것 같았습니다."

그 말에 윤모가 자세를 고쳐 앉았다.

"명단을? 왜?"

"글쎄요. 수사관이 임현재의 실종에 관해 뭔가 납득할 만한 이유를 찾으려는 것이겠죠. 아니면 일립시스에서 임현재가 명단을 유출한 걸 알고서 수사를 요청했을지도 모르고요."

일립시스에서는 국가별로 화성 이주 대상을 할당했다. 그에 따르면 대한민국의 1차 이주 대상은 500명이었다. 알려진 건 그게 전부였다. 사회적 분위기를 고려해 사측에선 선발 과정을 공개하지 않기로 방침을 정했다. 이는 선발자들의 안전을 위한 것으로, 일찍이 각국에서 벌어진 반대 시위와 무관하지 않을 터였다.

명단은 본사에서 보관하되 각국 지사에서 지정한 담당자만이 이를 열람할 수 있었다. 담당자는 선발자들에게 연락을 취해 이주 의사를 재차 확인하는 업무를 했다.

한국 지사의 담당자는 임현재였다. 따라서 그의 석연찮은 실종에 대해 일립시스에서 예민하게 반응하는 것도 이해가 됐다.

"이거 골치 아프게 됐네."

윤모는 잠시 생각에 잠겼다. 자신의 행동을 뉘우치느라 그러는 건 물론 아니었다. 그럴 인간이 아니었다.

태하는 자신의 안전을 확신하지 못한 채로 말을 이었다. 이제부터 그는 목숨을 걸고 도박을 할 셈이었다.

"이건 확실하지 않은데, 얼마 전에는 제가 없을 때 몰래 집에 다녀간 것 같아요. 침입한 흔적이 있더라고요. 명단의 사본을 갖고 있는지 확인하려던 거겠죠. 다행히 곧바로 대표님께 넘겨드렸으니 망정이지 곤란해질 뻔했습니다."

"멋대로 남의 집을 뒤져? 그건 불법이잖아. 그 짭새 놈들, 그냥 신고해 버려!"

"아시겠지만 저도 켕기는 점이 있는 건 사실이라서요. 그 정도는 조용히 넘어가려고요."

윤모가 의문을 제기했다.

"그런데 아무리 수사에 필요해도 일립시스에서 사본을 안 내줬을 텐데? 경찰이 진짜 명단을 본 적 없는데 사본을 본다고 해도 진위 여부를 어떻게 가릴 수 있지?"

"진짜든 가짜든 뭐가 나오기만 했어도 의심을 샀겠죠."

"그것도 그렇겠군."

찬 바람에 태하가 살짝 움츠리며 말했다.

"최근에 활동에 참여하지 못한 것도 사실은 이 문제 때문이었어요. 불성실한 모습을 보여 드리더라도 지금은 신중하게 행동하는 게 피차 이롭겠다 싶어서요. 뭐가 어디로 튈지 장담할 수 없는 상황이라 당분간 몸을 사리는 게 좋을 것 같습니다. 한 1년쯤…… 못해도 반년 정도는요. 이 말씀 드리려고 위험 감수하고 나온 거예요."

"어쩐지 요새 태하 씨가 좀 삐딱하더라니 그런 사정이 있는 줄 몰랐네. 하마터면 오해할 뻔했지 뭐야. 그런데 벌써 집을 뒤졌다며? 그럼 이제 의심받을 이유가 없는 것 아니야?"

"예전에 시위하던 전적 때문인지 요주의 대상으로 지목된 듯합니다. 직장에 전화해서 저에 대해 이것저것 물어봤다고 하고, 출퇴근길에 몰래 뒤따라오기도 하고요. 이래저래 피곤하게 됐어요."

태하는 고개를 절레절레 젓다가 너무 오버하는 것 같아 멈추었다.

"그런데 애초에 명단과 실종이 관련 있다는 것도 심증밖에 없지 않아? 하여간 짭새 놈들 주먹구구식으로 일하는 건 알아줘야 한다니까. 이러다 없는 증거도 만들어 내서 우길까 걱정이네, 안 그래?"

"그러게 말입니다."

"시체든 뭐든 나오면 수사도 적당히 종결되려나?"

윤모가 종이컵을 만지작거리며 혼잣말처럼 중얼거렸다.

"시체요? 임현재가 죽었다고 생각하십니까?"

"아, 아니. 나야 뭐 실종됐다고 하니까 그럴 가능성도 있겠다 싶어서……. 그냥 어디 짱박혀 있을지도 모르지만."

윤모가 눈알을 굴렸다.

"아무튼 어쩔 수 없네. 원래는 오늘도 일감 나눠 줄 생각
으로 부른 건데. 당분간 우리끼리 진행할 테니까 태하 씨는
조금 섭섭하더라도 이번 기회에 재충전하는 걸로 하자고."

"양해해 주셔서 감사합니다. 그럼 저는 이만 일어나 보겠
습니다."

"어? 벌써 가려고? 그러지 말고 잠깐 앉아 봐."

그가 태하를 억지로 다시 앉혔다. 태하는 심장이 덜컥 내
려앉았다. 얘기는 다 끝났는데 왜 붙잡지? 거짓말이 들통났
나?

앞서 했던 태하의 이야기는 어느 정도는 사실이었다.
예컨대 임현재가 실종됐고, 경찰이 그를 찾아왔다는 것
말이다.

하지만 그 뒤로는 전부 거짓이었다. 경찰이 명단에 관해
조사하고 있으며 몰래 집을 뒤지기까지 했다는 것은 태하
가 꾸며 낸 이야기였다. 애초에 경찰에서 두 번이나 찾아오
지도 않았다. 미행을 당한 적도 없었다. 이는 그가 윤모를
배신할 리 없으며 그저 피치 못할 사정으로 인해 당분간 떨
어져 지내야 한다는 것을 어필하고자 만들어 낸 허구였다.

윤모가 무슨 생각을 하는지 읽기 어려웠다. 겉보기엔 한 없이 가벼워 보일지언정 윤모는 자기 속내를 숨기는 데 도가 텄고, 설령 그가 만만한 상대라 하더라도 태하에겐 상대의 의중을 헤아리는 재주가 없었다.

태하가 침을 꿀꺽 삼켰다.

"혹시 더 하실 말씀이라도 있으세요?"

"타이밍 맞추기가 이렇게 어렵다니까. 나름대로 계산을 하고서 시간을 정한 건데 생각지도 못한 얘깃거리가 나와 버리면 그 뒤로는 다 헝클어져서 모양이 빠지잖아."

"네?"

윤모가 시간을 확인했다.

"오늘은 날을 잘 골랐다고 해야 할지, 한강공원에 자리가 진짜 많이 비어 있더라고. 내가 조금 일찍 와서 여기저기 돌아다녀 봤는데 이 자리가 진짜 명당이야. 조금만 덜 추웠으면 좋았겠지만 우라질 날씨까진 내가 어떻게 할 수 없는 노릇이잖아? 태하 씨도 모처럼 나왔을 텐데 좋은 거 구경시켜줄 테니까 기다려 봐. 오래는 아니고 한 20분이면 될 것 같거든."

도대체 무슨 말인지 이해가 안 됐으나 태하는 윤모가 주문하는 대로 했다. 어쨌든 태하가 뭘 잘못해서 그러는 건 아닌 듯했고, 괜히 그의 심기를 거스르고 싶지도 않았다.

둘은 유유히 흐르는 강물을 다시금 바라보았다.

종이컵을 구깃구깃하던 윤모가 갑자기 생각났다는 듯 불쑥 물었다.

"그나저나 태하 씨한테 명단이 없다는 게 의외네. 난 당연히 사본을 따로 챙겼을 줄 알았거든."

"제가 그걸 가져서 어쩌겠습니까?"

"그런가?"

이번엔 태하가 윤모에게 물었다.

"대표님은 명단 공개하실 거예요?"

"아냐. 그걸로 뭘 어떻게 해 볼 생각은 없어. 그냥 어떤 인간들이 화성에 가는지 궁금하더라고."

"그렇습니까?"

겨우 그런 이유로 사람 하나를 죽였다는 건가? 태하는 새삼 소름이 끼쳤다.

때마침 윤모의 휴대폰이 울렸다. 그가 전화를 받더니 응, 응, 하며 짧게 통화를 끝냈다.

"드디어 시작이다. 미안한데 잠깐 방송 좀 할게."

윤모가 가방에서 드론을 꺼냈다. 그런 뒤에 카메라와 연동하는 고글을 쓰고 드론을 공중에 띄웠다.

태하는 윤모를 보았다가, 고개를 들어 드론을 보았다가, 안주머니에서 휴대폰을 꺼내 채널에 접속했다. 그가 스트리밍 방송을 하는 건 이례적이었다. 사전에 예고도 없었으므로 시청하는 구독자는 많지 않았고, 채팅창도 물음표로 도배가 됐다. 갑자기 웬 생방송인지 다들 어리둥절해하는 것이었다. 윤모는 아무런 코멘트 없이 드론을 통해 한강의 이곳저곳을 비출 뿐이었다.

해킹 또는 해프닝으로 시청자들의 의견이 모아질 무렵 멀리서 섬광이 번쩍거렸다. 그와 함께 굉음도 울렸다. 화면이 흔들렸고, 태하가 앉은 벤치에도 진동이 전해졌다.

"허억!"

태하는 당황하여 입을 틀어막았다. 드론을 조작하던 윤모는 태하의 신음에 흡족한 듯 슬며시 미소를 머금었다.

검은 연기가 피어오르는 곳은 서강대교였다. 다리의 가운데 토막이 뚝 끊어져 있었다. 단순히 무너진 게 아니라 폭발물에 의해 폭파된 것이었다. 방송은 끝까지 아무런 설명 없이 폭파 현장의 상공을 유유히 비추다가 시작할 때 그러했듯 갑작스레 종료됐다. 방송 시간은 겨우 15분 남짓이었다.

"바, 바, 방금 저거…… 뭐였어요……?"

태하는 방송이 종료된 걸 확인하고서 윤모에게 물었다.

"내가 좋은 거 구경시켜 준댔잖아. 아무리 그래도 저런 장면이 찍힐 줄은 몰랐네. 운이 좋았어. 난 그냥 새로 산 드론으로 한강 경치나 보여 주려고 한 건데 말이야."

윤모는 짐짓 모른 척 농을 건넸다. 당치 않은 소리였다. 폭파는 누가 보더라도 인섬니악의 소행이 틀림없었다. 방송을 시청한 사람들도 그렇게 생각할 터였다.

태하는 혼란스러웠다. 무슨 의도로 저런 일을 벌였지?

크리에이터라는 족속의 본령은 자기 채널의 구독자를 늘리고 영상 조회수를 높이는 것으로서 숙명적으로 점점 더 말초적인 영상을 올려야 한다지만, 아무리 그래도 고작 그런 이유로 저런 미친 짓을 저질렀을까? 서윤모라는 인간에 대해 잘 알지는 못해도 태하는 그가 그 정도로 무모하지 않다는 것쯤은 자신 있게 말할 수 있었다. 다른 이유가 있었다. 위험을 감수할 만한 다른 이유가.

"자, 쇼는 끝났으니 이제 돌아가도 좋아. 건강히 지내고, 다음 영상도 꽤나 볼만할 테니 기대하서. 여유 있으면 '좋아요'도 좀 눌러 주고."

그렇게 헤어진 뒤 망연히 지하철역으로 가는 길에 희수에게서 전화가 왔다. 긴급 재난 문자를 보고 연락한 것이었다.

태하는 애써 아무렇지 않은 척 밝게 말했다.

"응, 아직 여의도야. 방금 헤어지고 회사 가는 길이야. 알아, 나도 봤어. 난 괜찮아. 진짜야. 아침에 봐, 응."

인터넷에는 온통 서강대교 폭파 테러 이야기뿐이었다. 새로고침 할 때마다 속보가 수십 개씩 올라왔다. 뉴스 기사에 따르면 이번 테러로 인해 최소 22명이 사망했으며 아직 수색 중이라 사상자는 더 늘어날 수 있다고 한다.

반쯤 넋이 나간 채로 업무를 마친 태하는 귀갓길 지하철에서 불현듯 어떤 예감에 사로잡혔다. 그는 휴대폰 비밀 폴더를 뒤져 사진 파일 하나를 열었다. 1차 이주 대상으로 선발된 사람들의 명단으로, 자기 계획을 떠벌리기 좋아하는 윤모가 평소와 달리 용처를 밝히지 않은 데에 의구심이 생겨 몰래 촬영한 것이었다. 단순한 호기심 때문이 아니라는 건 알았지만 무엇에 쓸지는 전혀 짐작이 안 됐었다.

명단에 적힌 500개의 이름을 차근차근 훑어 내려가다 보니 이름 하나가 눈에 띄었다.

국회 부의장인 염기홍은 화성 이주민으로 선발되었으나 이제는 갈 수 없게 됐다. 서강대교가 폭파되던 순간 그도 그곳을 지나고 있었다.

윤모는 태하에게 받은 명단을 요긴하게 쓰고 있다고 했다. 애초에 염기홍을 노리고 벌인 테러였을까? 이런 식으로 명단에 적힌 인물들을 하나씩 제거할 셈일까? 도대체 왜?

태하는 건조한 눈을 벅벅 문질렀다. 피로감이 몰려왔다.

* * *

첫째와 셋째 토요일에는 정기 검진이 있었다. 도즈 서울 스테이션의 진료센터에는 늘 태하가 동행했다. 희수 혼자 시내를 돌아다니게 놔둘 리 없는 태하는 평일에 다녀오겠다는 형의 말을 단칼에 거절했다.

여기엔 다른 이유도 있었다.

"형은 어떨지 몰라도 나는 그 사람들 안 믿거든. 여기 사람들이 얼마나 속이 시커먼지 형이 몰라서 그래. 이상한 수작 부리지 못하게 옆에서 감시해야 해."

"이상한 수작? 에이, 그런 게 있으면 내가 알지."

"당사자가 모르는 일도 있으니까. 게다가 형은 순진해서 속이기 쉽단 말이야."

"네가 보기엔 내가 그래?"

"기분 나빴으면 미안해. 그런데 진짜로 세상이 얼마나 무서운지 형은 몰라."

푸하하, 희수가 폭소했다.

"웃지 마. 장난 아니야."

"이참에 나도 너처럼 턱수염이나 길러야겠다. 이런 거 있으면 얕잡혀 보이지 않겠지? 순진한 거 안 들키겠지?"

"아, 그런 거 아니랬잖아!"

희수는 매번 신체검사와 정신 상담을 받았는데 특별히 눈에 띄는 이상은 발견되지 않았다. 사실 연구원들도 희수를 어떻게 다루어야 할지 우왕좌왕하고 있었다. 사고를 경험한 유일한 생존자를 그냥 방치할 수는 없겠으나, 그렇다고 불러서 딱히 할 만한 것도 없었다.

그들은 희수를 대상으로 전송 실험을 하고 싶어 했다. 정작 희수 본인은 실험에 대해 별로 거부감이 없었는데 번번이 태하가 퇴짜를 놓았다. 단순히 반대하는 정도로 그치는 게 아니라 길길이 날뛰며 역정을 냈다. 불똥은 희수에게도 튀었다.

"내가 말하는 게 바로 이런 거야. 형이 무턱대고 들어주니까 웃으며 다가와선 등에 칼을 꽂으려고 하잖아."

"뭐 어때? 벼락도 같은 자리에 두 번은 안 친다잖아. 별일 없을 거야. 해 봐야 뭐라도 알아내지."

"모르는 소리. 세상에 두 번 벼락 맞은 사람이 얼마나 많은데."

희수가 어깨를 으쓱했다.

"네가 그렇게 반대하면 나도 고집부릴 생각은 없어. 그런데 화성 이주도 도즈로 전송되는 건 알고 있지? 우리가 거길 로켓 타고 가는 게 아니야."

"알아. 솔직히 안 내키지만 어쩌겠어? 그건 어쩔 수 없지. 그런데 실험이랍시고 의미 없이 왔다 갔다 하는 걸 어떻게 수락하냐고. 죽어도 안 돼."

말은 그렇게 했지만 사실은 태하도 도즈가 안전하다는 것쯤은 알고 있었다. 객관적인 수치만 봐도 다른 교통수단에 비해 도즈에서 사고를 당하는 사례는 지극히 적었다. 그러나 그걸 안다고 해서 거부감이 사라지는 것은 아니었다.

형이 실종된 뒤로 태하는 말할 것도 없고 다른 식구들 또한 도즈를 이용한 적이 한 번도 없었다. 그로 인해 얼마나 불편을 겪든 상관없었다. 그들은 일립시스에 한 푼도 보태줄 생각이 없었다. 형이 돌아왔어도 그러한 각오는 변하지 않았다.

이러한 탓에 하릴없이 신체검사와 정신 상담만 되풀이하는 것이었다.

두 시간가량 이어지는 검진 동안 태하는 대기석에 앉아서 기다렸다. 휴대폰을 만지작거리며 무료한 시간을 보내기도 했지만 대체로 잠을 청했다. 야간 근무조인 그는 만성적인 수면 부족에 시달렸다.

　그렇게 몽롱한 채 앉아 있으면 연구원인 권영조가 매번 다가와 인사했다. 형과 지내는 동안 이상한 점은 못 느꼈는지 확인하려는 것이었다. 그럴 때마다 태하는 건성으로 대답했다.

　"이상한 점이야 셀 수도 없죠. 특히 이상한 건 호칭이에요. 내 나이가 훨씬 많은데 동생이라고 아무렇지 않게 반말하는 걸 보세요. 집에서 그러는 건 그럭저럭 참아 보겠지만 밖에서도 저러니까 아주 난처하죠. 이해가 안 가는 건 아닙니다. 한평생 형으로 살다가 하루아침에 동생 노릇을 하기도 그렇잖아요. 그러니 이러지도 저러지도 못하고 속앓이만 하는 겁니다."

　"그런 문제도 있군요."

　영조도 태하가 진지하게 대답하고 있지 않다는 걸 알았다. 그녀가 적당히 맞장구치다가 물었다.

　"잠은 잘 주무시나요?"

　"형이요? 그럼요. 죽은 듯이 자던데요."

　"방을 따로 쓴다고 하셨죠? 자는 걸 직접 보셨나요?"

　"그걸 꼭 직접 봐야만 아는 겁니까?"

희수가 잘 시간에 태하는 보통 출근하고 집에 없었다. 그래도 주말에는 형이 자는 걸 봤다. 시간이 늦으면 형은 하품을 하다가 먼저 자러 들어갔다. 다른 건 몰라도 수면에 관해서는 이상함을 느끼지 못했다.

진짜로 이상한 건 형이 아니라 영조였다. 그녀의 태도는 태하가 형에게서 꼭 위화감을 느낄 거라고 단정하고 있었다. 그럴 이유가 있을까?

태하가 물었다.

"그쪽도 뭔가 마음에 걸리는 게 있으니까 자꾸 확인하려는 거죠? 그게 도대체 뭐예요?"

그날은 영조도 작심한 듯했다. 어쩌면 태하가 먼저 물어봐 주기를 내내 기다리고 있었는지도 몰랐다. 그녀가 주위를 살피고는 태하를 14층 사무실로 데려갔다. 아담한 방이 깔끔하게 정돈돼 있었다. 둘은 접대용 소파에 마주 앉았다.

영조가 말했다.

"남태하 씨는 캡슐의 전송이 어떻게 이루어지는지 아세요?"

그녀는 태하의 대답을 기다리지 않고 이어 말했다.

"이해하시기 편하게 컴퓨터로 비유하자면 파일을 잘라냈다가 붙여 넣는 거예요."

그녀에 따르면 도즈의 전송도 출발지의 캡슐에서 잘라 낸 뒤 목적지의 캡슐에 붙여 넣는 식으로 이루어졌다. 캡슐 내부의 모든 것을 데이터로 변환한 뒤 그것을 목적지에서 다시 원래의 캡슐로 재구축하는 것이었다. 이때 잘라 낸 파일은 붙여 넣기 전까지 일종의 '클립보드'에 체류한다고 볼 수 있다. 요컨대 전송 도중에 사고가 발생해 캡슐이 실종되었어도 그것은 소멸한 게 아니라 여전히 어딘가에 존재하는 것이었다.

"20분이라는 건 캡슐 내부를 가루로 만드는 데 소요되는 시간이고 전송 자체는 출발과 도착이 동시에 이루어지는 것 아닙니까? 저는 그렇게 알고 있었는데. 순간이동이잖아요."

"워낙 순식간이라 그렇게 느껴지긴 하는데요, 실제로는 수 초의 지연이 발생해요."

그녀가 계속 말했다.

"그런데 방금 말한 클립보드란 실재하는 공간이 아니에요. 시간과 공간을 초월한 형이상학적인…… 개념적인 공간으로 파악되고 있어요. 이쪽과 저쪽을 이어 주는 일종의 웜홀이 아닐까 하고 상상할 뿐이죠. 솔직히 연구원들도 클립보드에 대해 명확하게 알지 못해요. 뿐만 아니라 물질 전송

기술이 전반적으로 다 그렇죠."

비카스 람이 전송 장치를 개발하기 전에 3D 프린팅 사업을 했다는 건 잘 알려진 사실이다. 3D 프린팅이란 대상을 스캐닝하여 설계도를 작성한 뒤 알맞은 재료를 사용해 설계도대로 출력하는 것이다. 이에 따르면 생물을 프린팅하는 것도 이론상 가능한데, 현실화하는 것은 물론 차원이 다른 얘기였다. 이를 최초로 해낸 사람이 바로 비카스였다.

그는 대상을 스캐닝하는 동시에 원자 단위로 분해했고, 그렇게 확보한 재료로 원본과 동일한 복제물을 만들어 냈다. 당시에 이 기술은 윤리적인 논란을 야기했다. 관점에 따라서는 원본을 살해한 것이나 마찬가지였기 때문이다. 하지만 원본의 재료를 사용해 원본의 모습을 그대로 다시 빚어 낸다는 점에서 보면 단순한 복제물이라기보다는 원본을 부활시킨 것으로 볼 수 있기에, 더구나 재료 수급의 문제로 한 번에 하나 이상의 복제물이 존재할 수 없기에, 이를 옹호하는 의견도 많았다.

한편 비카스는 재구축 도중에 재료들이 순간적으로 사라졌다 나타나는 걸 몇 차례 목격한 바 있었다. 이는 전송에 대한 단초가 되었다. 그는 계시라도 받은 것처럼 연구에 몰두했고, 5년여의 시행착오 끝에 전송에 성공했다. 캡슐에 실어 보낸 화분이 옆방의 캡슐로 무사히 이동한 것이었다. 다만 그것이 어떠한 원리로 이루어지는지는 알아내지 못했다.

태하가 말했다.

"도즈도 결국은 3D 프린팅의 변형이라는 거잖아요? 그러니까 연구원님은 형이 원본이 아닌 복사본이라고 의심하시는 거죠? 누군가 설계도대로 형을 새로 만들어 낸 것이고, 그래서 이전과 다른 존재일 거라고요."

"아뇨, 그런 얘기가 아니에요. 그게 가능하면 실종된 사람들을 전부 되살렸겠죠."

영조가 설명했다.

"도즈로 전송된 이상 우리는 이전과 다른 존재일 수밖에 없어요. 그런데 대체 뭐가 어떻게 다를까요? 이번엔 블록 완구로 예를 들어 볼게요. 블록으로 만든 인간을 이쪽에서 산산이 부숩니다. 그걸 꾸러미에 넣은 뒤 저쪽으로 자리를 옮겨서 설계도를 보면서 다시 조립해요. 이때 모양과 색이 동일하면 굳이 원래 자리의 블록 대신 다른 자리에 있던 블록을 사용해도 무방하겠죠? 그렇게 재조립된 인간은 이전과 같은 존재일까요? 관점에 따라서는 같기도 하고 다르기도 하겠죠."

"말도 안 되죠. 어떻게 그게 같습니까?"

"그럼 이건 어때요? 우리 몸속의 세포도 각각 수명이 있어요. 우리는 기존의 세포가 사멸하면 새로운 세포가 생성되는 식으로 신체를 유지하는데요, 1초에 수백만 개씩 세대교체를 합니다. 이런 식으로 길게 잡아도 10년이면 모든 세포가 교체된다고 해요. 그렇다면 지금의 남태하 씨는 10년 전의 남태하 씨와 다른 인간일까요?"

"그건⋯⋯."

"사실 제가 집중하는 건 남희수 씨가 21년 만에 어떻게 돌아올 수 있었는지예요."

먼저 그녀는 타임 슬립의 가능성이 거론되고 있다고 설명했다. 이는 캡슐이 21년이라는 시간을 단숨에 건너뛰었다는 가설로, 희수에게 노화가 전혀 진행되지 않은 점이 그 근거였다.

"그런데 저는 여기에 동의하지 않아요. 말이 안 됩니다."

"말이 되고 안 되고를 떠나서 사실이 그렇잖아요? 21년 후에 돌아온 거나, 나이를 먹지 않은 거나."

"전송은 무턱대고 잘라 낸 다음에 붙여 넣을 데를 정하는 게 아니에요. 붙여 넣을 공간을 확보해야 비로소 잘라 내는 절차가 진행되는 것이죠. 다시 말해 21년 전에 타우랑가에서 전송이 시작됐다면 그건 21년 전의 서울로부터 전송 요청에 대한 승인을 받았기 때문이에요. 그게 21년이나 헤매다 돌아왔다는 건 말이 안 돼요."

태하는 똑같은 말을 반복했다.

"그러니까 말이 되고 안 되고를 떠나서……."

"이번에 돌아온 캡슐도 사전에 전송 알림이 있었어요. 서울 스테이션에서 그걸 승인했기 때문에 전송이 이루어진 거예요. 다시 말해 전송 요청은 21년 전에 한 번, 올해 한 번, 이렇게 두 차례 있었던 셈이죠. 제 생각엔 클립보드를 떠돌고 있는 캡슐 데이터를 누군가 전송한 것 같아요."

"누가요?"

"모르죠. 한 가지 분명한 사실은 저절로 그렇게 될 순 없다는 거예요. 누구의 소행인지는 몰라도 인위적인 조작이 가해졌어요."

"설마 형이?"

"말씀드렸듯이 그때 남희수 씨는 데이터로 존재했어요. 다른 존재가 한 거예요."

그녀가 말했다.

"실은 남희수 씨가 서울에 도착했을 때 예전 타우랑가에서의 기록과 비교해 캡슐에 미세하게 중량 변화가 있었어요. 30그램쯤 더 늘었더라고요. 전송 전후로 얼마쯤 가감되는 일이 있긴 한데 30그램이면 다소 과한 수치이긴 해요."

"그게 무슨 뜻이죠?"

"이건 제 개인적인 추측인데요, 그 캡슐에 다른 무언가가 섞여 온 게 아닐까 의심하고 있습니다. 전송된 것도 아마 그 존재와 관련이 있을 테고요."

"존재라면 설마 외계인 말씀하시는 겁니까?"

태하는 반쯤 농담으로 말한 것이었는데 영조의 표정이 진지했다.

"그 가능성도 배제할 순 없겠죠."

"무슨 그런 허무맹랑한…… 아!"

그제야 태하는 영조가 앞서 줄곧 확인하고자 했던 것들이 이해됐다.

"외계인이 형을 조종하고 있을지 의심하는 거라고요? 영화에 나오는 신체 강탈 같은 그런 거 말이에요?"

태하의 목소리가 커지자 영조가 목소리를 낮추었다.

"그렇게까지 비약하려는 건 아니에요. 남희수 씨의 신체가 외계로부터 영향을 받았을 가능성을 조사하는 정도로 이해해 주셨으면 좋겠습니다. 너무 불쾌하게 받아들이지 않으셨으면 좋겠어요."

그녀가 말을 할지 말지 머뭇거리다 조심스레 말했다.

"저희가 관찰한 바로는 남희수 씨가 돌아온 뒤 한 달 정도 이곳에서 머무르는 동안 잠을 잔 적이 없어요. 눈을 감고는 있지만 뇌파에 따르면 수면 상태가 아니었다는 거죠."

"네?"

"잠이 든 게 아니라 자는 시늉을 하는 것 같았다는 얘기예요."

"잔 적이 없다는 게 무슨……. 환경이 갑자기 바뀌든지 생활 패턴이 바뀌든지 하면 밤에 안 자고 낮에 잘 수도 있지 않습니까?"

"아뇨, 낮에도 밤에도, 한순간도 안 잤어요. 언제나 말짱하게 깨어 있었다고요."

그때 누가 사무실에 들어와 영조를 불렀다. 이야기도 거기서 끝났다. 그녀는 태하에게 다시 연락하겠다며 급하게 나갔다. 마침 태하의 휴대폰도 울렸다. 상담이 끝난 희수가 연락한 것이었다.

대기석에서 멍하니 기다리던 희수는 태하를 보자 대번에 얼굴이 환해졌다. 태하는 희수의 시선을 피했다. 형이 아니라면 정체가 뭐지? 사람인 체하며 숨어 있는 이유는 또 뭐고? 태하는 혼란스러웠다.

＊ ＊ ＊

형제는 일요일에 부모님 유골을 모셔 둔 추모공원에 가기로 했다.

원래는 희수가 돌아온 주말에 바로 다녀올 예정이었으나 희수의 컨디션이 좋지 않은 탓에 나중으로 미루었었다. 돌아온 뒤로 그는 자잘한 두통에 시달리곤 했다. 깨질 것처럼 아프다가도 금세 다시 멀쩡해진다며 희수는 이를 대수롭지 않게 여겼다. 그에 따르면 새로운 환경에 몸이 적응하느라 그런 거였다. 실제로 검진에서도 뚜렷한 원인을 찾지 못했다. 하지만 태하로서는 왕복에만 반나절이 걸리는 장거리 여행이 망설여지는 것도 당연했다. 희수의 컨디션이 조금만 나빠 보여도 다음에 가자며 차일피일 미루다 보니 어느새 반년이 훌쩍 지나 있었다. 그러다 아버지 기일이 다가오자 작정하고 약속을 잡은 것이었다.

렌터카에는 자율주행을 비롯해 이것저것 잡다한 기능이 많았다. 그래도 태하는 직접 운전대를 잡았다. 그게 마음이 편했다. 게다가 지금은 머리가 복잡해서 뭐라도 몰두할 게 필요했다.

"웬일로 우산을 챙기나 했더니 날씨가 심상치 않긴 하다."

희수가 말했다. 아닌 게 아니라 금방이라도 비가 쏟아질 것처럼 하늘이 우중충했다.

태하가 말했다.

"오후에 비 올 거야."

"안 오는데? 내 말은…… 계속 이대로 흐리기만 할 것 같다고."

"그럼 내기할래? 설거지하기."

"자신 있나 본데? 나이 들더니 관절이라도 쑤시나?"

"아까 일기예보 확인했어. 비 올 확률이 80퍼센트야."

"말도 안 돼. 80퍼센트나 된다고?"

"이제 와서 딴소리하기 없어."

희수는 입을 삐쭉거리고는 조용히 창밖으로 시선을 돌렸다.

태하는 곁눈으로 조수석을 힐끔거렸다. 영조의 말을 들은 뒤로 그는 형을 대하는 것이 껄끄러웠다. 형이 형이 아닐지도 모른다는 생각은 그를 몸서리치게 했다. 한번 의심이 들기 시작하니 형이 하는 말과 행동이 괜히 부자연스럽게 느껴지기도 했다.

"아, 여기서부터는 기억난다."

목적지에 가까워질수록 희수는 풍경이 눈에 익은 듯 예전 기억을 되새겼다. 허름한 휴게소와 듬성듬성 얼룩소들이 돌아다니는 목장과 민트색 지붕의 주택을 보며 희수는 마치 틀린 그림 찾기의 정답을 발견한 것처럼 반색했다. 이 경우는 기억 속 풍경과 같은 그림을 찾아냈다고 해야겠지만.

"여긴 그대로네. 이 동네만 시간이 멈춘 것 같아."

"서울이 이상한 거야. 부지런히 허물고 짓는 건 수도권 대도시에서나 있는 일이거든. 조금만 외곽으로 나와도 개발은 커녕 제대로 유지만 돼 있어도 선방한 거야."

"유지? 그냥 버려둔 게 아니라? 꼭 빛바랜 사진을 보는 것 같아. 기억은 선명한데 실제로 보는 풍경은 너무 낡았어."

태하가 운전대를 쥔 채 무심히 말했다.

"풍경만 낡은 게 아니야. 젊은 사람들은 다 떠나고 노인네들만 남았거든."

"이곳엔 미래가 없구나."

희수가 중얼거렸다.

태하는 형이 말한 이곳이란 어쩌면 지구를 일컫는지도 모른다고 생각했다.

구불구불한 산길을 따라가다 보니 추모공원에 도착했다. 산 중턱에 단정하게 조성된 공원은 시야가 넓게 트여 산 아래가 환히 내려다보였다. 그러나 당장은 안개가 끼기도 했고, 무엇보다 후텁지근한 공기에 질식할 것 같아서 형제는 얼른 봉안당으로 들어갔다.

봉안당은 한산했다.

형이 실종된 뒤로 태하는 아버지와의 관계가 소원했다. 한번 멀어진 사이는 끝내 회복되지 않았다. 하지만 그런 얘기를 형에게 하고 싶진 않았다. 보나 마나 형은 자기 때문이라고 생각할 테니까. 어차피 중요한 소식은 새어머니가 전했으니 그는 더 보탤 말이 없었다.

그런데 형이 보이는 태도는 태하의 예상과 달랐다. 지난 반년간 형은 아버지에 관해 한 번도 묻지 않았다. 태하는 형이 아버지 얘기를 꺼내지 않기를 바라면서도 막상 아무 관심을 보이지 않으니 그 점이 도리어 신경 쓰였다. 워낙 상심이 커서 입에 담기조차 괴로운 거라고 태하는 막연히 짐작했다.

아버지의 유골함은 엄마의 유골함과 한자리에 나란히 안치되어 있었다. 사별한 전 부인과 부부 합장을 한 것이 재혼한 부인의 존재를 무시한 처사는 아니고, 이에 관해서는 어른들끼리 미리 합의를 본 모양이었다. 적어도 이 건에 대해 새어머니는 서운해하지 않으셨다.

태하가 말했다.

"아버지 돌아가신 지 10년도 더 됐어."

"응."

희수는 무덤덤하게 고개를 끄덕였다.

유골함 앞에서 희수는 이렇다 할 반응을 보이지 않았다. 통곡하기는커녕 눈시울을 붉히는 일조차 없었다. 그의 얼굴엔 아무 표정도 떠오르지 않았다. 슬픔도 그리움도 없이 그저 묵묵히, 혹은 무료히 아버지의 사진을 응시할 따름이었다. 여느 정물을 볼 때와 다를 바 없는 메마른 시선이었다.

형에게 충분히 시간을 준 뒤에 태하가 말했다.

"그만 갈까?"

"응."

일립시스에서는 '하이버네이션(Hibernation)'이라는 이색적인 사업도 꾸리고 있었다. 인간을 원자 상태로 분해해 보존하는 서비스를 제공하는 것으로, 쉽게 말해 도즈 캡슐이 전송되기 직전의 상태로 유지해 주는 사업이었다. 그러다 미리 지정한 날짜가 되거나 사전에 설정한 조건을 충족하면 원래의 모습으로 소생시켰다.

이는 주로 불치병이나 난치병 환자들에게 미래를 기약하는 수단으로 각광받았다. 살아 있는 생물을 대상으로 하고 재구축, 즉 소생까지 확실히 보장된다는 점에서 기존의 사후 냉동보존과는 차별화되었다.

죽음을 유예할 수 있다면 할 것인가? 이 질문은 이제 죽음을 앞둔 사람들이 한 번쯤 거치는 관문이 되었다.

애석하게도 아버지에겐 선택의 기회가 주어지지 않았다. 구급차가 도착하기 전에 아버지는 숨을 거두었다. 평소 심혈관에 문제가 있긴 했어도 꾸준히 진료를 받았고 처방약도 복용해 오던 터라 그렇게 갑작스러운 사태가 벌어지리라고는 예상하지 못했었다. 그러나 아버지는 설사 죽음을 미룰 수 있었어도 그러지 않았을 것이다. 그때는 형이 돌아올 거라는 기대조차 없었고, 따라서 고가의 서비스 유지비를 부담할 이유도 없었으니까.

만약 형이 돌아온다는 걸 알았더라면 어땠을까? 헤어졌던 형을 다시 만났다면 쇠약해진 몸은 건강을 회복했을까? 어머니가 살아 계실 때도 이런 서비스가 있었다면 지금쯤 식구들이 함께 살고 있었을까? 그러면 우리는 행복했을까? 언제나 타이밍이 문제다. 지나고 나면 돌이킬 수 없다.

집에 가는 길에 태하는 불쑥 옛날얘기를 꺼냈다. 오래전에 엄마가 형제를 데리고 동물원에 갔던 기억이었다.

"그게 아마 어린이날이었나? 무슨 특별한 날이긴 했어."

"우리가 엄마랑 동물원에 간 적이 있다고?"

"기억 안 나? 지갑 잃어버린 날 말이야. 차비도 없어서 아버지가 데리러 왔었잖아."

희수는 이상하다는 듯 고개를 갸우뚱했다.

"네가 말하는 건 놀이공원 아니야? 엄마가 지갑 잃어버린 건 놀이공원이었는데. 가방째로 잃어버렸었잖아."

"아냐, 동물원이었을걸? 아닌가?"

짐짓 모르는 척했지만 사실은 태하도 다 알고 있었다. 형이 제대로 기억하고 있는지 시험할 요량으로 물은 것이었다.

"그리고 어린이날이 아니고 네 생일날 있었던 일이야. 처음으로 롤러코스터도 탔으면서 기억을 못 하면 어떡해."

"앗. 이제 기억났어."

희수가 말했다.

"그럼 이건 언제? 가방 잃어버린 일은 아버지한테 비밀로 하자고 우리 셋이서 손가락 걸고 약속했어. 그래서 지나가는 사람한테 휴대폰 빌려서 아버지가 아니라 할머니를 불렀고."

"맞아. 엄마가 외우고 있는 전화번호가 할머니 번호뿐이었지. 형이 원래 이렇게 기억력이 좋았나?"

"기억력이 좋다면 약속을 어기지도 않았겠지. 엄마 돌아가신 후에 내가 그만 방심하고 아버지한테 그날 있었던 일을 얘기해 버렸거든."

희수가 멋쩍어하며 덧붙이자 태하가 피식 웃었다.

"그 정도면 선방한 거야. 나는 바로 다음 날에 아버지 앞에서 신나게 떠들어 댔으니까."

저녁에 아버지와 목욕하던 태하는 전날 있었던 일들을 미주알고주알 무용담처럼 떠벌렸다. 비누칠을 해 주던 아버지가 놀라며 그런 일이 있었느냐고 묻자 태하는 비로소 자신이 약속을 저버렸음을 깨달았다. 태하의 얼굴에 당황한 빛이 스치는 걸 본 아버지는 새로운 약속을 제안했다. 비밀이 새어 나간 걸 비밀로 하자는 것이었다.

"대신에 다음에 또 나만 빼고 셋이서만 비밀로 하는 게 있으면 네가 몰래 아빠한테 알려 주는 거야. 말하자면 너는 이중 스파이가 되는 거지."

이중 스파이? 어린 태하는 가슴이 뛰었다. 거절할 이유가 없었다.

하지만 이후로 더 이상의 비밀은 없었고 태하가 스파이로서 활약할 기회도 오지 않았다. 어쨌든 놀이공원에서의 일은 그 후로도 오랫동안 비밀로 남았다.

희수가 말했다.

"너 진짜 좋았겠다. 스파이 같은 게 될 줄 알았으면 나도 진즉에 털어놓는 건데."

그 순간 태하의 가슴에 안도감이 밀려왔다. 형의 대답은
웃음이 터질 만큼 친숙한 것이었다. 어떤 이질적인 존재가
이렇게까지 형을 흉내 낼 수 있을까?

"왜 웃어?"

"역시 형이다 싶어서."

그래, 역시 형이었다. 진짜로 형이 돌아온 것이다. 의심의
안개가 걷히자 형의 존재가 한결 또렷하게 느껴졌다.

"젠장, 아버지 보고 싶네."

"엄마도."

그날 비는 내리지 않았다.

* * *

저명한 환경학자인 문경직은 3년 전 가족과 함께 인도네
시아로 이주했다. 동칼리만탄의 대학에서 수업을 맡게 됐기
때문이었다. 그곳에서 그는 환경공학을 가르쳤다.

그렇다고 한국을 아주 떠난 건 아니어서, 그는 여전히 한
국에서 강연을 했고 책을 냈으며 간간이 TV 교양 프로그램
에도 얼굴을 비췄다. 심지어 국적도 대한민국이었다. 단지

거주지와 직장을 인도네시아로 옮겼을 뿐이었다.

이번에 한국에 온 것은 포럼 때문이었다. 경직은 광화문에서 열리는 미래 인류 포럼에 초청을 받았는데, 나흘간 머물면서 겸사겸사 신간 도서의 홍보 사인회도 갖고 지인들도 만날 계획이었다. 그는 목요일 밤 9시쯤 서울 스테이션을 통해 입국했다. 첫날엔 아무 일정도 없었으므로 호텔로 이동해 체크인했다.

포럼은 이튿날인 금요일 오후로 잡혀 있었다. 경직은 새벽부터 호텔을 나서 남산의 둘레길을 산책했다. 이후 그는 호텔 로비의 카페에서 느긋이 아침 시간을 보내다 포럼장으로 출발했다.

포럼의 주제는 지구와 인류의 미래였다. 경직은 자카르타를 예로 들며 발표를 시작했다. 자카르타는 매년 5센티미터씩 가라앉고 있었다. 이미 자카르타에서 동칼리만탄으로 수도를 이전한 바 있는 인도네시아 정부는 수백억 달러를 들여 자카르타에 방조제를 건설했다. 물론 그것은 임시방편에 불과하며 늦든 빠르든 도시는 결국 바다에 집어삼켜질 터였다. 그곳에서 불안한 삶을 이어 가는 주민들은 궁극적으로 새로운 터전을 찾아야 한다고 그는 주장했다. 이와 같은 맥락에서 지구 전체의 환경이 인류의 생존에 적합하지 않다면 바깥으로 눈을 돌리는 것이 해법이 될 수 있으며 거주 가능한 별을 찾는 데 초국가적 협력이 이루어져야 한다고 강조했다.

다른 전문가들의 발표도 대개 논조가 비슷했다. 그들은 인류의 미래가 더 이상 지구에 있지 않다고 말했다. 달에, 화성에, 어쩌면 그보다 멀리에 있을 거라고 그들은 주장했다.

포럼은 성황리에 종료됐다.

그날 저녁에 경직은 오랜만에 지인들을 만나 회포를 나누었다. 그로서는 드물게 술도 마셨다.

새벽 1시경에 경직을 태운 택시가 호텔에 도착했다. 그는 택시를 보낸 뒤 비틀거리며 로비로 향했다. 그때 기둥 뒤에서 건장한 사내 둘이 나타나 그를 양옆에서 부축했다.

"누, 누구……."

경직이 기겁하며 그들을 보았다. 한 명은 대머리였고 다른 한 명은 콧수염이 나 있었다. 둘 다 처음 보는 얼굴들이었다.

"쉿. 얌전히 따라오쇼."

그들은 신중하고도 민첩한 솜씨로 경직을 강제로 승합차에 태웠다. 경직이 저항할 새도 없이 순식간에 벌어진 일이었다. 사내들은 차에 오르자마자 자기 얼굴에서 가죽을 벗겨 냈다. 그들은 대머리도 아니었고 콧수염도 없었다. 그저 잘 만든 실리콘 마스크를 쓰고 있었을 뿐이다.

경직이 당황해 소리쳤다.

"뭐, 뭐야! 당신들 누구야! 지금 뭐 하는 거야!"

차 안엔 그들 말고도 다른 사내가 두 명 더 있었으나 아무도 그의 물음에 답하지 않았다. 괴한들은 그의 뺨을 후려갈기는 것으로 대답을 갈음했다. 사실 그들이 누구이고 지금 무슨 일이 벌어지고 있는지는 물을 것도 없었다. 경직은 납치된 것이었다.

경직을 태운 승합차는 유유히 서울을 벗어났다. 몇 번의 질문과 몇 번의 따귀 세례를 주고받다 보니 차가 멈추어 섰다. 도착한 곳은 가평에 위치한 좁고 허름한 모텔이었다. 주차장 입구의 표시등에는 만차 표시가 켜져 있었는데, 막상 안에 들어와 보니 주차 공간이 넉넉했다.

사내들은 마스크도 쓰지 않고 모텔 복도를 거리낌 없이 활보했다. 사람도 없거니와 설령 누가 경직을 보더라도 개의치 않는다는 태도였다. 그들은 곧장 222호실로 경직을 데려갔다. 짙은 녹색의 열대 식물 패턴 벽지가 발라져 있는 객실에는 이 납치극의 주모자가 그를 기다리고 있었다.

"드디어 뵙는군요, 교수님. 밤늦게 피곤하실 텐데 멀리까지 모시게 되어 죄송합니다. 저는 서윤모라고 합니다. 동생처럼 편하게 대해 주십쇼."

윤모가 능글맞게 웃으며 악수를 청했다.

그 무렵 경직은 완전히 주눅이 들어 있었다. 그가 벌벌 떨며 윤모의 손을 잡았다.

"도, 도대체 저를 왜……."

"다 말씀드릴 테니까 서두르지 마시고. 일단 이리 가까이 와서 앉으시죠."

윤모는 먹잇감을 관찰하듯 경직에게 시선을 고정한 채 납치범들을 불렀다.

"너희들, 도대체 얼마나 때린 거야? 어우, 뺨이 너무 부었는데?"

"오는 길에 하도 발광을 해서 얌전히 시키느라 그랬어. 미안해."

"아무리 그래도 면상이 이래서야 못쓰잖아. 이것 때문에 다들 잠도 안 자고 기다렸는데. 아무튼 됐어. 이 양반이랑 잠깐 얘기 좀 나눌 테니까 옆방에서 기다려."

"응."

"알지? 커피 달달하게 한 잔씩 타 오고."

사내들이 나가자 경직이 얼른 흥정을 시도했다.

"저기, 도, 돈이라면 드리겠습니다. 전화 한 통만 하면 2억 원까지는 바로 드릴 수 있어요. 그거 받으시고 제발 목숨만 살려 주십시오."

"2억?"

윤모가 킬킬거렸다.

"명성에 비해 몸값을 너무 낮게 잡은 것 아닙니까? 만약에 내가 돈을 노렸으면 살짝 언짢을 뻔했네. 아무리 그래도 천하의 문경직인데."

"돈 때문이 아니면 왜……."

"모양 빠지게 자꾸 그렇게 보채지 좀 마십쇼. 나는 그냥 일 하나만 부탁하려는 거예요. 사실 일도 아니지. 그냥 몇 줄만 낭독하는 게 다니까."

"낭독?"

"그래요. 그것만 해 주면 호텔까지 다시 고이 모셔다드릴게. 어때요?"

"돌려보내 준다고요? 무사히?"

"싫어요? 기념으로 어디 한 군데 부러뜨리는 편이 좋은가? 말만 해요. 바라는 대로 해 드릴게."

경직이 세차게 도리질했다.

"아뇨, 그럴 리가요! 당연히 읽어야죠. 뭐든 시키는 대로 하겠습니다."

"좋습니다. 이제야 좀 말이 통하시네."

"그런데 그 글이라는 게 무슨 내용이길래……."

"누가 교수 아니랄까 봐 깐깐하시네. 이봐요, 나한테 중요한 건 그 글을 누가 읽느냐 하는 것이고 댁한테 중요한 건 집에 무사히 돌아갈 수 있느냐 하는 것이지, 그 글이 무슨 내용을 담고 있는지가 중요합니까? 내용이 마음에 안 들면 어쩌시려고? 집에 안 갈 거야?"

윤모의 입가에는 미소가 걸려 있었다.

"지금 교수님 얼굴이 많이 부었고 시간이 늦어서 다들 피곤하기도 하니까 오늘은 여기서 일단 한숨 푹 주무세요. 원래 숙소에 비하면 누추하겠지만 하룻밤만 참아 봐요. 원고는 내일 일어나시면 보여 드릴게."

"잠깐만요. 이렇게 일방적으로 몰아붙이면서 무슨 협조를 바라는 겁니까?"

"어쭈, 뻗대는 거 보니까 이제 숨통이 좀 트이나 보네? 교수님이 단단히 착각하시는 모양인데, 일방적으로 몰아붙이려고 납치한 겁니다. 안 그랬으면 굽실굽실 비위나 맞춰 드리면서 계약서 내밀었겠지. 간단한 문제를 어렵게 생각하지 마십쇼. 댁은 집에 갈지 말지만 고르면 돼요."

"낭독 안 하면 주, 죽이기라도 할 거예요?"

윤모는 경직을 빤히 쳐다보았다.

"푹 자 둬요. 원고는 내일 일어나면 보여 드릴게. 오전에 간단히 리허설 한 번만 해 보고 괜찮으면 곧장 촬영할 겁니다."

그가 사내들을 불러 경직을 다른 층의 객실로 보냈다. 222호실과 마찬가지로 녹색 방이었는데 거기엔 침대가 있었다.

"저기요, 쌤. 아까는 때려서 미안했슴다."

덩치가 건들건들 인사하더니 방을 나갔다.

잠시 얼이 빠져 있던 경직은 곧 정신을 다잡고 방을 둘러보았다. 창문도 없이 마땅한 출구라곤 방문뿐이었다. 더구나 감시 카메라도 설치돼 있는 듯하여 탈출은 무리였다.

하릴없이 서성대던 경직은 일순 휘청거리며 침대에 주저앉았다. 밤이 깊기도 했고 고단하기도 할 터이나 단지 그것 때문만은 아니었다. 의지에 반하는 변화가 그의 신체에 일고 있었다. 아무래도 조금 전에 마신 커피에 수면제가 들어 있었던 모양이었다. 눈꺼풀을 몇 번 힘겹게 끔뻑여 보던 그는 곧 곯아떨어졌다.

"헤이, 교수님. 아침이에요. 집에 가셔야지."

경직은 부스스 몸을 일으켰다. 눈앞에서 윤모가 미소 짓고 있었다.

그는 경직이 303호에 마련된 스튜디오로 이동해 몸단장을 끝낸 뒤에, 그러니까 이제 원고를 읽는 것 말고는 달리 할 게 없을 때가 되어서야 원고를 건네주었다. 경직은 그걸 얼른 훑어보았다.

"성명문?"

"거창하죠? 내용은 별거 없어요. 2억 원짜리 광고 한 편 찍는다 생각하면 마음이 좀 편할 겁니다."

"이런 건…… 난 못 읽어요."

"이 양반 또 시작이네. 그러다 뒤지면 읽고 싶어도 못 읽을 텐데."

정신이 바짝 든 경직이 성명문을 몇 번 눈으로 훑어보았다. 그가 내키지 않는 투로 물었다.

"정말로 읽기만 하면 바로 풀어 줄 겁니까?"

"그럼요! 여기 카메라 앞에 앉으시죠."

윤모가 손가락으로 지시해 촬영을 준비했다. 경직은 목청을 가다듬은 뒤 낭독을 시작했다. 그것은 행성 이주 계획에 대한 규탄 내지 저주였고, 일립시스를 향한 선전포고문이었다.

"……따라서 인류는 스스로 망가뜨린 지구를 회복시킬 의무가 있다. 일립시스가 추진 중인 화성 이주 계획은 지구의 자원 고갈을 가속화할 것이며, 동시에 다른 별에까지 인류라는 해악을 전파하려는 최악의 실책이 아닐 수 없다. 이에 우리는 행성 이주에 동조하는 인간들을 최후의 최후까지 색출해 척결할 것을 결의하는바……."

경직이 갑자기 읽기를 멈추자 윤모가 짜증을 냈다.

"아, 잘 나가다 왜 멈추지? 앞 문단부터 다시 읽어요."

경직이 지적했다.

"여기 쓰여 있기로는 동조하는 인간들을 색출해 척결한다고 하는데……."

"그게 뭐요? 단어가 어색한가? 동조하는 인간들을 깡그리 잡아 죽이겠다고 고쳐 드릴까?"

"아니, 그런 게 아니라…… 저도 죽이려는 것 아닙니까?"

윤모가 과장스러운 몸짓으로 손사래를 쳤다.

"네? 어휴, 무슨 그런 끔찍한 말을 해요? 집에 가기로 나랑 약속했잖아요. 교수님은 식구들한테 돌아가셔야죠. 자, 긴장 푸시고 어깨에 힘 좀 빼시고 처음부터 다시 차근차근 읽어 봅시다. 지금처럼만 하면 돼요."

약속이 미덥지 않다는 듯 머뭇거리면서도 경직은 시키는 대로 낭독을 마쳤다.

윤모가 엄지손가락을 치켜세웠다.

"이야, 역시 방송 좀 해 보신 분이라 그런지 발음이 기깔나시네. 얼굴도 실물만큼 잘 나왔고. 기대 이상으로 잘 뽑힌 것 같습니다. 이만하면 됐어요."

"그럼 이제 된 겁니까? 약속대로 데려다주세요."

"아이구 교수님. 진짜 미안한데 추가로 촬영 하나만 더 합시다. 미리 말씀드렸어야 했는데."

윤모가 말했다.

"어젯밤에 교수님 주무시는 동안에 우리끼리 얘기를 나눠 봤는데요, 아무래도 영상 하나만 찍는 걸로는 수지가 안 맞아요. 솔직히 낭독이 이슈가 되면 얼마나 되겠냐고요. 살짝 자극적인 장면이 삽입되면 좋을 것 같아서 섬네일용으로 짧게 하나만 더 찍기로 결정했습니다."

경직이 뭐라고 반응하기 전에 윤모가 얼른 덧붙였다.

"교수님한테 뭘 해 달라는 건 아닙니다. 그냥 카메라 앞에 허리 꼿꼿이 펴고서 의젓하게 앉아 있기만 하면 돼요. 그러면 잽싸게 찍고 끝낼게요."

"뭐, 뭘 하려고요."

"시청자가 원하는 걸 보여 줘야지."

윤모가 다른 사내들과 무언가 사인을 주고받더니 추가 촬영이 시작되었다. 사내들이 이목구비가 흉하게 일그러진 모습의 복면을 뒤집어쓰고 카메라 앞에 등장했다. 그들은 경직을 의자에 단단히 결박했다. 입에는 재갈을 물렸다. 침도 삼키지 못하는 상태로 경직은 눈알만 되록되록 굴려 댔다.

이윽고 윤모가 카메라 앞에 섰다. 그도 다른 사내들과 똑같은 복면을 썼다. 차이가 있다면 그의 손에는 도끼가 들려 있다는 사실이었다. 서슬 퍼런 도끼날이 조명 아래서 번득였다. 경직은 도끼로 할 수 있는 것들을 얼른 헤아려 보았지만 온통 불길한 것들뿐이었다. 단단히 묶여 있는데도 무릎이 덜덜 떨렸다.

윤모는 이렇게 되어 유감이라는 듯, 혹은 표적을 확인하려는 듯 경직의 목덜미를 가볍게 손으로 짚었다. 손에 쥔 도끼로 경직의 목을 치려는 것이었다.

공포에 질린 경직을 앞에 둔 채 농락하듯 시간을 끌 때, 어디선가 우당탕거리는 소리가 들리더니 경찰 세 명과 4족 보행의 지원 로봇 네 대가 스튜디오로 돌입했다. 그들은 윤모와 덩치들을 신속히 제압했다. 몇몇은 경찰의 총격에 의해 사살되었고, 나머지는 생포되었다. 경직은 무사히 구출되었다.

그로부터 일주일이 채 지나지 않은 어느 날, 태하의 집에 경찰이 들이닥쳤다. 그들은 인섬니악과의 연관을 물으며 태하를 경찰서로 연행해 갔고 증거를 찾고자 집을 마구 헤집어 놓았다. 동거인인 희수에 대해서도 물론 조사가 진행되었다. 그가 이미 오래전에 사망한 인물로 밝혀지는 것은 시간문제였다.

그런 뒤에…….

"그런 뒤에 무슨 일이 일어나는지는 아직 선명하지 않아."

희수는 갈증이 나는 듯 물을 들이켰다.

그날 희수는 평소보다 더 이상하게 굴었다. 장수가 쓰다듬어 달라며 다가붙는데도 고장 난 것처럼 멈춰서 한참 생각에 잠겨 있더니, 갑자기 할 말이 있다며 태하를 불렀다. 그러더니 대뜸 황당무계한 이야기를 시작한 것이었다.

태하의 반응은 지극히 상식적이었다.

"이게 무슨 얘긴데? 꿈이야? 낮에 무슨 소설이라도 써?"

"실제로 일어날 일이야. 너는 다다음주 목요일에 바로 이 자리에서 체포될 거야."

꿈이나 소설이 아니라는 것쯤은 태하도 알고 있었다. 도무지 믿기 어려운 얘기였지만 마냥 헛소리로 치부하기엔 서윤모나 인섬니악이 아무렇지 않게 등장했다. 태하는 그들과 자신의 관계에 대해 얘기한 적이 없었다.

"그러니까 다다음주 목요일에 일어날 일을 형이 어떻게 아는 건데?"

"기억이 나거든."

그것은 미래의 기억이었다. 희수는 마치 어제 있었던 일이 기억나는 것처럼 장차 일어날 일들이 불쑥불쑥 머릿속에 떠오른다고 말했다. 그렇다고 예언자처럼 세상 모든 일을 다 꿰뚫어 보는 건 아니고, 그 자신이 장래에 보고 듣고 경험하는 것들에 한해 기억이 나는 것이었다. 기억은 현재와 가까울수록 더 선명하고 구체적으로 그려졌다. 반면 너무 먼 미래의 사건은 꿈처럼 흐릿했다.

"말도 안 돼."

태하가 희수를 유심히 바라보았다. 겉보기로는 이상한 데 없이 멀쩡했다.

"설마 태어날 때부터 그랬던 건 아니지? 서울 도착해서부터지?"

"응. 사고 때문인 것 같아. 전송된 후로 내가 이미 겪었던 일인지 곧 겪을 일인지 언뜻 분간이 안 돼. 과거와 현재와 미래가 머릿속에 뒤죽박죽 섞여 있어. 내가 정확히 몇 월 며

126

칠 몇 시에 존재하는지 수시로 확인해야 할 정도야."

희수가 시간을 강박적으로 확인하던 것도 그 때문이었음을 태하는 비로소 깨달았다.

"시간을 건너뛴 부작용인가? 나는 그저 형이 환경에 적응이 안 돼서 그러는 줄 알았어."

"적응이 잘 안되긴 하지. 매 순간이 연극 공연 같으니까. 말하자면 나는 한번 했던 공연을 재차 반복해서 연기하는 거야."

그것은 태하가 미처 생각지 못한 부분이었다. 과거에서 온 형은 이제 미래를 살고 있었다.

태하가 벌컥 화를 냈다.

"아무리 사소해도 괜찮으니까 이상한 건 뭐든지 말해 달라고 했잖아! 지금까지 왜 얘기 안 했어!"

"믿기 힘든 얘기니까. 난 네가 안 믿을 거라고 생각했어. 네가 잡혀가지만 않았으면 끝까지 비밀로 했을 거야. 하지만 아무리 궁리해도 너한테 털어놓는 것 말고는 달리 방법이 없었어. 끌어들여서 미안해."

"미안해하는 포인트가 잘못됐잖아!"

씩씩거리던 태하는 문득 영조의 말을 떠올렸다. 그녀가 말한 것처럼 전송 중에 미지의 존재에 씐 건 아니라도 최소한 어떤 영향을 받은 건 사실이었다. 하지만 미래를 기억하다니, 이 정도 영향이라면 괜찮지 않나?

이 정도가 괜찮다고? 기묘한 능력에 대해 모를 때도 태하는 이따금 형이 괴물처럼 여겨지곤 했다. 하지만 형의 존재를 확신하게 된 지금에 와서는 이런 말도 안 되는 상황에도 아직은 괜찮다는 생각이 들었다. 평범한 인간과 소름 끼치는 괴물 사이를 가르는 경계는 도대체 어느 지점에 있을까? 형은 이미 예전의 형과는 다른 존재가 돼 버린 것 아닌가?

태하가 물었다.

"미래를 기억하는 것 말고 내가 또 알아야 할 사실은 없어? 머릿속에서 정체불명의 목소리가 들린다든지, 불쑥불쑥 억누를 수 없는 충동에 사로잡힌다든지 하는 것 말이야."

희수가 피식 웃었다.

"그런 거 없어."

"아니면 악몽에 시달린다든지……. 잠은 어때? 잘 자? 그러고 보면 나는 형이 자는 걸 도통 본 적이 없네."

"너 출근한 뒤에 자니까 그렇지."

"그렇겠지, 젠장……."

머릿속에 너무 많은 의문이 떠올라 태하는 도리어 아무

생각이 나지 않았다.

희수가 말했다.

"나에 대한 관심은 넣어 두고 지금은 너를 구하는 데 집중하자."

"알았어. 그러니까 경찰이…… 경찰이 갑자기 어떻게 알고 나타났지? 그 납치된 교수가 신고했나?"

"아냐. 위치 추적이 되는 칩이 교수 몸속에 있었거든. 인터뷰에서 봤어."

구조 후 이루어진 인터뷰에 따르면 경직은 3년 전에도 한차례 납치를 당한 적이 있었다. 그때는 방송에 자주 비칠 때였는데, 범인은 방송에서 그를 보고 막연히 그가 부유할 거라는 생각에 납치했다. 경직은 납치범이 요구한 터무니없는 금액을 고스란히 지불함으로써 풀려날 수 있었다.

그 일이 있고서 경직은 체내에 스마트 칩을 이식했다. 유사시에 그의 위치를 확인할 수 있는 칩이었다. 하지만 이는 사후 대책일 뿐이고 예방이 되는 건 아니었으므로, 근본적인 문제를 해소하기 위해 결국 이민을 결심한 것이었다. 이러한 사연은 어디서도 말한 적 없었다. 당연히 윤모도 알 방도가 없었다.

경찰은 칩을 통해 경직의 위치를 추적했고, 윤모와 그의 일당을 체포함으로써 인섬니악을 괴멸했다. 그곳에서 압수한 증거물들을 바탕으로 그들에게 협력한 사람들에 대한 수사도 신속히 이루어져 태하에게까지 이른 것이었다.

희수가 물었다.

"내가 궁금한 건 너야. 태하 너는 어쩌다가 그 테러 단체랑 엮이게 된 거야? 경찰이 통화 이력을 보여 줬어. 네가 서윤모하고 통화한 게 최근이던데?"

태하로서는 선뜻 대답하기에 곤혹스러운 질문이었다. 그는 손가락을 꼼지락거리고 다리를 떨며 한숨을 푹푹 내쉬다가 어렵사리 운을 뗐다.

"일이 좀 꼬이긴 했는데 아무튼 사정이 있어. 그건 내가 설명할게."

하지만 어디서부터 설명해야 할까? 거슬러 올라가다 보면 결국 형이 사고를 당했을 때부터 시작해야 할 터였다. 그 시절 이야기는 하고 싶지 않았다.

＊ ＊ ＊

혼자서는 안 된다. 이것이 오랜 1인 시위 끝에 태하가 내린 결론이었다.

일립시스의 관심은 우주로 떠난 지 오래였다. 도즈를 활용하면 단숨에 우주 시대로 도약할 수 있다고 판단한 데 따른 것이었다. 이른바 '아디티 프로젝트'를 발표하면서 그들은 달의 뒷면에 대규모 연구 기지를 건설하기 시작했다.

달은 중력이 지구의 6분의 1에 불과해 로켓을 발사할 경우 상대적으로 연료를 아낄 수 있다. 달에 기지를 짓는 건 이 때문이었다. 이로써 향후 우주 탐사는 달에서 시작될 것이고, 모든 관련 업무도 달에서 이루어질 터였다. 그리고 그걸 주도하는 건 일립시스였다.

달 기지와 별개로 일립시스는 화성에 도시를 만들기 시작했다. 계획에 따르면 도시는 방사형으로 열두 개의 구역으로 구성되며 각각의 구역에서는 인구 50만 명씩 생활하게 된다. 각 구역이 완공될 때마다 순차적으로 사람들을 화성으로 보낼 예정이었다.

"우리의 프로젝트로 인해 수많은 일자리가 창출될 것입니다."

"이주 기회는 누구에게나 공정하게 주어질 것입니다."

일립시스에선 이 두 가지를 약속했다. 사람들은 환호했다. 새로운 시대가 열리려는 참이었다.

그러한 만큼 반대의 목소리도 거셌다.

"이건 완벽한 사기입니다."

이를 폭로한 건 일립시스의 전 임원이었다. 사측이 발표한 일자리 창출 및 공정한 기회 운운은 달 기지에 한정된 것이며, 일립시스는 비밀리에 상류층과 결탁해 그들을 우선적으로 화성에 이주시킬 거라는 주장이었다.

아디티 프로젝트의 목표는 인류가 자신들의 영역을 널리 확장하여 영원히 존속하는 것이었다. 그러나 태양계 너머로 떠난 탐사선이 인간이 살 수 있거나 자원이 풍부한 행성을 발견하는 것은 지금으로선 희망 사항에 불과했다. 설령 요행히 그러한 곳을 찾아내더라도 이주가 이루어지는 것은 현세대에선 불가능한 일이었다.

따라서 프로젝트는 미완으로 끝날 가능성이 다분했다. 그렇게 되면 남는 건 화성뿐이고, 결국 소수의 부자들만이 특권을 누리게 될 거라고 일립시스의 전 임원은 경고했다. 지구는 화성의 최첨단 도시를 유지하기 위해 인적·물적 자원을 착취당하는 식민지로 전락할 운명이었다.

이를 우려하는 사람들은 행성 이주를 지구 종말과 동의어로 취급했다. 이를 두고 지나친 비약이라고 비판받기도 했지만 대중으로 하여금 경각심을 갖게 하는 데는 나쁘지 않은 전략이었다.

이들은 지구 곳곳에서 이주 반대 시위를 벌였다. 도즈를 비롯해 협력업체들에 대한 불매운동도 전개했다.

태하가 1인 시위를 중단한 게 바로 이 시점이었다. 그는 이주 반대 시위에 적극적으로 참여했다.

그렇다고 그가 다른 사람들과 완전히 뜻을 같이한 건 아니었다. 그는 사람들이 지구를 떠나든 말든 아무 관심도 없었다. 게다가…… 조금 헷갈리기도 했다. 한쪽은 인류의 존속을 위해서는 지구를 떠나야 한다는 입장이었고, 다른 쪽은 인류가 존속하려면 이들이 우주로 나가는 걸 저지해야 한다는 입장이었다. 같은 목표를 두고 정반대의 주장을 하고 있으니 어느 쪽이 옳은지 판단하기 어려웠다.

그래서 판단하지 않기로 했다. 그가 바라는 것은 일립시스에 대한 복수였다. 일립시스를 망하게 할 수만 있다면, 비카스 람의 눈에서 피눈물이 흐르도록 할 수만 있다면 옳지 않은 일이라도 기꺼이 할 각오가 돼 있었다. 그런 면에서 태하는 꽤 열성적인 운동원이었다.

한편 일립시스에서는 고발자의 폭로에 대해 사실무근이라고 일축한 게 전부였다. 반대 운동에 대해서는 무대응으로 일관했고 이렇다 할 해명조차 내놓지 않았다. 그들은 불매운동이 오래가지 않을 걸 알았다. 그때를 기다리며 그저 묵묵히 자기들의 계획을 진행할 따름이었다.

"아디티 프로젝트가 발표된 지 7년 만에 달 기지인 바루나 스테이션이 완공됐어. 반대 운동 세력은 그 전부터 기세가 꺾이긴 했지만 그래도 그게 결정타였어. 달에는 단순히 연구 기지만 있는 게 아니라 테마파크나 쇼핑몰 같은 공간도 만들어서 관광객을 유치했거든. 누구나 달에 갈 수 있게 된 거야."

그뿐만이 아니었다. 각국에서 반대 운동을 주도하던 사람들이 비슷한 시기에 연달아 사망하거나 실종되는 일이 있었다. 이로 인해 운동 세력은 구심점을 잃게 됐다. 누가 봐도 부자연스러운 사태를 두고 사람들은 일립시스를 배후로 의심했지만 이를 뒷받침할 증거를 제시하진 못했다.

"우리 단체도 분열됐어. 통솔하는 사람이 사라지니 금세 우왕좌왕하더라. 워낙에 상황이 회의적이기도 했고. 그래서 그때 사람들이 많이 나갔어."

그런 암담한 시기에 두각을 드러낸 게 바로 서윤모였다. 이전까지 그는 크리에이터로서 개인 활동에 치중하는 편이었으나 느닷없이 리더십을 발휘하더니 어수선한 상황을 수습하고 조직을 새로이 재편했다. 도즈에 대항하는 의미로 '인섬니악'이라고 이름 붙인 단체는 한층 과격하고 폭력적으로 활동했다. 그때까지 남아 있던 사람들은 갈 데까지 가겠다고 각오한 사람들이었으므로 신생 체제에서 이탈한 인원은 거의 없었다.

"어쩌다 보니 나도 여기 가담했어. 다시 1인 시위 때로 돌아가긴 싫었거든."

"테러 조직에 가담했다고?"

어이없다는 듯한 희수의 반응에 태하가 손사래 쳤다.

"우리가 처음부터 테러를 했던 건 아니었어. 오히려 일립시스가 저지르는 비리를 고발하는 쪽이었지. 물론 그 과정이 그다지 합법적이었다고는 할 수 없지만 그래도 나쁜 놈들을 상대하는 거니까 괜찮다고 생각했어. 어쨌거나 일립시스에 타격을 입혔던 것도 사실이고."

그러나 활동할수록 점차 선을 넘는 것을 태하 스스로도 느꼈다. 그들은 딱히 책임이 없는 사람에게도 폭력을 가했다. 아예 무관한 사람을 끌어들여 괴롭히기도 했다. 그들의 활동은 막무가내 테러로 변질되고 있었다. 특히 목적과 수단이 전도되었다고 느낄 때가 많았다. 거창하게도 행성 이주 반대라는 명분을 들먹이지만 이제 그런 건 아무래도 좋고, 사실은 그냥 아무나 붙잡아 분풀이나 하는 것 같았다.

그럼 와중에 임현재가 어디론가 증발했고, 사라졌던 형이 돌아왔다.

"벗어날 마음은 있었어. 하지만 칼로 자르듯이 관계를 끊는 건 아무리 생각해도 자살행위라 화성 가기 전까지만이라도 그 사람들한테서 거리를 두려 했던 거야. 저번에 서윤모를 만난 것도 그래서였고."

희수가 한숨을 쉬었다.

"어쨌거나 인섬니악에는 네가 활동했던 증거들이 남아 있잖아. 정식으로 탈퇴한 것도 아니고. 그러니까 네가 아무리 발뺌해도 경찰이 보기엔 너 역시 테러 단체의 일원이지."

"알아 나도. 지금 그걸 부인하는 게 아니잖아. 난 그저 나한테 이런 사정이 있었다는 걸 형만큼은 이해해 달라는 거야."

"사정? 사정이야 누구나 있지. 그런데 너는 너무 무모하고 무책임했어. 애초에 시위 같은 걸로 네 인생을 갉아먹을 필요가 없었단 얘기야. 그럴 시간에 네 인생을 돌봤으면 좋았을걸."

지금 뭐 하자는 거지? 태하는 왈칵 짜증이 났다.

"내 인생이 어때서? 입장을 바꿔서 생각해 봐. 실종됐던 사람이 형이 아니라 나였어도 그렇게 말할 수 있어? 형이라면 훌훌 털고 아무렇지 않게 살아갔을 거라는 얘기야?"

"내가 그랬을 거라는 게 아니야. 네가 그랬기를 바란다는 거지."

"나라고 뭐 좋아서 시위에 나간 줄 알아? 어째서 형이 사고를 당했는지 명쾌하게 알려 주는 사람이 없잖아. 그날 내가 탑승 시간을 안 바꿨으면 아무 일도 없었을지, 아니면 그런 것과 무관하게 벌어진 일인지, 같이 탔는데 왜 나만 멀쩡히 돌아왔는지, 아무도 대답해 주질 않는다고."

"태하야, 이미 일어난 일을 후회해 봤자 돌이킬 수 없어."

희수의 말에 태하가 냉소했다.

"그거 참 편리하네. 과연 그렇게 생각해야 아버지 돌아가셨다는 얘기를 듣고도 초연할 수 있구나."

"그런 얘기가 아니잖아……."

"다들 미리 정해져 있는 대로 말하고 움직이니까 울고 웃는 게 하찮게 느껴져? 그런데 형 말대로라면 내 인생이 이런 것도 나를 탓할 문제가 아니잖아. 이렇게 살도록 정해져 있어서지, 안 그래?"

문득 장수가 귀를 쫑긋 세우더니 다시 몸을 잔뜩 웅크렸다. 이는 장수가 개의 습성을 지니고 있어서가 아니라 그저 그렇게 행동하도록 설계됐기 때문이었다. 그런데 알고 보니 사람이라고 별반 다르지도 않았다. 자유 의지는 허구라고,

우리는 운명이 조종하는 대로 움직이는 꼭두각시에 불과하다고, 태하는 결론 내렸다.

한참 말을 고르던 희수가 가만히 태하를 불렀다.

"내 얘기 들어 봐. 미래는 정해져 있지 않아. 현재를 지나 과거가 되기 전까지는 불확실한 기억일 뿐이야. 확정되지 않은 상태라는 뜻이야. 그러니까 충분히 바꿀 수 있어. 미래를 바꾸자."

말인즉 장차 무슨 일이 벌어질지 안다면 당연히 그 일이 벌어지지 않도록 할 수도 있다는 것이었다.

태하가 빈정거렸다.

"뭐 하러 바꿔? 이것도 인생이고 저것도 인생이니 받아들이지 않고."

"그래, 네 말이 맞아."

"뭐?"

"보통은 그게 맞다는 얘기야. 새로 바꾼 미래가 원래의 미래보다 나으리라는 보장이 없으니까. 괜히 건드렸다가 도리어 상황이 악화될 수도 있거든. 하지만 네가 잡혀가는 걸 알면서도 가만히 앉아서 손가락만 빨고 있을 순 없잖아. 앞으로 무슨 미래가 닥치든 감당할 각오로 너한테 털어놓은 거야. 네 도움이 절실해서."

태하가 물었다.

"전에도 미래를 바꾼 적 있지?"

"응."

"말해 봐. 무슨 일이었는데?"

희수가 비밀이라며 고개를 가로저었다. 그런다고 단념할 태하가 아니었다.

"도와 달라며? 얘기해 주면 도와줄게."

"너를 구하려는 건데 왜 이렇게 까다롭게 굴어?"

"싫으면 말고."

태하가 입을 다물었다.

희수는 생각에 잠긴 채 엄지손가락을 잘근거렸다. 그는 한참 망설였지만 결국 태하에게 이야기를 들려주기로 했다.

"뺑소니 사고를 막았어."

태하가 출근하고 혼자 있던 밤에 집 근처에서 노인을 치고 간 뺑소니 사고가 있었는데, 희수는 그 뉴스를 기억하고 있다가 사건이 발생한 시각에 나가서 노인을 구했다. 음주운전 차량은 희수와 노인을 아슬아슬하게 스치고 지나갔다. 원래대로였으면 노인을 정통으로 치어 즉사시켰을 상황이었다.

그것은 그러나 쓸데없는 오지랖이었다. 무지막지한 속도

로 둘을 지나친 승용차는 횡단보도로 돌진해 신호를 기다
리고 있던 보행자 여섯 명을 치었다. 그 사고로 운전자를 포
함해 네 명이 즉사했고 나머지 세 명은 영구적인 장애를 얻
었다. 그뿐만 아니라 희수가 구한 노인은 그 일이 있고서 사
흘 후에 계단에서 발을 헛디뎌 사망했다.

"그때 알았어. 좋은 의도가 꼭 좋은 결과로 이어진다는 보
장은 없다는 걸."

태하가 떨떠름하게 말했다.

"설령 나를 구해도 최악이 남아 있을지 모른다는 거네."

"네가 철창에 갇히고 내 존재를 들키는 것보다 더 나쁜
일이 있겠어?"

"또 모르지, 계단에서 발을 헛디딜지도."

희수에 따르면 그는 그 뒤로도 몇 번 더 미래를 바꾸었다.
그러나 구체적으로 무엇을 어떻게 바꾸었는지에 대해서는
한사코 입을 다물었다.

* * *

가평 국도변에 있는 빅토리 모텔은 인섬니악의 아지트였
다. 폐업한 건물을 헐값에 빌린 것으로 작년부터 작업실로

쓰고 있었다. 그들은 이곳에서 영상을 찍었고 편집도 했으며 심지어 숙식까지 해결했다. 가끔은 진짜로 모텔을 운영하기도 했지만 찾아오는 손님은 거의 없었다.

특히 윤모는 이곳을 몹시 마음에 들어 해서 거의 집처럼 지내곤 했다. 그래도 괜찮았다. 빈방은 얼마든지 있었으니까.

윤모는 원래 1인 방송을 하는 크리에이터였다. 그의 채널에서는 주로 시사를 다루었는데 처음엔 별로 빛을 보지 못했다. 그러다 찾은 돌파구가 바로 행성 이주 반대 운동이었다. 무슨 사명감이 충만해서가 아니라 그저 그것이 꽤 쏠쏠한 콘텐츠가 되겠다 싶어 뛰어든 것이었다.

사실 그에겐 선택지가 여러 개 있었다. 그는 일립시스의 편을 고를 수도 있었다. 또는 아예 편을 고르지 않을 수도 있었다. 하지만 그때는 행성 이주를 옹호하는 채널이 지나치게 많았으므로 그 반대편에 서는 것이 유리하다고 생각했다. 결국 그가 반대 운동에 참여한 것은 개인의 신념과는 무관한 전략적인 선택이었다.

그는 자극적인 섬네일과 호들갑 떠는 제목으로 시청을 유도했다. 콘텐츠는 노골적으로 시위대를 옹호하고 일립시스를 비난하는 내용이 주를 이루었다. 그가 영상을 올려 멍석을 깔아 주면 댓글창에선 편을 갈라 다툼이 일곤 했다.

시류를 잘 탄 덕에 채널은 구독자가 대거 늘었고 윤모는 인지도가 제법 높아졌다. 그건 시위대 내부에서도 마찬가지라 시위할 때마다 따라다니다 보니 어느새 그는 반대 운동을 대표하는 인물 중 하나가 되어 있었다. 윤모는 그것을 자랑스럽게 여겼다.

그러다 시위대의 리더가 실족사하는 사건이 발생했다. 여러모로 미심쩍은 사고였으나 수사는 흐지부지 종결되었다. 이후 시위대의 활동은 급속히 위축되기 시작했다.

결정적으로 상황이 역전된 건 바루나 스테이션이 완공되고부터였다. 그걸 기점으로 윤모의 채널 구독자도 눈에 띄게 줄어들었다. 윤모는 초조해졌다. 무슨 수를 써서든 분위기를 반전시켜야 했다.

아무리 그래도 그가 직접 반대 운동 세력을 이끌게 될 줄은 그 자신도 예상하지 못했다. 윤모가 원하는 건 기껏해야 영상의 조회수를 올리는 정도였다. 빠져나간 구독자들을 다시 돌아오게 하고 싶었다. 그러기 위해 도움이 될 만한 걸 건의했을 뿐이었다.

"다들 알잖아? 지금까지 해 오던 방식으로는 절대 안 돼. 바위를 깨려면 달걀이 아니라 망치를 써야지. 훨씬 과격해져야 해. 옳고 그른 걸 따지는 게 무의미한 세상이잖아. 무조건 사람들 이목을 끌고 이슈화해야 된다고. 이게 우리끼리만 으쌰으쌰 한다고 될 일이 아니란 얘기야."

그렇게 부추기고선 뒤로 물러날 셈이었는데 사람들이 윤모를 앞세우기 시작했다. 그러면 어디 한번 이끌어 보라며 힘을 실어 주었다. 그리하여 그가 향후의 운동을 주도하게 된 것이었다.

이제 그들은 자극적인 영상을 업로드하여 조회수를 끌어올리는 데 골몰했다. 윤모는 인섬니악의 이름으로 새로운 채널을 개설했다. 채널의 주요 콘텐츠는 폭력이었다. '화성 이주에 숨겨진 음모!', '일립시스 직원이 털어놓은 놀라운 진실!', '일립시스 직원을 보면 무조건 때리세요' 등등 눈길을 끄는 말초적인 섬네일로 클릭을 유도했다.

영상은 대개 속옷 차림의 남녀가 의자에 묶여 있는 장면으로 시작했다. 그들의 목에는 일립시스 사원증이 걸려 있었고, 신체에 군데군데 보이는 상처로써 사전에 폭력이 자행되었음을 방증했다. 그들은 화성 이주가 사기극이라며 눈물로 참회했다.

더러는 꿋꿋이 입을 다물었는데, 그들에게는 마스크를 뒤집어쓴 사내들이 다가가 벌을 주었다. 가벼운 폭력은 화면에 고스란히 담겼고 강도가 센 고문 장면은 모자이크로 가린 채 처절한 비명으로 화면을 채웠다.

처음엔 흔하디흔한 콘셉트 채널로 여겨졌다. 영상 하단에 '연출된 상황입니다'라고 자막이 붙어 있기도 해서 시청자는 실제 상황으로 여기지 않았다.

그러나 영상의 수가 많아짐에 따라 점차 그것이 실제로 사람을 고문하는 것임을 알아보는 사람들이 하나둘 생겨났다. 상황극으로는 절대 끌어낼 수 없는 리얼리티가 살아 있었다. 폭력의 수위가 올라갈수록 각종 인터넷 커뮤니티에 입소문이 퍼지며 구독자도 증가했다.

이에 대해 내부에선 불만의 목소리도 있었다. 세간의 관심이 행성 이주에 관한 진실보다는 자신들의 정체를 알아내는 데 있음을 불안해하는 것이었다. 주목받고 회자될수록 어쩐지 자신들이 악당처럼 느껴졌다.

특히 서강대교 테러는 무고한 시민까지 휘말리게 했다는 점에서 돌아올 수 없는 강을 건넌 셈이었다. 인섬니악은 채널 공지를 통해 공교로운 타이밍에 스트리밍 방송을 했을 뿐이라며 테러와의 연관성을 부인했지만 스태프들은 자신들이 무슨 짓을 했는지 알고 있었다. 그들은 아직도 자신들이 옳은 일을 한다고 믿고 싶어 했다. 그러한 믿음이 테러로 인해 박살 난 것이었다.

윤모는 확고했다.

"신경 쓸 것 없어. 전쟁 중엔 민간의 피해도 불가피한 법이야. 사람들이 우리 목소리에 귀 기울이게 하려면 이 정도 위험은 감수해야지."

그도 물론 알고 있었다. 자신들이 아무리 외쳐도 행성 이주는 거스를 수 없는 시대적 조류가 되었음을, 반대 운동은 이미 한참 전에 처참히 실패했음을 말이다.

결국 이것들은 최후의 발악일 뿐이었다. 전부 광고 수익과 후원금을 받기 위한 콘텐츠에 불과했다. 수단은 목적이 되었고 목적은 수단이 되었다. 그것은 영상을 시청하는 사람들도 마찬가지였다. 그들에게 테러는 엔터테인먼트였다. 명분의 옳고 그름은 나중 문제였다. 어쩌면 전혀 문제가 아니거나.

새로운 영상은 조금 큰 방에서 촬영하기로 했다. 이번에는 지난번처럼 요란하지 않게 할 계획이었다.

윤모는 스튜디오를 공들여 꾸몄다. 벽을 새로 칠했고, 붉은빛이 감도는 조명을 달았다. 마음 같아선 바닥에 푸른빛의 스모크도 깔고 싶었으나 자제했다. 그러면 오히려 덜 진지해 보여서 역효과가 날 거라는 지적을 수용한 것이었다.

경직을 참수하는 일은 윤모가 맡기로 했다. 아무도 선뜻 나서지 않았기 때문이기도 했지만, 중요한 작업은 그가 직접 해야 함께하는 스태프들도 사기가 오를 듯싶었다.

그날 오후 경직을 데리러 간 동생들에게서 연락이 왔다.

"형, 포럼은 아까 끝났어. 그런데 교수가 안 보이네? 출구에서 꼼짝도 안 하고 지키고 있었는데 우리가 모르는 다른 길로 빠졌나 봐."

"정신 똑바로 안 차릴래? 호텔에서 기다리는 애들 있으니까 너희도 거기로 가서 기다려."

윤모는 경직의 일정을 꿰고 있었다. 그는 금요일엔 포럼, 토요일엔 출간 기념 사인회에 참석하고 호텔은 일요일에 체크아웃할 예정이었다. 이 기간 중에 적어도 한 번은 기회가 주어질 터였다. 포럼장이 아니면 호텔에서, 금요일에 실패하면 토요일에 기회를 노리면 되는 것이었다. 요컨대 망치는 게 불가능한 계획이었다.

그런데 해가 저물고 밤이 깊어도 동생들에게선 소식이 없었다. 기다리다 못한 윤모가 덩치 큰 동생에게 전화했다.

"럭비냐? 왜 연락이 없어? 아직도 안 들어왔어?"

"응."

"이번에도 놓친 거 아니지? 애들 한 명 올려 보내서 룸 확인해 봐."

"확인해 봤는데 아직 안 들어온 거 맞아. 우리 이번엔 진짜 제대로 감시하고 있어."

럭비로 불리는 사내가 억울해했다.

"내 생각엔 오늘 어디 다른 데서 자고 올 거 같아. 벌써 막차도 끊겼잖아."

"택시 놔두고 버스 타고 다니겠어? 들어오는 길일 거야. 방심하지 말고 진득하게 기다려 봐."

"그런데 형, 우리 아직 밥도 못 먹고 열 시간도 넘게 이러고 있어."

"유치원생도 아니고……. 식사는 너희끼리 알아서 교대로 하고 왔어야지."

"그러려고 했는데 소보로 새끼가 자리 비웠다가 일 망치면 형한테 혼날 거라고 하도 지랄을 해 대서."

"새끼들, 융통성들이 없어."

동생들은 한순간도 졸지 않았다. 윤모도 마찬가지로 꼬박 밤을 새웠다. 그러나 아침이 밝았어도 교수는 나타나지 않았다. 윤모는 뭔가 잘못됐다는 생각이 들기 시작했다. 그는 다시 럭비에게 연락했다.

"일단 철수해. 사인회가 2시부터니까 너희는 그때까지 밥

먹고 좀 쉬고 있어. 나도 갈 테니까 사인회장에서 만나자고."

사인회가 열리는 곳은 강남의 서점이었다. 일찌감치 도착한 윤모는 거기서 기가 막히는 상황을 목도했다. 거기엔 문경직 교수의 사인회가 취소되었다고 쓰여 있었다. 황당한 나머지 그는 신분이 노출될 위험도 감수하고 직원에게 따졌다.

"갑자기 왜 취소된 거예요? 교수님 만나려고 기껏 지방에서 올라왔는데."

직원은 난색을 표했다.

"죄송합니다. 저희도 자세한 사정은 못 들었는데 교수님께서 몸이 안 좋으시다고 연락이 와서요, 그래서 오늘 행사는 부득이 취소하게 되었습니다. 그래도 혹시 저희 신간을 구매하실 거라면 특별 할인가로……."

"지랄하네. 안 사요!"

말도 안 되는 일이 벌어진 것이었다. 출판사 직원은 교수가 전화로 불참을 알린 거라 상태가 어떤지 직접 보지는 못했다고 한다. 어제 포럼은 멀쩡히 참석한 걸 봐선 아프다는 건 거짓말일 터였다. 참석하지 못할 다른 이유가 있는 게 분명했다. 간밤에 어디서 사고라도 당했나?

이윽고 동생들이 어슬렁거리며 나타났다. 교수가 어제 이후로 행방불명 상태인 게 그들이 딱히 뭘 잘못해서는 아니 겠지만, 게다가 그들이 사태의 심각성을 알 수도 없었겠지 만, 그래도 천진난만한 표정을 지으며 배를 두드리는 모습 을 보니 윤모는 울화가 치밀었다.

"빨리들 안 뛰어 와?"

그들도 윤모를 발견했다.

"어, 형. 점심 먹었어? 우린 요 앞에서 국밥 한 그릇씩 했 는데."

"여기도 글렀어. 다시 호텔로 가자."

그들은 호텔 앞 주차장에서 다시 하룻밤을 지샌 후에야 경직이 호텔에 없음을 알게 되었다. 토요일도 아니고 금요 일 오전에 체크아웃했으니 포럼에 참석했을 때는 이미 집 에 갈 준비가 돼 있었던 것이다.

윤모 일행은 아무 소득도 없이 아지트로 돌아왔다. 허망 했지만 그 이상으로 의아했다. 홀린 듯한 기분이었다.

그날 밤 윤모는 경직이 동칼리만탄의 자기 집에 도착했음 을 소셜 미디어를 통해 확인했다. 교수는 의기양양하게 웃 고 있는 자기 얼굴을 보란 듯이 올렸다. 완전히 농락당한 것 이었다.

과연 우연일까?

그럴 리 없었다. 윤모로서는 경직이 자신에게 위험이 닥칠 걸 미리 알고 있었다고 간주할 수밖에 없었다. 그렇다면 그 정보는 내부에서 유출되었을 터였다. 누군가 사전에 귀띔해 준 것이었다. 믿기 싫지만 배신자가 있을 가능성을 상정해야 했다.

윤모는 평소 친분이 있는 형사에게 연락해 몇몇 지점의 CCTV를 확인할 수 있도록 부탁했다. 그와는 이런저런 일로 도움을 주고받는 사이였다. 물론 교수를 납치할 계획이었음을 털어놓을 필요는 없었다. 그저 배신자를 찾아야 한다고만 말했다.

윤모는 CCTV를 샅샅이 훑어보았다. 자기 눈으로 직접 확인해야 했다. 아무도 믿을 수 없었다. 경직은 밤늦게 입국한 뒤 곧장 호텔로 왔고, 다음 날 오전에 호텔 주변을 산책하고 돌아와 포럼장으로 이동했다. 그는 포럼이 끝난 후 차를 얻어 타고 도즈를 통해 출국했다.

그런데 호텔과 포럼장에서 교수와 접촉한 사람들 중에는 그가 의심할 만한 사람이 없었다. 생각해 보면 그날 스태프들은 전부 아지트에 모여 있었고, 동생들은 둘씩 짝을 지어다녔다. 애초에 독자 행동을 할 여지가 없었다.

그렇다고 방법이 아주 없는 건 아니었다. 굳이 직접 만날 필요 없이 그냥 교수의 소셜 미디어에 다이렉트 메시지를 보내서 경고하면 될 일이었다. 의문은 또 있었다. 배신자는 왜 경찰에는 납치 계획을 알리지 않았을까? 경찰은 소셜 미디어를 안 해서?

머릿속이 뒤죽박죽이었다. 그러는 중에도 윤모의 눈은 기계적으로 교수의 행적을 좇고 있었다. 호텔 입구의 CCTV는 교수가 남산으로 진입하는 장면을 비추었는데, 교수가 화면에서 사라지고 한참이 지난 후에 낯익은 사람이 그 길을 따라 올라가는 걸 발견했다. 하마터면 그냥 지나칠 뻔했지만 어쨌든 찾았다.

"저 새끼가 왜……?"

화면에 나온 건 태하였다. 그가 누굴 찾는 듯이 주위를 두리번거리며 걷고 있었다.

태하가 그 시간에 남산을 오를 이유는 전혀 없었다. 경직을 만나려는 게 아니라면 말이다. 빌어먹을 배신자는 바로 남태하였다.

그런데 한 가지 문제가 있었다. 그것은 그의 뇌리를 스쳐가는 무수히 많은 의문들에 비하면 꽤 사소한 것이었으나 어쩌면 근간을 뒤흔드는 의문인지도 몰랐다.

"저 새끼가 우리 계획을 어떻게 알았지?"

지난번에 만났을 때 태하는 경찰이 자기를 의심하는 것 같으니 쉬겠다고 했었다. 이제 와서 드는 생각이지만, 그때도 윤모는 탐탁지 않았다. 저자세로 살살 눈치를 보는 모습을 보건대 어딘지 켕기는 데가 있는 것 같다는 생각이 들었다. 하지만 그날엔 서강대교를 폭파할 생각에 들떠서 미처 그의 속내를 헤아리지 못했다. 어쨌든 그날 이후 태하와 연락한 적은 없었고, 따라서 경직을 납치하는 계획에 대해 태하가 알 리 없었다. 그래야 했다.

"결국 한 명 더 있다는 얘기잖아."

윤모가 내린 결론은 이러했다. 인섬니악 내부에 배신자가 있다. 어떠한 이유에서건 그는 납치를 방해할 작정이었다. 그러나 그 자신이 나섰다간 의심을 살 테니 그를 도울 사람이 필요했다. 그게 바로 태하였다. 배신자가 그를 시켜서 교수에게 납치 계획에 대해 알린 것이었다.

추측일 뿐이었다. 하지만 이러한 사연이 아니라면 그가 그 순간 그 장소에 있었던 게 설명이 안 되는 것도 사실이었다.

"뭐든 간에 족치면 술술 불겠지."

윤모는 태하를 만나기로 마음먹었다.

* * *

　야간 순찰은 2인이 한 조로 편성되며, 대개 인간과 휴머노이드 로봇이 짝을 이루었다. 태하의 파트너는 케이라는 이름의 로봇이었다. 앳된 외모에 과묵한 성격으로 설정된 케이는 인간에게 먼저 말을 거는 경우가 거의 없었다.

　"케이, 오늘도 잘 부탁해."

　"알겠습니다."

　평상시의 순찰 업무는 대부분 케이가 도맡았다. 태하의 업무는 케이를 보조하며 로봇이 제대로 작동하는지 확인하는 것이었다. 물론 현장의 책임자는 엄연히 태하였다. 로봇이 단순하고 반복적인 업무에 탁월하다면 인간은 유연한 판단력으로 돌발 상황에 대처하곤 했다. 그러니 인간이 로봇에게 일을 떠맡기고 농땡이를 피우는 것처럼 보인다면 그건 평소와 다름없는 상황이므로 안심해도 좋다는 뜻이었다.

　22시에 업무를 시작해 자정을 지나 새벽 2시가 됐다. 낮에 충분히 휴식하고 나왔어도, 딱히 하는 일이 없어도 그저 깨어 있다는 것만으로도 슬슬 몸이 지칠 시간이었다.

　드르륵, 문득 태하의 손목에 강한 진동이 느껴졌다. 장수에게서 긴급 연락이 온 것이었다. 휴대폰 푸시 알림 메시지에 따르면 형이 쓰러져 의식이 없다고 한다. 그는 가슴이 철렁 내려앉아 희수에게 전화를 걸었다. 신호가 아무리 울려도 형은 전화를 받지 않았다.

"케이. 아무래도 내가 지금 집에 가 봐야 할 것 같은데……."

"무슨 사유로요?"

"집에…… 가족에게 무슨 사고가 난 것 같아."

"알겠습니다. 조퇴 신청해 드릴까요?"

"부탁해."

허겁지겁 집에 도착해 보니 희수는 거실 바닥에 쓰러져 있었다. 얼핏 봐서는 잠든 것처럼 보였는데 몸을 흔들어도 반응이 없었다. 다행히 아직 숨은 붙어 있었다.

구급차를 부르려던 그는 일립시스 담당자가 했던 말을 떠올렸다.

"혹시 무슨 일이 생기면 다른 데 말고 꼭 저에게 먼저 연락해 주세요."

물론 담당자는 형이 돌아왔다는 사실이 들통나는 경우를 염두에 두고 말한 것이겠지만 지금 같은 상황에도 기꺼이 받아 줄 터였다. 그는 담당자에게 연락해 사정을 설명했다. 새벽이었음에도 담당자는 침착하고 친절하게 응대했다.

"지금 진료센터에 연락해 바로 사람 보내겠습니다. 옆에서 필요한 조치를 해 주세요."

이윽고 사람들이 도착했다. 그들은 희수를 차에 실어 진료센터로 이동했다. 태하도 동승했다.

도즈 서울 스테이션의 진료센터에는 당직 근무 중인 의사가 있었다. 센터가 개설된 이래로 응급 환자는 처음이라 당황한 눈치였다. 태하는 그에게 형이 두통으로 고생했었다고, 아플 때마다 약을 먹긴 했는데 호전되기는커녕 더 악화된 것 같다고, 특히 최근에 더 심해졌으니 오늘 쓰러진 것도 아마 머리가 아파서일 거라고 설명했다. 그 지경이 되었어도 그는 형이 지닌 능력에 대해선 입을 다물었다.

당직 의사는 희수의 상태를 확인하더니 어디론가 전화를 걸어 다른 의사를 호출했다. 태하는 도저히 앉아서 기다릴 수 없어서 응급실 밖 복도를 불안하게 서성거렸다. 그러다 가끔 의사가 나올 때마다 달려가 상태를 물었다. 의사는 곤란하다는 표정을 지으며 대답했다.

"최선을 다하고 있지만 아직 아무것도 장담할 수 없는 상황입니다."

그런 진단이라면 누구라도 내릴 수 있지 않나? 명색이 의사라면 뭐라도 장담해야 하지 않나? 그렇게 따지고 싶었다. 좋지 않은 기억이 떠올랐기 때문이었다.

죄송합니다, 충분히 이해합니다, 현재로선 이것이 최선의 결론입니다……. 그렇게 어물쩍 넘어가는 게 일립시스의 특기였다. 예전 같은 일이 반복될까 봐, 또다시 형을 잃을까 봐 태하는 두려웠다.

점심시간이 끝나 갈 무렵에 담당 의사가 태하를 진료실로 불렀다. 그가 딱딱한 말투로 설명했다.

"검사 결과 뇌에서 종양이 발견됐습니다. 유감이지만 악성이고요. 평소에도 두통을 호소하고 구토를 하는 등 징후가 있었다고 하셨죠? 현재 의식불명의 원인도 종양에서 찾을 수 있을 것 같습니다."

각오는 하고 있었지만 구체적으로 병명을 들으니 암담했다. 뇌종양이라니.

태하가 말했다.

"사고 때문인가요? 전송 때문이지요?"

"글쎄요, 아직 그렇게 볼 만한 근거는 찾지 못했습니다. 개인적인 소견입니다만 환자분의 경우 생활 환경이 급격하게 달라진 점이 어느 정도 영향을 미쳤을 가능성도 있겠지요."

그는 철사 같은 손가락으로 안경을 추어올렸다.

"아무튼 이런 상황이고요, 보호자분께서 수술 동의서에 사인해 주셔야 저희가 수술 진행할 수 있습니다."

"수술하면 낫나요? 살 수 있습니까?"

"단언하기는 어렵지만 수술 자체의 성공률은 꽤 높은 편입니다. 사실 수술 말고는 대안이 없어요. 종양의 성장 속도를 생각하면 수술은 빠를수록 좋습니다."

"성공률이 어느 정도나 됩니까?"

"정확한 수치는 찾아봐야겠지만 근래 들어서는 얼추 70퍼센트 정도까지 완치율이 올랐습니다."

생각보다 높은 수치라 태하의 얼굴에 안도의 빛이 떠올랐다. 그래도 마음을 놓기엔 아직 일렀다.

"나머지 30퍼센트는 어떻게 되는데요?"

"종양을 완전히 제거하는 데 실패하는 거지요. 그렇더라도 현 상태보다는 다소 나아질 겁니다."

"사망할 가능성은 없고요?"

"낮은 편입니다."

흠, 태하는 생각했다. 여기서 확률이 얼마나 의미가 있을까? 형은 이보다 훨씬 희박한 확률에도 당첨된 이력이 있는데.

아냐, 좋은 쪽으로 생각하자. 그는 마음을 굳게 먹었다.

"수술해 주세요. 서명할게요."

"네, 최대한 빨리 스케줄 잡아서 알려 드리겠습니다."

진료실을 나오니 영조가 기다리고 있었다. 희수가 의식불명이라는 얘기를 듣고 내려온 것이었다. 의사에게 들은 내용을 그녀에게 전하며 태하는 자신의 의견을 덧붙였다.

"혹시 그때 30그램이 더 딸려 왔다는 것이 종양 아닐까요? 그게 자랐을 가능성이 있지 않습니까?"

영조가 즉각 부인했다.

"말도 안 돼요. 머리에 30그램짜리 종양이 있었다면 저희가 놓쳤을 리 없죠."

태하는 그럼 어떻게 70킬로그램짜리 인간을 20년 동안이나 놓칠 수 있느냐고 따지려다가 아무래도 그건 좀 비열한 것 같아서 관두었다.

대신에 다른 이야기를 해 보기로 했다.

"지난번에 말씀하신 대로 형이 형이 아닐 수도 있다는 점을 염두에 두고 진지하게 관찰해 봤는데요, 저는 형이 아예다른 존재가 돼 버린 건 아니라고 생각해요. 하지만 뭔가가형에게 영향을 끼치는 건 사실인 것 같습니다. 어쩌면 이번에 쓰러진 것도 그것과 연관이 있을지 몰라요."

"잠깐만요. 구체적으로 말씀해 주시겠어요?"

영조가 휴대폰을 꺼내 녹음 앱을 켰다.

"그게 말이죠……."

태하가 뒤통수를 긁적거렸다.

"남희수라는 사람이 원래 지니고 있던 것들은 고스란히 남아 있어요. 겉모습은 말할 것도 없고, 인격이라든지 기억이라든지 하는 것들도요. 형이라는 사실에는 의심의 여지가 없어요. 그런데 가끔씩 육감이랄까, 보통 사람들보다 감각이 예민해질 때가 있더군요. 그처럼 낯선 모습이 나타날 때면 형은 머리가 아파지곤 했어요. 여기선 아무 이상이 없다고 했지만요."

"육감을 느낀 사례가 있으신 거죠?"

"비 올 확률이 80퍼센트나 되는 날에도 절대로 비가 안 올 걸 알고 있었어요. 차에 치일 뻔한 사람을 간발의 차이로 구한 일도 있고요. 우연의 일치 같은 게 아니에요. 형은 확신에 차 있었어요."

말해도 괜찮겠다 싶은 것들만 추려서 말하려니 별로 임팩트 있게 들리지 않아서 그는 괜히 민망해졌다.

"아무튼 일반 상식으로는 이해가 안 되는 모습을 보였다는 거죠?"

"그런데 정말로 어떤 생물이 형의 몸속에 침투한 거라면 그걸 제거할 수도 있습니까? 제 말은, 형의 생명에 지장을 주지 않는 선에서 가능하냐는 거예요."

영조가 잠시 생각하다가 말했다.

"자세히 검사를 해 봐야 알겠습니다만 가능성은 열려 있죠. 다만 종양을 적출하는 것처럼 수술을 하는 건 아니고 해체 및 재구축 작업을 통해서 이루어질 거예요."

"그렇게 하면 평범한 사람으로 돌아오는 겁니까?"

"돌아오길 바라야죠. 하지만 지금 당장은 머릿속 혹 덩어리를 무사히 제거하는 게 먼저 아닐까요?"

"그렇겠죠……."

그날 태하는 대기석에 앉아 밤을 꼬박 지새웠다. 뇌종양에 대해, 그리고 그 치료와 후유증에 대해 검색하다 보니 어느새 아침이 밝았다. 희수는 여전히 의식이 돌아오지 않은 상태였다.

오후 나절에 영조가 다시 찾아왔다.

"수술 스케줄 들으셨죠? 내일 오전이라면서요."

"네."

"왜 이렇게 기운이 하나도 없어요? 식사는 챙겨 드세요? 아니, 어제부터 잠도 제대로 못 주무셨죠?"

태하가 고개를 살짝 끄덕였다. 이틀째 뜬눈으로 지새웠으니 심신이 고단한 것도 당연했다. 아무리 정신을 부여잡고 있으려 해도 혼자서 앉아 있다 보면 졸음이 쏟아져 깜빡깜

빡 눈이 감기곤 했다.

"어차피 수술은 내일이니까 남태하 씨도 집에 가서 잠깐 눈 좀 붙이고 오세요. 계속 여기 있을 필요도 없지만 정 마음이 안 놓이면 다른 분이랑 교대하셔도 좋고요."

"저는 괜찮습니다."

"하나도 안 괜찮아 보여서 그래요. 눈이 퀭하게 들어간 게 당장 쓰러져도 안 이상한 상황이에요. 접수처에 말해 놓을 테니까 비어 있는 병실에서 눈 좀 붙이세요."

그렇잖아도 태하는 형의 상태를 다른 식구에게 알리는 것에 대해 고민하고 있었다. 하지만 밤에는 밤이라서, 낮에는 낮이라서, 금방이라도 형이 일어날 것 같아서, 어쩌면 영영 깨어나지 않을 것 같아서 연락이 망설여졌다. 아무래도 수술 경과를 지켜본 후에 연락하는 편이 좋을 듯싶었다. 그러던 참에 달콤한 유혹이 들려오니 선뜻 뿌리치기 어려웠다. 결국 그는 유혹에 굴복했다.

"그럼 병실에서 조금만 쉬겠습니다."

"무슨 일이 생기면 바로 깨워 드릴 테니까 안심하고 주무세요."

태하는 그러나 누워서도 좀처럼 잠을 이루지 못했다. 그는 한 가지 생각에 정신이 팔려 있었다.

미래를 바꿀 때마다 형의 머릿속에선 종양이 자랐을 것이다. 정해진 운명을 바꾼 대가로 서서히 죽음에 다가가고 있었던 셈이다. 과연 형은 이에 대해 몰랐을까? 태하가 이제껏 지켜본 바로 미래를 기억한다는 말은 사실일 터였다. 그렇다면 자신이 쓰러지는 것은 물론이고 수술이 어떻게 끝날지도 응당 알고 있어야 하지 않을까? 형이 기억하는 미래는 어땠을까? 어째서 태하에게 아무 말도 하지 않았을까?

생각의 미궁에 갇혀 방황하던 태하는 동이 틀 즈음에야 간신히 잠이 들었다. 그런 그를 흔들어 깨운 건 간호사였다.

"이제 곧 수술실 들어가실 거예요."

정신이 번쩍 들어 복도로 나오니 마침 희수가 수술실로 옮겨지고 있었다.

"형! 형!"

태하가 형을 불렀다. 물론 잠들어 있는 희수에게 동생의 목소리는 닿지 않았다.

태하는 수술실 앞에서 한시도 자리를 뜨지 않았다. 의사가 수술을 마치고 나온 건 오후 5시가 넘어서였다. 의사는 종양을 대부분 절제했으며 나머지는 방사선으로 정밀하게 제거할 계획이라고 설명했다.

태하가 물었다.

"그럼 잘된 겁니까? 살 수 있어요?"

의사는 고단한 듯 고개를 까딱거리곤 슬리퍼를 끌며 복도 저편으로 사라졌다. 태하는 긴장이 풀려 자리에 주저앉았다.

이후 나흘이 지나서야 희수의 의식이 돌아왔다. 긴 꿈에서 깨어난 것처럼 누운 채 눈만 끔뻑거리더니 차츰 정신이 돌아오는 모양이었다. 이렇다 할 후유증이나 수술 부작용도 발견되지 않아 그때부터는 태하도 한시름 덜었다.

"왜 미리 얘기 안 했어? 난 이대로 형이 죽어 버리는 줄 알았잖아."

희수가 천천히 태하를 훑어보았다. 마치 모르는 사람을 대하는 듯한, 숫제 사물을 바라보는 듯한 건조한 시선으로 어쩐지 불편한 기색마저 느껴졌다.

"어디 안 좋아? 간호사 호출할까?"

"아니, 난 괜찮아."

그러면서 그는 안심시키려는 듯 웃어 보였다. 하지만 그조차도 어색했다.

태하가 말했다.

"아무튼 내가 생각을 해 봤는데 말이야, 형이 미래를 바꿀 때마다 종양이 자랐던 것 같아. 그러니까 이제부터는 무슨 일이 벌어지든 형은 신경 쓰지 마. 그냥 아무것도 모르는 척 하라고."

"난 아무것도 몰라."

"바로 그거야. 계속 그렇게 해."

"진짜로 미래가 더 이상 기억이 안 나."

"어? 진짜야?"

희수의 표정은 진지했다. 종양을 덜어 내면서 능력도 덩달아 잃은 건가? 형이 장난을 치는 것 같지는 않았으나 설령 그렇더라도 아쉬울 건 없었다. 어차피 능력을 봉인할 셈이었으니까.

진료센터에서는 희수에게 퇴원하는 대신 당분간 센터에 머물며 여러 가지로 검사를 받아 볼 것을 권유했다. 본인에게 밝히진 않았으나 클립보드에서 딸려 온 존재를 그의 신체에서 제거하는 실험을 진행하려는 것이었다. 이를 위해 태하는 희수의 전송 실험을 허락했다. 그렇다고 무턱대고 전송부터 할 건 아니고, 나름대로 준비가 필요한 모양이었다.

태하가 말했다.

"이따 밤에 형 자면 나도 오늘은 집에 좀 다녀와야겠다. 너무 오래 비웠어."

"그래. 그렇게 해."

"아침에 올 때 형 휴대폰도 가져다줄게. 또 필요한 거 있어?"

"장수한테 안부나 전해 줘."

병실에서 저녁 식사를 마친 뒤 태하는 진료센터를 나왔다. 지하철은 퇴근길 직장인들로 붐볐다. 원래대로라면 태하에겐 지금이 출근 시간이었다. 그러나 형이 쓰러진 후로 그는 직장에 연락해 그만두겠다고 했다. 어차피 고용계약은 만기가 가까웠고 재계약은 하지 않을 예정이었다. 화성에 갈 때까지 휴가를 얻은 셈 치고 쉬려고 했었다. 그 시기가 얼마간 앞당겨진 것이었다.

하지만 화성에 갈 수나 있을까?

지금 형은 정상이 아니었다. 의식이 돌아온 형은 마치 다른 사람이 된 것처럼 낯선 분위기를 풍겼다. 혹시 수술이 잘못된 걸까? 어쩌면 너무 잘돼서 형에게 영향을 끼치던 존재가 종양과 함께 소거되었는지도 모른다. 능력이 사라진 것만 봐도 그랬다. 이제야 비로소 형이 된 건가? 그런데 어째서 더 멀게 느껴지지?

갈팡질팡하는 사이 어느새 오피스텔에 도착했다.

"장수야."

그런데 늘 현관에 나와 반겨 주던 장수가 웬일로 보이지

않았다. 배터리가 다 됐나? 태하는 묘한 위화감을 느끼며
들어섰다.

집은 어수선했다. 형이 실려 간 날엔 워낙 경황이 없어서
이렇게 어질러져 있는지도 몰랐다.

"장수야, 너 왜 대답을……."

태하가 우뚝 멈추었다. 장수는 태하의 방에서 박살이 나
있었다. 목은 뒤로 꺾였고 다리 관절도 부러져 있었으며, 몸
통은 납작하게 짓밟혀 있었다. 태하의 등줄기에 땀이 흘렀
다. 처음부터 알아차렸어야 했다. 누군가 침입해 장수를 엉
망으로 망가뜨린 것이었다. 게다가 집 안에선 줄곧 인위적
인 적막이 감돌고 있었다. 침입자는 아직 집에 있었다.

"헤이, 태하 씨."

간드러지는 목소리가 그의 이름을 불렀다.

등골이 서늘했다. 목소리의 주인이 어둠 속에서 걸어 나
왔다. 윤모였다.

"직장도 관두고 어디 갔었어? 하도 안 오길래 임현재처럼
어디서 몰래 뒈진 줄 알았잖아."

"대, 대표님이 여긴 어떻게 알고……."

"왜 이렇게 긴장해? 꼭 무슨 잘못이라도 한 사람처럼."

"잘못은 대표님이 하고 계시잖아요. 이건 주거침입입

니다."

"우리 사이에 침입은 좀 심하지. 누가 봐도 평범한 가정방
문인데."

"왜 오신 거예요?"

"보고 싶어서 왔지. 요새 부쩍 태하 씨 얼굴이 아른거려서
미치겠더라고."

"농담 마시고요."

"진짜야. 겸사겸사 물어볼 것도 있고."

"물어보실 거요?"

윤모가 집까지 찾아올 만한 이유라면 한 가지뿐이었다.
교수를 납치하는 계획을 망친 사람이 자신임을 알아낸 것
이었다. 신중히 다닌다고 다녔는데 어디선가 꼬리를 밟힌
모양이었다.

"그냥 전화로 물어보시면 될 걸 번거롭게 여기까지 찾아
와서……."

태하가 슬금슬금 뒷걸음치며 주변을 살폈다. 윤모는 혼자
가 아니었다. 어디든 따라다니며 온갖 궂은일과 허드렛일을
도맡아 하는 심복들이 네 명 있었다. 그가 몰래 벌이는 살인
행각도 그들의 무조건적인 충성으로 인해 가능한 것이었다.
그들 중 두 명이 태하의 뒤에 서 있었다.

윤모가 생글생글 웃었다. 하지만 그의 눈빛은 냉랭했다.

"그러니까 여기서 더 번거롭게 만들지 말자고. 누가 배신했는지 말해."

"배, 배신이라니요?"

"글쎄 이렇다니까."

윤모가 럭비에게 턱짓으로 신호를 주었다. 럭비는 망설임 없이 태하에게 팔을 뻗었다. 태하는 반사적으로 몸을 피했으나 거리가 충분치 않았다. 럭비가 쥐고 있던 전기 충격기가 태하의 목덜미에 닿았고, 그는 저항 한번 변변히 해 보지도 못한 채 무력하게 고꾸라졌다.

4장

인간이 아니다

우주 탐사선 에이프릴-1호가 발견됐다. 임무를 수행 중이던 어거스트-1호가 관제센터로부터 명령을 받아 수색에 나선 지 6개월여 만이었다.

에이프릴-1호는 아무런 신호도 발하지 않은 채 낯선 우주를 표류하고 있었다. 책임자인 애나 라터 박사가 몇 차례 교신을 시도했지만 돌아오는 것은 차가운 침묵뿐이었다.

외관상으로는 무슨 일이 있었는지 판단할 만한 단서가 부족했다. 라터 박사는 탐사선 내부에 진입하기로 결정했다. 물론 절차에 따라 관제센터의 지시를 기다렸다가 행동해야 마땅했으나, 그러려면 스무 시간도 넘게 대기해야 할 텐데 어차피 센터에서 무엇을 주문할지는 정해져 있었다. 즉 박사는 독단을 부리는 게 아니라 시간을 효율적으로 사용하려는 것이었다.

어거스트-1호는 속도를 줄여 조난선과의 랑데부를 시도했다. 결합하는 순간에는 선체가 예상보다 많이 흔들렸지만 어쨌든 도킹도 매끄럽게 완수했다.

수색 임무는 파이에게 주어졌다. 파이는 휴머노이드 로봇으로, 선내에서 승무원들을 보조하는 역할을 했다. 150센티미터 남짓의 왜소한 체구에 말씨가 상냥한 청년 타입이지만 힘을 쓰는 일에도 적합했다.

파이는 접합부의 기압이 맞춰진 것을 확인한 뒤 해치를 열었다. 선내에 진입하기 전에 그는 잠시 뜸을 들였다. 긴장해서가 아니라, 그런 순간에 그렇게 행동하도록 만들어져서였다. 그편이 인간적이기 때문에.

에이프릴-1호의 내부는 마치 고래의 배 속처럼 어둡고 스산했다. 전기 장치는 모두 작동하고 있지 않았다. 기온은 다소 낮지만 공기 상태는 대체로 양호했다. 외부 충돌설에 이어 가스 유출설도 사고 원인에서 배제되었다.

파이의 몸에 부착된 카메라를 통해 승무원들도 선내 상황을 관찰했다. 그들은 플래시 불빛이 이리저리 비출 때마다 어둠 속에서 뭔가 튀어나올지 몰라 마음을 졸였다. 하지만 아무 기척도 없었다.

파이는 둥실둥실 뜬 채 복도의 벽을 짚으며 차근차근 이동했다. 먼저 그는 함교로 갔다. 승무원들이 일과 중 대부분의 시간을 보내는 장소였다. 관제센터에 따르면 근무 교대 인원이 전송된 후에 신호가 끊어졌다고 했다. 기존 인원 세 명이 복귀하기 전에 사고가 벌어졌으니 탐사선에는 승무원이 여섯 명 있어야 했다.

과연 조종석에는 누군가 있었다. 그것은 그러나 인간이 아니라 휴머노이드 로봇으로, 배터리가 방전된 채 늘어져 있었다. 그 밖에 다른 승무원은 그곳에 없었다. 다음으로 전송실로 이동했으나 여전히 승무원을 찾지 못했다.

그래도 알아낸 점이 있었다. 전송실에 설치된 간이 도즈 스테이션에는 원래 별도의 비상 발전 시스템이 있어서 정전과 무관하게 캡슐당 3회까지 가동할 수 있었다. 따라서 비상사태가 발생했어도 세 명은 귀환할 수 있었다. 이것이 작동하지 않았다는 것은 즉 단순한 정전이 아니었음을 의미했다. 모종의 사유로 탐사선 내부에 전자기 펄스가 발생하여 전자 장비들이 일시에 손상을 입은 것으로 파이는 판단했다. 이 경우 갑자기 교신이 중단된 것도, 승무원들이 귀환하지 못한 것도, 휴머노이드가 그런 식으로 방전돼 있는 것도 전부 설명이 됐다.

이제 승무원들만 찾으면 될 일이었다. 운이 좋으면 아직 생존해 있을 가능성도 있었다.

희망은 오래지 않아 사그라졌다. 의무실은 거의 폐허나 다름없었는데, 안에서 무언가 폭발한 것으로 추정됐다. 무너진 잔해 아래서 신체의 일부를 찾아냈다. 나중에 승무원들이 합세하여 조사한 결과 신체는 세 명의 것으로 확인됐다. 선내를 샅샅이 뒤졌으나 나머지 세 명의 흔적은 어디에서도 찾을 수 없었다.

이러한 내용의 보고가 비카스 람에게도 전달되었다. 비카스가 얼굴을 찌푸렸다.

"폭발?"

"발견된 승무원들은 기존에 임무를 수행하던 인원으로 확인됐습니다. 사라진 승무원들은 모두 근무 교대를 위해 전송된 사람들이고요. 현재로선 그자들이 어떤 식으로든 폭발과 관련이 있을 것으로 추정됩니다."

"관련이 있다는 게 무슨 말이지? 몰래 폭탄이라도 반입했다는 건가?"

관제센터의 센터장이 난처한 듯 대답했다.

"그러니까 그 사람들이 스스로 발화하지 않았나, 하고……."

스스로? 비카스는 그 말을 얼른 이해하지 못했다.

"그 사람들 몸이 폭발했다고? 배 속에 폭탄이라도 숨겼었나? 혹시 전송 장치에 문제가 있었다는 얘기야?"

바루나 스테이션의 일지에는 전송이 정상적으로 완료되었다고 기록돼 있었다. 물론 시차를 두고 이상이 생겼을 가능성도 배제할 순 없었다. 사고 발생 장소가 도즈 스테이션이 아니라 의무실이라는 사실도 이를 뒷받침했다. 근무자들이 전송 후유증을 호소해 의무실로 이동했고, 거기서 폭발로 이어졌다는 것이었다.

"면밀한 조사가 이루어져야겠지요. 어쨌거나 웜홀 너머로 전송한 건 처음이니까요."

센터장이 말했다.

에이프릴-1호의 전송 결과에 따라 뒤따르는 탐사선들의 거취도 정해질 터였다. 지금까지처럼 일이 잘 풀릴 수도 있지만 반대로 잘 안 풀릴 수도 있었다. 센터에서도 상황이 악화될 것에 대비하고 있었다. 단지 에이프릴-1호에서의 사고는 그 예상을 뛰어넘은 것이었다.

"탐사선들이 토끼굴 입구에 집결하고 있습니다. 일단 거길 통과하면 돌아올 수 없다고 간주해야 해요. 이제 수정 계획에 따라 휴머노이드만 남기고 인간 승무원들은 이곳으로 복귀시키도록 하겠습니다."

"젠장, 인간이 발을 디딜 수 없다면 우주를 개척하는 게 무슨 의미가 있지?"

"잠시 진행 속도를 늦추고 숨 고르기를 하자는 겁니다. 사고 원인부터 제대로 파악하고, 장치에 문제가 있는 게 확실해지면 개선해야겠죠. 프로젝트를 하루 이틀로 끝낼 게 아니지 않습니까? 너무 조급해하시는 것 같습니다."

"빌어먹을……."

비카스는 마지못해 수정 계획을 승인했다.

승무원들은 바루나 스테이션으로 귀환했고, 휴머노이드만 남은 탐사선들은 순차적으로 토끼굴에 진입했다.

토끼굴이란 카이퍼 벨트의 특정 지점에서 발견된 것으로 생성된 지 수만 년밖에 되지 않은 것으로 추정되는 웜홀이었다. 일찍이 미 항공 우주국에서 무인 탐사선 한 대를 토끼굴로 보냈는데, 탐사선이 그곳을 통과한 직후 전파 신호가 끊어졌고 위치 추적에도 실패했다. 완전히 사라져 버린 것이었다.

토끼굴이 어디로 이어지는지, 그 너머에 무엇이 있을지 밝혀진 바가 없었다. 운이 따르면 인류의 새로운 터전을 찾을 수도 있겠지만 헛걸음에 그칠 공산이 더 컸다. 그래도 현재의 기술력으로 태양계를 벗어나는 데만 3만여 년이 소요되는 걸 감안하면 토끼굴이 현실적인 유일한 탈출구임은 분명했다. 다른 웜홀이 발견되지 않는 한 말이다.

토끼굴 안팎에 배치한 중계기는 정상적으로 작동했다. 양쪽 우주 간 통신이 원활히 이루어짐에 따라 탐사도 재개되었다. 휴머노이드들이 하는 작업은 쉽게 말해 자신들이 떠도는 우주의 지도를 작성하는 것이었다. 그걸 기존에 관측된 우주와 대조하여 지구에서 몇 광년이나 떨어진 곳인지 파악하려는 것이었다.

반년이 지나는 동안 탐사선이 한 대 더 파손되었다. 이번엔 도즈와 무관하게 벌어진 사고였다. 탑승해 있던 휴머노이드는 절전 모드로 대기하다가 다른 탐사선에 의해 구조되었다.

한편 화성 스마트 시티는 완공을 목전에 두고 있었다. 마무리 공사가 끝나면 내년 중반부터 본격적으로 이주가 시작될 예정이었다.

비카스는 관제센터에 발길을 끊은 지 석 달이 넘었다. 그는 겉보기로는 화성에 집중하는 듯했지만 사실은 갈피를 잡지 못하고 있었다. 말하자면 그는 실의에 빠져 있었다.

사고에 관해서는 반년이 넘도록 뚜렷이 밝혀진 바가 없었다. 아니, 도즈가 관련되어 있다는 사실은 거의 확정적이었다. 단지 어떻게 그런 일이 일어났는지 알아내지 못했을 뿐이었다. 연구원들이 밤낮으로 매달렸지만 성과가 없었다.

"결국 이것도 세금인가?"

세금이란 비카스가 전송 사고를 일컫는 표현이었다.

도즈 캡슐의 전송 성공률은 거의 완벽했지만, 아주 희박한 확률로 내용물 전송에 실패하곤 했다. 기계가 고장 나거나 조작을 잘못해서가 아니라 아무 전조도 예고도 없이 무작위로, 손써 볼 도리도 없이 운명처럼 발생하는 것이었다. 마치 복권에 당첨되는 것처럼, 그보다는 제물을 바치는 것처럼…… 비카스는 그걸 세금이라고 불렀다. 나머지 수십 수백억 건의 전송을 무사히 치르기 위해 치러야 하는 세금 말이다.

하지만 폭발이라니? 유실된 적은 있어도 멀쩡히 전송을 마친 사람이 시간 간격을 두고 폭사한 경우는 없었다.

하루는 비카스가 비서를 호출했다.

"휴이, 도즈의 사고 사례를 확인하고 싶은데."

"기간은 어떻게 할까요?"

"전부."

"네, 정리가 끝나면 말씀드리겠습니다."

"전송 중에 실종된 것 말고도 전송이 완료된 후에 뭔가 신고된 게 있으면 그것들도 모아 줘."

"알겠습니다."

다음 날 오후 나절에 비서에게서 메일이 도착했다. 일목요연하게 정리된 보고서가 첨부돼 있었다. 비카스는 비서를 불러 차를 주문한 뒤 소파에 앉아 보고서를 훑어보기 시작했다.

예상했듯이 폭발은커녕 그 비슷한 것도 없었다. 온통 실종 사례뿐이었다. 미국에서 열두 건, 중국에서 열다섯 건, 인도에서는 일곱 건……. 전송을 마친 후의 사고 사례로는 멀미가 압도적으로 많았고, 발목을 접질렸거나 공황장애가 생겼다는 주장도 심심찮게 있었다. 끔찍한 악몽에 시달린다거나 불운이 따라다닌다고 고소한 사례도 눈에 띄었다.

그러다 묘한 걸 발견했다.

엄밀히 말하면 그것은 사고 사례가 아니었다. 그럼에도 휴머노이드인 비서는 보고서에 포함할 가치가 있다고 판단한 듯했다.

사라진 사람들이 돌아왔다. 그들은 오래전에 도즈 전송 중에 실종됐고 사망한 것으로 간주됐다. 이후 수십 년의 시차를 두고 예전 모습 그대로 원래의 목적지로 전송된 것이었다. 노화가 전혀 이루어지지 않은 모습은 겉보기엔 이상하지만 논리적으로 말은 됐다. 물론 말이 된다고 해서 경악스럽지 않은 건 아니었다. 각 스테이션에선 이러한 사례를 본사에 보고했다.

그런 사례는 모두 세 건이었다.

특히 주목할 점은 그들이 돌아온 시각이었다. 그들은 한 날한시에 캡슐로 전송되었다. 실종자들이 기나긴 잠에서 깨 어난 것은 먼 우주를 항해하던 탐사선의 의무실에서 기묘 한 폭발이 일어났던 바로 그 시각이었다.

이걸 어떻게 해석해야 하지? 비카스는 생각에 잠겼다.

* * *

오전부터 하늘이 우중충하더니 과연 추적추적 비가 내리 기 시작했다. 승합차로 이동하는 동안 태하는 아무 설명도 듣지 못했다. 윤모는 자기 차로 따로 이동했고 사내들은 노 래를 틀어 놓고 자기들끼리 흥얼거릴 따름이었다.

빗길을 한참 달려 도착한 곳은 인천에 있는 컨테이너 창 고였다. 비석처럼 늘어서 있는 색색의 컨테이너들을 보며 태하는 이곳에서 살아서 나가지 못할 것임을 예감했다.

태하의 무덤이 될 곳은 빨간색 컨테이너 박스였다. 컨테 이너 내부는 협소한 편이었으나 보관돼 있는 물건들이 그리 많지 않아 자리는 넉넉했다. 특히 중앙엔 어울리지 않게도 묵직한 목제 의자 한 개가 놓여 있었다. 거기엔 윤모가 미리 와서 앉아 있었다.

태하가 들어서자 윤모가 일어섰다. 앞에 놓인 랜턴 불빛을 받아 그림자가 불꽃처럼 일렁였다.

"여기 앉아."

뒤로 손을 묶인 태하가 사내에게 의탁해 얼쯤얼쯤 무릎을 굽혀 의자에 앉았다. 사내는 태하의 손목과 발목을 의자에 단단히 묶었다.

윤모는 턱짓으로 사내들을 내보냈다. 그는 랜턴을 사이에 두고 태하와 마주 앉았다. 이리저리 기웃거리며 태하를 관찰했다. 불안하게 윤모를 좇던 태하의 시선이 창고로 옮겨 갔다.

"어때, 아늑하지?"

윤모가 히죽 웃었다. 그의 뒤로 그림자가 너울거렸다.

"둘러봐도 별거 없어. 흔해 빠진 창고야."

과연 그럴까? 아지트인 모텔엔 창고로 쓸 만한 방이 넘치도록 있었다. 거길 놔두고 외딴곳에 새로 창고를 빌릴 이유가 어디 있을까? 바닥에 거무죽죽히 말라붙은 핏자국이 눈에 띄었다.

태하가 물었다.

"여기죠? 여기서 사람들 죽인 거죠?"

윤모가 인상을 찌푸렸다.

"뭔 시답잖은 소리지?"

"잡아떼지 마요. 대표님이 저 친구들이랑 같이 임현재를 죽인 거 알고 있습니다. 저 역시 그 사람들처럼 죽이려는 거죠? 아니면 여기까지 오지도 않았겠지."

윤모가 얼굴에서 장난기를 거두었다.

"확실히 눈치가 빠르다니까. 좋아, 그럼 어디 다 까놓고 얘기해 보자고. 솔직히 죽이려고 데려온 거 맞아. 상황이 이렇게 돼 버렸으니 그건 이제 무를 수 없어. 그래도 어떻게 죽을지 정도는 네가 직접 고르게 해 줄 수 있지."

"고마워해야 하는 겁니까?"

"자, 들어 봐. 지금부터 나는 네가 사실을 얘기할 때까지 고문할 거야. 하지만 지금이라도 협조하면 즉시 편하게 해 줄게. 주사 한 방이면 고통 없이 영원한 잠에 빠지거든. 알량하게 고집 피워 봤자 피차 고통스럽기만 할 텐데 중간 단계는 건너뛰는 편이 낫지 않겠어?"

태하가 발끈했다.

"고집을 피워? 언제 대답할 기회라도 줬습니까? 제대로 들어 보지도 않고서 다짜고짜 기절시켜서 끌고 왔잖아요."

"아, 그래? 이거 내가 오해했네. 네가 그렇게 입이 가벼운 줄 몰랐지. 지금이라도 말해 봐. 누구야?"

"배신자가 누구냐고요?"

"그래."

아무리 생각해도 이상한 질문이었다. 그래도 태하는 순순히 대답했다.

"물론 제가 대표님을 배신했다고 생각하시겠죠. 하지만 제 얘기 좀 들어 보세요. 제가 일을 망친 건 사실 배신이 아닙니다. 그 반대예요."

"하, 이 새끼가 아직 상황 파악이 안 되나 본데."

윤모가 문을 열어 사내들을 불렀다. 그들이 들어왔다. 담배를 피우고 있었는지 담배 냄새가 훅 풍겼다. 그들은 흙탕물 범벅인 구둣발로 태하를 사정없이 짓밟았다. 윤모가 제지했을 즈음엔 태하는 거의 곤죽이 되어 있었다.

"이제 시작이니까 죽으면 곤란해. 배신자가 누구야?"

태하가 침을 뱉었다. 입에서 쇠 맛이 났다.

"제가 한 건 맞아요. 그건 인정해요."

"봤지? 이게 바로 알량한 고집이라는 거야."

윤모가 공구 상자를 뒤져 펜치를 꺼냈다. 이번엔 그가 직접 응징할 셈이었다. 그는 태하의 엄지손톱을 우악스레 잡아 뽑았다. 끄아악! 태하의 비명이 컨테이너에 울렸다.

"왜…… 왜 이러는 거예요?"

"진짜로 몰라서 묻는 건 아니지? 너 말고 다른 사람 이름 대라고."

태하의 어깨가 움찔거렸다.

"다른 사람? 다른 사람 누구요?"

"누구긴 누구야? 너한테 우리 계획 말해 준 사람이지."

윤모가 말했다.

"남산에서 교수를 만난 건 알고 있어. 왜 갑자기 우리를 배신하기로 했는지는 차치하고라도 네가 그 계획에 대해 어떻게 알았는지가 도통 이해가 안 가더군. 하지만 배신자가 한 명 더 있다면 다 설명이 되지. 문제는 그 사람이 누구냐는 거야."

태하는 그제야 비로소 윤모의 질문을 이해했다. 그러나 이해했다고 해서 대답할 수 있는 건 아니었다. 윤모는 납치 계획이 인섬니악 내부에서 유출되었다고 생각하고 있지만 실제로는 배신자가 존재하지 않기 때문이었다.

"배신자는 저예요. 저 혼자서 벌인 일이라고요."

태하는 윤모가 적당히 납득해 주기를 바라면서 자기 자신도 납득하지 못할 대답을 했다.

"뭐든 얘기해 줄 것처럼 굴더니 이런 식으로 엿을 먹이는 거야? 아직 버틸 만한가 본데, 어디 계속 그렇게 마음대로 지껄여 봐."

윤모가 펜치를 짤깍거리며 다가와선 다른 손의 엄지손톱을 마저 뽑았다. 끄아악! 태하가 몸부림쳤다. 잃은 건 겨우 손톱 두 개뿐이었으나 그보다 많은 것을 상실한 기분이었다.

태하가 힘겹게 말했다.

"저번에 서강대교 폭파한 건 그 국회의원 때문이죠? 그 사람이 이주자로 선발돼서 죽인 거잖아요. 아닙니까?"

윤모가 멈칫했다.

"지금은 그 얘기를 꺼낼 타이밍이 아닌데?"

"다 까놓고 얘기하자면서요. 명단에 있는 사람들 죽이고 있는 거 압니다. 문경직 교수가 이주 대상인 것도요."

윤모가 눈을 동그랗게 떴다. 명단에 대해 아는 건 윤모와 태하뿐이었다.

"이 음흉한 새끼. 몰래 사본 챙겼을 줄 알았어."

태하가 입을 다물고 있자 윤모가 그를 다그쳤다.

"명단이 있어도 말이 안 되기는 마찬가지야. 너도 봤으면 알겠지만 거기엔 이름이 자그마치 500개나 있어. 그걸 보고 문경직을 죽이려 한다는 걸 알아냈다고? 언제 죽일지도 거기서 봤나?"

"도청 장치예요. 그걸로 알아낸 겁니다. 모텔에 숨겨 놨으니 못 믿겠으면 가서 확인해 보시든가."

태하가 말했다. 아무래도 형한테 들었다고 하는 것보다는 설득력이 있을 터였다.

"개수작 부리지 마. 난 모텔에선 명단에 관해 입도 뻥끗 안 했어, 이 새끼야."

"젠장, 그럼 다른 사람이 말했나 보지! 나더러 어쩌라고?"

윤모는 태하를 한참 쏘아보다가 몸을 일으켰다. 이에 태하도 반사적으로 어깨를 움츠렸으나 이번엔 손톱이나 발톱을 뽑으려는 게 아니었다. 그는 승합차에서 노닥거리는 사내 중 하나를 불렀다.

"헤이, 낙타. 이리 좀 와 봐라."

까무잡잡한 피부에 아랫입술이 툭 튀어나온 사내가 덩치에 어울리지 않게 총총 뛰어왔다. 윤모는 그에게 자동차 키를 건네며 모텔에 도청기가 설치되어 있는지 확인하라고 시켰다. 낙타는 다른 애들도 있는데 왜 하필 자기를 골랐냐고 투정하면서도 고분고분 차로 향했다.

윤모도 컨테이너를 나가더니 한동안 돌아오지 않았다. 승합차로 가서 나머지 사내들과 이야기를 나누는 듯했다. 그덕에 태하도 모처럼 숨 돌릴 여유를 얻었다.

그는 형을 떠올렸다. 형은 정말로 미래를 볼 수 없게 된걸까? 서윤모가 집에 있을 걸 알았다면 형은 어떤 식으로든 경고해 주었을 것이다. 아니, 형이라면 자기 머리에 문제가 생기거나 말거나 태하를 구하려 했을 것이다.

하지만…… 그 반대라면? 태하가 위험에 처할 걸 알면서도 모른 체했다면?

아주 엉뚱한 생각은 아니었다. 수술을 받은 뒤로 형은 변했다. 애써 외면했지만 태하는 자신을 향한 형의 태도에서 일종의 경계심을 느꼈다. 형은 마치 실수하지 않으려는 것처럼, 정체를 들키지 않으려는 것처럼 말과 행동을 조심했다. 무언가가 형의 행세를 하는 거라면 태하를 일부러 궁지에 빠뜨렸을지도 모를 일이었다.

태하는 손발을 움직여 보았다. 어찌나 단단히 매듭을 묶었는지 꼼짝도 안 했다. 사실 손발이 자유롭다고 해도 이곳에서 달아날 방도가 없었다. 아니, 그는 포기하지 않았다. 분명히 묘책이 있을 터였다. 그게 뭔지 아직 모를 뿐.

이윽고 윤모가 돌아왔다.

"내가 네 손톱 가지고 장난치는 동안 우리 애들은 네 휴대폰을 뒤지고 있었거든? 통화 내역이나 메시지에서 쓸 만한 게 있는지 말이야. 아니나 다를까 흥미로운 게 나왔더군."

그가 말했다.

"여기 통화 목록을 보면 며칠 전엔 생뚱맞게 새벽에 일립시스에 전화를 걸었네? 다른 사람도 아니고 네가, 일립시스라면 치를 떨던 인간이 야심한 시간에 무슨 볼일이 있어서 그쪽에 전화를 했을까?"

태하가 주먹을 꽉 쥐었다. 손톱 자리에 맺힌 피가 엉겨 붙어 손가락이 끈적였다.

"그런데 그거 말고도 눈에 띄는 이름이 하나 더 있어. 남희수 말이야. 글쎄 난 너무 놀라서 닭살까지 돋았잖아. 실종된 형이지? 옛날에 TV만 틀면 나와서 기억에 남아 있지. 그런데 그 이름이 왜 여기서 나와? 실종된 사람과 통화도 하고 메시지도 주고받는다? 내용도 가관인 게, 심지어 한집에 살기까지 한다? 실종됐다고 자작극이라도 벌였던 게 아니고서야 어떻게 그럴 수 있지? 내 머리로는 이게 당최 무슨 시추에이션인지 상상이 안 되네. 그 얘기를 좀 들어 보고 싶은데."

윤모가 쪼그려 앉아 태하와 눈높이를 맞추었다. 태하는

거의 본능적으로 그의 시선을 피했다.

"허심탄회하게 다 털어놓기로 한 거 아니었나? 왜 갑자기 입을 다물지?"

태하는 아무 말도 할 수 없었다. 임기응변에도 한계가 있었다.

"아무래도 입을 떼는 데 도움이 필요한 모양이군."

윤모가 이번에는 펜치 대신 망치를 꺼내선 태하의 오른발을 쾅쾅 내리쳤다. 발등과 발가락뼈가 박살 났다. 끈적한 비명이 컨테이너에 울렸다. 손톱이 뽑힐 때와는 차원이 다른 고통과 불쾌감이 덮쳐 왔다.

"아직인가? 그럼 이번엔 반대쪽 발이야. 아래서부터 시작해서 대가리까지 잘근잘근 다져 줄게."

"잠깐만요. 얘기할게요."

고문에 굴복한 것은 결코 아니었다. 어쩌면 이 상황을 이용할 수도 있겠다는 생각이 순간적으로 들었기 때문이었다. 별로 좋은 생각이 아닐지도 모르지만 지금보다 더 나빠질 것도 없었다.

태하가 말했다.

"올 초에 형이 돌아왔어요."

"돌아오다니?"

"말 그대로예요. 실종됐던 형이 돌아왔다고요. 21년 만에."

윤모는 눈이 휘둥그레졌다. 그로서는 상상도 못 한 전개였다.

태하는 그간 있었던 일들을 차근차근 설명했다. 형이 지닌 능력에 대해서는 언급하지 않았지만 그 외에는 가급적 사실 그대로 전하려 했다. 퍼즐 조각이 얼마쯤 비었어도 윤모가 전체적인 윤곽을 파악하는 데는 충분했다.

"또 무슨 어설픈 수작질을 하려는 거지?"

"누가 이런 얘길 꾸며 냅니까? 거짓말을 하려면 더 그럴싸한 얘기를 했겠지."

윤모가 수긍했다.

"그래서 결론이 뭔데? 남희수는 사람이야, 괴물이야?"

"아직 몰라요. 몸속에 뭐가 있는 건 확실한데 그게 형한테 무슨 영향을 끼치는지 조사 중이에요."

"기가 막힐 노릇이군."

골치가 아픈 듯 윤모는 손가락으로 관자놀이를 짚었다.

태하가 말했다.

"아까는 거짓말을 했어요. 도청기는 없습니다. 적어도 제가 설치한 건 없어요. 저한테 정보를 넘긴 건 일립시스예요. 저는 그저 일립시스에서 부탁한 대로 행동했을 뿐이고요."

그 말에는 윤모도 여유를 부릴 수 없었다. 그가 입가에 머금고 있던 웃음을 거두었다.

"무슨 소리야? 자세히 말해 봐."

태하는 냉수를 주문해 한 모금 들이켰다. 지금부터는 한마디라도 실수하면 끝장이다. 그렇게 생각하며 그가 천천히 이야기를 시작했다.

"형이 돌아온 뒤로 저는 인섬니악 활동을 그만둘 생각이었어요. 테러에 가담했다가 경찰에 잡히기라도 하면 형의 신변도 안전을 장담할 수 없으니까요. 그런데 하루는 일립시스의 담당자가 저를 보자더군요. 제가 인섬니악의 일원이라는 사실을 알고 있다면서요. 알고 보니 일립시스에선 저뿐 아니라 예전에 시위에 가담했던 인물들도 전부 추적 관리하고 있었어요."

"말도 안 돼."

"저도 처음엔 그렇게 생각했어요. 그런데 제가 임현재를 협박해서 명단을 확보한 것도, 인섬니악을 떠난 동료들이 대표님한테 제거된 것도 알고 있었어요. 말했다시피 문경직 교수의 납치 계획에 대해서도요. 납치해서 선언문 낭독시킨 다음에 참수하려던 것 아닙니까? 그렇게 말하던데."

윤모는 입이 떡 벌어졌다. 인섬니악에서도 참수에 관해

알고 있는 건 극히 소수였다.

눈치를 보던 태하가 자기 의견을 얹었다.

"그러니까 대표님이 의심하는 것처럼 정말로 내부에 배신자가 있을지도 모릅니다. 아니, 확실히 있어요. 저는 그게 누군지 모르지만요."

잠시 생각하던 윤모가 낙타에게 전화를 걸어 돌아오라고 지시했다. 앙탈을 부리는 목소리가 태하에게까지 들렸다.

통화가 끝나기를 기다렸다가 태하가 말했다.

"저 친구들을 얼마나 믿으십니까? 배신자는 의외로 가까이에 있을지 몰라요."

"아냐, 저 녀석들이 나를 배신할 이유가 없어……."

윤모가 자신 없는 말투로 중얼거렸다.

"저도 제가 배신할 줄 몰랐어요. 그쪽에서 형의 안전을 빌미로 그런 걸 요구하기 전까지는요. 지금까지 제가 얼마나 열성적으로 활동했는지 아시잖아요? 그러니 일립시스에서도 저를 컨트롤할 수 있을지 시험한 거겠죠. 제 말은 저처럼 강요나 협박에 의해서 마지못해 배신자가 됐을 수도 있다는 겁니다."

윤모는 태하의 말을 가만히 곱씹다가 조심스럽게 입을 열었다.

"무슨 말인지는 알겠는데 나는 왜 이렇게 네 말에 믿음이
안 갈까? 묘하게 구린 냄새가 진동을 한단 말이지."

그가 말했다.

"솔직히 짚이는 구석이 없는 건 아니야. 나도 나름대로 그
쪽에 연줄이 있거든. 우리에 대해 어느 정도 파악하고 있다
는 건 알고 있었어. 그런데 이건 말이 안 되잖아. 지금까지
우리가 무슨 지랄 발광을 하든 수수방관하더니 이번엔 갑
자기 훼방을 놓기로 마음을 바꿨다고? 아니, 거기까진 괜찮
아. 아주 명단에 있는 사람들을 노리고 있다는 걸 알면 충분
히 그럴 수 있지. 자기들 사업을 직접적으로 방해하는 거니
까. 하지만 그 정도로 우리가 거슬리면 박멸해 버리면 그만
이잖아? 하다못해 경찰에 신고할 수도 있겠고. 그런데 계획
은 어그러뜨리면서 정작 우리는 건드리지 않는다? 경고조
차 하지 않는다? 이걸 어떻게 받아들여야 하느냐고."

"그쪽에서는 인섬니악도 컨트롤할 수 있다고 생각하나
보죠."

"아니면 사실은 이게 다 헛소리거나."

그가 망치 대가리에 묻은 피를 태하의 셔츠에 비벼서
닦아 냈다. 이에 태하는 기가 죽기는커녕 뻔뻔하게 되받
아쳤다.

"판단 잘하세요. 저를 죽이면 배신자는 못 찾습니다."

"그렇다고 순순히 풀어 줬다간 세상에 둘도 없는 머저리가 되겠지."

"제가 언제 풀어 달라고 했습니까? 우리는 적이 아니에요. 서로 도움을 주고받을 수 있다고요."

"풀어 달라는 얘기로밖에 안 들리는군."

젠장, 안 넘어오네. 태하가 입술을 깨물었다. 확실히 그 정도로 머저리는 아니었다.

"제 얘기 들어 보세요. 일립시스에선 제가 자기들 편이라고 굳게 믿고 있어요. 그 점을 역이용하면 배신자를 찾아낼 수 있다고요."

"나 원, 스파이 노릇이라도 하겠다는 거야?"

"굳이 따지면 이중 스파이죠."

만신창이 꼴에 어울리지 않게도 태하의 눈빛이 초롱초롱했다.

윤모는 다시 생각에 잠겼다. 태하를 살려 두는 게 득이 될지 해가 될지 계산하는 것이었다. 그가 마침내 결론에 도달했다.

"난 스파이 같은 건 필요 없어. 배신자? 그것도 이젠 흥미 없어."

"자, 자, 잠시만요. 후회할 겁니다."

보이지 않는 위협을 처리하는 것보다 나를 죽이는 게 더 가치 있단 말인가? 태하가 당혹감에 마구 몸부림쳤다. 죽음의 그림자가 짙게 드리웠다.

윤모가 피식 웃었다.

"안심해. 살려 줄 테니까. 너한테서 다른 쓸모를 찾았거든."

"네?"

"너는 형을 나한테 데려오면 돼. 우릴 배신한 죄는 그걸로 덮어 주지."

"형을……? 우리 형을 어쩌려고요?"

"남희수는 일립시스의 아킬레스건이잖아? 그 부분을 공략할 거야."

말인즉 형의 존재를 세상에 폭로하겠다는 얘기였다.

"하, 하지만 형의 상태가 아직……."

윤모가 태하의 어깨를 두드렸다.

"마뜩잖은 심정은 이해해. 하지만 너한테 형을 팔아넘기라는 게 아니야. 진짜로 폭로할 건 아니니까. 그건 그냥 자폭이잖아? 나는 남희수의 존재를 공개할지 말지를 걸고 흥정하려는 거야. 그러면 일립시스에선 당연히 내 요구를 들어줄 수밖에 없지. 그게 훨씬 싸게 먹히거든. 어쨌든 남희수는 무사할 거야."

"뭘 요구할 건데요?"

윤모가 말했다.

"내가 원래 받기로 했던 것."

* * *

오래전 일이다.

당시 윤모는 1년 경력의 시사 전문 크리에이터로서 좀처럼 '한 방'이 터지지 않는 상황이었다. 구독자 수도 두 달째 1만 명 수준에서 정체돼 있었다.

사실 그는 몰릴 대로 몰려 있었다. 대학을 졸업한 뒤 친구와 함께 스타트업 회사를 차렸으나 배신을 당해 빚만 떠안았고, 선배의 소개로 들어간 회사에서는 사람들과 잘 섞이지 못하고 겉돌다가 그만두었다. 다른 직장도 몇 군데 더 다녔으나 적응에 곤란을 겪었다. 그는 번번이 사직서를 냈다.

미래가 막막하던 참에 그는 1인 방송으로 눈을 돌렸다. 외양이 준수하고 말주변이 좋은 그로선 꽤 적성에 맞는 직업이었다. 허름한 방구석에서 카메라를 보며 이러쿵저러쿵 불평할수록, 그의 의견에 동조하는 댓글들이 쌓이고 구독자

수가 늘어날수록 윤모는 말라 죽어 가던 정신이 조금씩 살아나는 것을 느꼈다.

이렇듯 막다른 길에서 광명이 비춘 듯했으나 1년 만에 성장 정체기를 맞이한 것이었다. 윤모는 초조했다.

그때 행성 이주 반대 운동이 한창 탄력을 받기 시작했고, 윤모는 이러한 시대적 조류에 어떤 식으로든 동참하는 것이 돌파구가 될 수 있겠다고 생각했다. 그렇다고는 해도 아직 확실한 주관 내지 입장이랄 게 없었으므로 대강의 분위기나 느껴 볼 요량으로 몇 번 견학을 나간 게 고작이었다.

현장에는 이미 다수의 크리에이터들이 갖가지 촬영 장비를 들고 나와 있었다. 먹잇감을 찾아 눈을 희번덕대는 하이에나처럼, 그들에게선 시위 참가자들과는 다른 종류의 열의가 느껴졌다.

윤모는 어디에도 속하지 않는 방관자적인 입장에서 시위를 주시했다. 그런 그에게 말을 걸어온 사람이 있었다. 윤모와 또래로 보이는 남자였다.

"지금 찍는 게 무슨 영상이죠? 혹시 영상 올리시는 채널 이름을 알 수 있을까요?"

처음에 윤모는 남자가 사복 경찰이라고 생각했다. 시위대를 진압하는 현장을 촬영하는 걸 경찰에선 달가워하지 않는다고 얼핏 들은 기억이 있었다. 그래서 이렇게 일일이 접촉하며 삭제를 종용하는 거라고 의심했다. 그는 경계하며 대답했다.

"그냥 여기 상황이 어떤가 찍고 있는 건데, 안 됩니까? 혹시 어디서 허락이라도 받아야 하나요? 실례지만 어디서 나오셨죠?"

"불쾌하셨으면 사과할게요. 어디서 나온 건 아니고, 그냥 별다른 이유 없이 물어본 거예요. 실은 저도 크리에이터 활동에 관심이 있어서요."

"네에……."

머쓱해진 윤모는 그에게 자신의 채널과 메일 주소를 알려주었다. 당시만 해도 윤모는 아직 어수룩한 면이 있어서 전화번호든 주민번호든 달라는 대로 몽땅 넘겨주었을 터였다.

그로부터 며칠이 지나 그는 메일을 한 통 받았다. 시위 현장에서 만난 남자가 보낸 것으로, 사례할 테니 만나서 얘기 좀 나눠 봤으면 한다는 내용이었다. 윤모 입장에서는 따로 시간을 낼 정도로 아쉬운 상대는 아니었으므로 다음번 시위 때 나오시라고 답장을 보냈다.

그렇게 윤모는 남자를 시위에서 만났다.

"서윤모 님. 채널 구독하고 영상들을 다 살펴봤는데 다른 채널과는 약간 관점이 다르다고 할지, 딱히 시위에 동조한다는 느낌은 못 받았어요. 찬성하는 건 아닌데 그렇다고 대놓고 반대하는 것도 아니고요. 다소 객관적인 거리감이 느껴져서 오히려 참신했습니다. 그래서 말인데, 혹시 이주 반대 운동에 대해 어떻게 생각하세요?"

윤모는 내심 당황했다.

"뭐, 찬성한다 아니다를 나눠서 생각할 건 아니고, 굳이 따지자면 영상을 보셨다시피 아무래도 상관없다는 쪽이죠."

"상관이 없다는 게…… 이해가 안 되는데요. 그럴 수가 있나요? 그런 것치고는 시위에 꼬박꼬박 출석하시잖아요?"

"내가 지금 누구 걱정할 처지가 아니에요. 나 먹고사는 문제가 급할 뿐이지. 중요한 건 어느 일방의 입장을 대변하는 게 아니라 시청자들의 관심을 끄는 것 아니겠습니까?"

윤모가 솔직하게 토로했다.

그리고 그 말이 그의 인생을 영원히 바꿔 놓았다.

"아, 지당한 말씀이네요. 사실은 제가 여러 가지로 여쭌 건 서윤모 님이 우리에게 도움이 돼 주실 수 있는 분인지 가늠하기 위해서였어요."

"우리?"

"여긴 너무 어수선하니 지금부터는 조용한 곳에서 말씀

드려도 될까요? 들어서 손해 보실 일은 없을 겁니다."

그들은 시위 현장에서 멀리 떨어진 골목의 와인 바로 들어갔다. 거기서 남자가 이야기를 시작했다.

남자는 일립시스에게 의뢰를 받아 사람을 찾고 있었다. 시위대에 부정적인 이미지를 씌우는 작업을 수행하는, 쉽게 말해 프락치 역할을 해 줄 사람이 필요하다는 얘기였다. 활동하는 데 필요한 자금은 물론이고 각종 자료나 장비 등도 일립시스 측에서 지원해 줄 거라고 남자는 설명했다.

"그러니까 그냥 시위 영상을 올리기만 해도 돈을 주시겠다는 겁니까? 다들 이미 자발적으로 그렇게 하고 있는데 굳이 저를 따로 고용하려는 이유가 뭐죠?"

"그 사람들은 자기들 가치관에 따라 시위대의 입장을 대변하는 겁니다. 그런 사람들이 올리는 영상은 아무래도 편파적이라 대번에 티가 나서 보는 사람만 보고 거를 사람은 싹 거르지요. 애초에 내부 결속용이에요. 그런데 우리의 목표는 사람들이 시위라는 행위 자체에 피로감을 느끼게 하는 거예요. 적나라하고 말초적이면서도 실속은 없는 공허한 영상들을 재미있게 만들어 주세요. 제가 가끔씩 방향만 잡아 드릴 테니까 서윤모 님은 그저 본인 채널의 구독자 수를 늘리는 데만 집중해 주시면 됩니다."

윤모는 길게 생각할 이유가 없었다. 조건은 더할 나위 없었다.

"여흥 삼아 한번 해 보죠, 뭐."

말하자면 그것은 짜고 치는 게임이었다. 일립시스라는 뒷배를 두고 일립시스를 욕보이는 척하는 퍼포먼스였다.

일립시스의 지원은 확실했다. 윤모는 자기 채널의 구독자 수가 폭발적으로 증가한 것이 혼자만의 노력으로 일구어 낸 결과가 아님을 알고 있었다. 그가 올리는 영상들은 각종 뉴스 보도에서 자료로 쓰였고, 추천 알고리즘도 그에게 유리하게 작동했다.

윤모는 거칠 것이 없었다. 그러한 행보로 시위대 내부에서도 목소리가 커졌다. 시위대를 통솔하던 자가 사고로 죽고 시위대가 사분오열의 위기에 처했을 때 윤모도 고민이 많았다. 발을 빼려거든 그때가 적기였다. 그때 남자에게 다시 연락이 왔다.

"잘 지내십니까? 요새 분위기가 많이 안 좋죠? 영상도 기운이 빠져 보이던데."

윤모는 세간의 소문이 사실인지 궁금했다.

"그 사고 말인데요……. 정말로 그쪽에서 꾸민 일입니까?"

"아유, 그럴 리가요."

남자가 하하 웃으며 덧붙였다.

"우리는 아니고 본사에서 일괄로 작업한 모양이에요. 저희도 얼핏 들었습니다."

"역시……. 이제 본격적으로 죽이기가 시작된 거예요?"

"그건 그냥 한시적인 이벤트였어요. 항간에는 비카스 대표가 도즈 사업에서 손을 떼려 한다는데, 그 전에 리스크 관리를 했다는 얘기가 있더라고요. 어쨌든 바루나 스테이션이 성공적으로 론칭됐으니 이제는 더 걱정 안 하셔도 돼요. 오히려 저희 쪽 판단으로는 시위대가 계속 유지되는 편이 좋을 것 같거든요? 그나마 컨트롤할 수 있는 편이 좋으니까."

"그럼 하던 대로 계속하면 됩니까?"

"조금 더 과격해져도 좋을 것 같지만……. 그래도 영상은 언제나처럼 쿨하게 부탁합니다."

윤모로서도 반가운 제안이었다. 이대로 가다간 돈줄이 끊어질 터였다. 그는 시위대가 유지되기를 세상 누구보다 바랐다.

이후 어쩌다 보니 윤모는 새로운 조직을 이끌게 되었다. 그는 남자에게 미리 허락을 구했고, 남자도 흔쾌히 승인했다. 맡은 책임이 커진 만큼 지원을 받는 액수도 크게 올랐다. 더구나 일립시스에서는 새로운 보상을 약속하기도 했다. 추후 화성 이주가 시작될 때 그의 이름도 이주자 명단에 넣어 주겠다는 것이었다. 윤모는 화성의 첫 이주자가 되어 그곳에서 인플루언서로 인기를 누리고 싶었다. 지금보다 더 단순한 행복을 누리고 싶었다.

인섬니악의 수장이 된 윤모는 고용주의 기대에 부응하고자 성실히 활동했다. 인섬니악은 일립시스와 연관이 있는 정재계 인사들의 신상을 캐고 비리 내역을 폭로하는 데 주력했다. 그의 목적은 어디까지나 대중의 피로감을 누적시키는 것이었으므로 더러는 일부러 헛발질을 하기도 했고, 더러는 직접 나서는 대신 좌표를 찍어서 대상에 대한 비난과 공격을 선동하기도 했다.

그런데 작년 가을부터 갑자기 지원이 끊겨졌다. 활동 자금이 들어오지 않았을 뿐 아니라 연락망도 폐쇄되었다. 남자와는 더 이상 연락이 되지 않았다. 그제야 윤모는 남자에 대해 아무것도, 심지어 이름조차 모른다는 사실을 깨달았다. 처음에 의뢰를 받았을 때도 그는 자신을 그저 담당자라고만 소개했다. 그 역시 일립시스로부터 고용된 외주 업체 소속이라고 했다.

정신이 번쩍 든 윤모는 일립시스와 자신의 관계를 입증할 만한 증거를 부랴부랴 찾아 나섰다. 하지만 그런 건 없었다. 현재는 존재하지 않는 가짜 회사로부터 돈을 받은 내역이 고작이었다. 모든 것은 전화 통화로 이루어졌고, 중요한 이 야기는 직접 만나 구두로 전달받았었다.

처음에 윤모는 자신이 뭔가 잘못해서 페널티를 당하는 거라고 생각했다. 업로드한 영상 중에 껄끄러운 게 있나 싶어 한참 뒤져 보기도 했다. 시위대 리더 사망에 관한 진실이랍시고 썰을 풀어 댄 게 사측의 심기를 건드렸나? 건드리면 안 되는 인물을 건드리기라도 했나?

하지만 그것들은 문제가 아니었다. 윤모는 지원이 끊어졌을 즈음 일립시스의 한국 지사장이 교체되었다는 사실을 알게 되었다. 뉴스 기사의 댓글에 적힌 내용처럼 마약 관련 문제로 지사장의 모가지가 날아간 것인지, 아니면 그냥 지사장 본인의 의사에 따라 조용히 은퇴하고서 화성으로 이주하려는 것인지는 모른다. 확실한 건 그로 인해 내부 인사들이 대거 물갈이되었다는 사실이었다. 정확히 그 시기에 자기들에 대한 지원도 끊겼다.

윤모는 자기를 고용한 게 지사장이었을 거라고 확신했다. 직접적으로 고용하진 않았어도 최소한 그의 존재를 알고는 있을 터였다.

그는 동생들과 함께 지사장을 찾아갔다. 아파트 지하에 주차돼 있는 지사장의 차에 몰래 타서 그가 내려오기를 기다렸다.

아침이 되어 50대 후반에 비만 체형의 한국계 미국인이 엘리베이터에서 내렸다. 그가 뒤뚱뒤뚱 걸어와 운전석에 앉았고, 윤모는 문이 닫힐 때까지 기다렸다가 그의 두툼한 목에 칼날을 갖다 댔다.

"처음 뵙겠습니다, 지사장님."

지사장은 소스라치게 놀랐다. 그가 숨을 헐떡이며 말했다.

"누, 누, 누구요!"

"예전에 지사장님께 고용됐던 사람입니다. 실제로 뵙는 건 처음이네요. 드릴 말씀이 있어서 실례 불구하고 찾아왔습니다. 얘기 끝나면 무사히 보내 드릴 테니 호들갑 떨지 마십쇼."

윤모는 자신이 받은 의뢰 내용을 밝혔다. 지사장은 처음 듣는 얘기인 것처럼 눈을 동그랗게 떴다.

"그게 무슨 말입니까? 내가 당신더러 회사를 상대로 분탕질하라고 고용했다는 거요?"

"이러지 마십쇼, 지사장님."

윤모가 짜증을 냈다. 길게 실랑이할 의욕도 나지 않았다.

"바쁘시니까 단도직입으로 할 말만 짧게 하겠습니다. 지사장님 모가지도 날아간 마당에 멋대로 지원 끊은 건 기왕 지사라 어쩔 수 없다고 쳐도 화성 이주자 명단에 넣어 주기로 했던 약속은 지켜 줘요."

"약속이라니, 난 모르는 일이오. 게다가 지금 나한테는 그럴 권한도 없는데 어떻게……."

"권한이 있는 사람한테 자리 몇 개 요구할 정도는 되잖습니까. 내가 받기로 한 자리는 다섯 개예요."

"다섯 개? 어림도 없어요. 하나 정도는 어떻게 해 보겠지만……."

"하나?"

윤모가 잠시 말을 잃었다. 그러나 곧 옆에 있는 동생들을 의식했다.

"염병 떨지 마쇼. 애초에 약속한 게 다섯 자리였어, 이 양반아. 차포 다 떼 놓고 나 혼자 거기서 뭐 해 먹고 살라고?"

그가 칼날 끝으로 목을 살짝 찌르자 지사장의 입에서 가녀린 비명이 새어 나왔다. 투실투실한 목에 핏방울이 맺혔다.

"제발……. 아무리 그래도 다섯 개는 무리예요."

"나도 지금까지 더럽게 무리하면서 살아왔으니까 이번엔 지사장님이 나를 위해서 무리 좀 해 주십쇼, 예?"

그러면서 윤모는 덧붙였다.

"지금 나한테 1차 이주자 명단이 있거든요. 거기서 댁이 넣어 줬다고 의심이 가는 사람들을 골라서 차례차례 죽일 거예요. 남들 보기에도 꽤 고통스러운 방식으로 말이지. 그 전에 약속이 이행되면 멈추겠지만, 만약에 빈자리 다섯 개가 모두 난 뒤에도 댁이 배 째라는 식으로 버틴다면⋯⋯."

윤모가 칼날을 지사장의 눈앞에 들이밀었다.

"그때도 오늘처럼 깜짝 방문을 할 겁니다. 지사장님도 나를 두 번 만나고 싶진 않잖아요? 잊지 마십쇼. 다섯 자리예요. 우리 채널에 연락처 있으니 그쪽으로 메일 보내요."

이후 그는 명단을 샅샅이 뒤져서 지사장과의 친분이 확인된 이름을 예닐곱 개 골랐다. 당연히 그중엔 염기홍과 문경직도 있었다.

그들을 죽인 것은 분풀이 따위가 아니었다. 그것은 지사장에게 보내는 메시지였다. 그 인간들이 꿰찬 자리가 원래는 내 것이라는, 그러니까 다시 내놓으라는, 거절하면 강제로라도 돌려받겠다는 선언이었다.

하지만 염기홍이 죽었어도 별다른 조치는 내려지지 않고, 문경직 납치도 수포로 돌아갔다. 윤모는 애가 탔다. 인섬니악을 지휘하며 여기저기 벌여 놓은 일 때문에 돈 나갈

구멍은 많은데 수입이 대폭 줄었으니 환장할 노릇이었다. 그렇다고 팀원들 앞에서 궁색해 보이고 싶진 않았다.

앞으로 반년가량 대충 뭉개고 지내다가 화성 이주가 시작되면 슬쩍 묻어가서 새 인생을 꾸리는 게 최선이었다. 그러려면 무슨 짓을 해서라도 티켓을 확보해야겠으나 막상 협박이 통하지 않으니 막막하고 당황스러웠다.

그러던 참에 타이밍 좋게도 환상적인 협상 카드를 얻은 것이었다. 남희수는 그야말로 굴러 들어온 복덩이였다. 그를 데리고 있는 것만으로도 일립시스와의 거래에서 우위를 점할 수 있을 터였다.

윤모는 태하를 풀어 주었다. 그냥 풀어 준 것은 아니고, 실시간으로 감시할 수 있도록 태하의 셔츠 윗주머니에 바디캠을 부착했다.

"이걸 계속 켜고 있어. 허튼수작은 꿈도 꾸지 마. 화면이 꺼지면 즉시 남희수의 존재를 폭로할 테니까. 카메라를 가리거나 소리를 막아도 네가 다른 마음을 품었다고 간주할 거야."

"협력하겠다고 했잖아요. 어차피 이 몸으론 도망치지도 못합니다."

쓸쓸한 표정을 짓는 태하를 보며 윤모는 조소했다.

"그야 두고 볼 일이지."

* * *

태하는 양손엔 붕대를 감았고 한쪽 다리는 절룩거렸지만 거동이 수상해 보일 정도는 아니었다. 단지 약간의 사연이 있어 보일 뿐이었고, 그 정도 사연은 지하철 2호선을 이용하는 누구라도 있을 수 있었다. 사람들은 그에게 관심을 두지 않았다.

태하가 향한 곳은 도즈 서울 스테이션의 진료센터였다. 꼬박 이틀 만에 되돌아왔지만 체감상 1년은 지난 기분이었다. 그는 엘리베이터를 타고 10층의 병실로 직행했다.

"형, 나 왔어."

희수는 불도 켜지 않은 채 침대에 누워 있었다. 그렇다고 잠을 자고 있었던 것도 아니어서 태하가 들어오자 얼른 몸을 일으켰다.

"하룻밤만 자고 온다더니 왜 이제 와? 그 붕대는 또 뭐야? 손 좀 내밀어 봐. 사고 났어?"

"별거 아냐. 그냥 어디 살짝 부딪쳤어."

"얼굴에도 상처가 있잖아. 이건 맞아서 생긴 상처 같은

데?"

"괜찮아. 신경 쓸 거 없어."

곧 윤모를 만나러 갈 걸 안다면 이 상처가 어디서 생겼는지도 알 텐데, 희수는 아무것도 모르는 사람처럼 굴었다. 이제 정말로 미래가 안 보이는 걸까? 하지만 윤모가 지켜보고 있으니 그런 얘기를 할 순 없었다. 태하는 카메라가 잘 보이도록 가슴팍을 내밀었다.

희수가 말했다.

"아무튼 따분했는데 잘됐다. 휴대폰 챙겨 왔지?"

"안 가져왔어."

"왜? 집에 다녀오긴 했어?"

태하가 멍하니 희수를 보았다. 전에 봤을 땐 아주 딴사람 같았는데 지금은 다시 형 같았다. 그때는 수술을 받은 직후라 그렇게 이상하게 굴었던 걸까?

태하가 말했다.

"내가 생각을 해 봤는데, 우리 그냥 집에 가는 게 좋겠어."

"나 아직 검사할 것 남았잖아. 한 달은 더 입원해 있어야 한다며."

"그렇긴 한데 집에서 다녀도 될 것 같아서."

"언젠 여기서 꼼짝도 하지 말라고 길길이 날뛰더니? 나야 아무래도 상관없지만."

"좋아, 가자. 내가 접수처에 얘기하고 올게."

태하는 윤모가 요구한 대로 희수를 데려갈 작정이었다. 형의 의사를 자꾸만 확인하려는 건 그 자신도 좀체 확신이 서지 않기 때문이었다. 물론 배신하려는 건 아니었다. 윤모가 형을 해치지 않으리라는 것을 알기에 적당히 시간을 벌면서 서로 살길을 모색하려는 것이었다. 하지만 일이 과연 계획한 대로 풀릴까? 형의 순진무구한 얼굴을 마주하자 태하는 겁이 더럭 났다. 희수의 쓸모가 다하는 순간 죽음의 그림자가 그에게 드리울 터였다. 그때가 되기 전에 기회가 찾아올지에 형제의 사활이 걸려 있는 셈이었다.

"형, 정말 괜찮은 거지?"

"글쎄 난 다 나았다니까."

"이제 골치 아픈 일 없는 거 맞지? 그러니까…… 머리 아픈 상황 말이야."

"그래, 없어."

"그럼 괜찮은 걸로 알고 간다?"

"오늘 왜 이래? 너 혹시 머리도 다쳤어? 입원은 오히려 네가 해야 하는 것 아니야?"

태하는 사전에 아무 양해도 구할 수 없었다. 그저 자신이 어떠한 입장에 처해 있는지 형이 이미 알고 있기를 간절히 바랄 따름이었다. 이렇게까지 힌트를 주었어도 의심하지 않고 순순히 따라오는 건 당분간 누가 죽거나 다치는 일이 없으리라는 최소한의 안전이 보장되어 있기 때문임을 바라 마지않았다.

그러나 현관을 들어서는 순간 태하의 그러한 기대는 박살났다. 윤모 일당을 맞닥뜨린 희수는 전혀 예상치 못했다는 듯 그 자리에 얼어붙었다.

"형, 진정해. 괜찮아. 해치러 온 게 아니야. 다 계획이 있어."

태하가 참담한 심정을 억누르며 희수를 안심시켰다.

"처음 뵙겠습니다. 서윤모라고 합니다. 예전에 동생분과 함께 일했던 동료예요."

윤모가 싹싹하게 다가와 악수를 청했다. 그러나 희수는 손을 내밀기는커녕 뒤로 주춤 물러섰고, 윤모는 애꿎은 태하에게 핀잔을 주었다.

"그나저나 태하 씨는 왜 형님이 옛날 모습 그대로라고 미리 얘기 안 했어? 나 진짜 기겁했잖아. 내가 기억하는 얼굴이 그대로 남아 있던데? 이 정도면 거의 조카뻘 아냐?"

태하가 난처한 듯 미소 지었다. 그러는 태하의 뒤에서 희수가 나직이 소곤거렸다.

"어떻게 된 거야?"

윤모가 말했다.

"자, 말씀은 천천히 나누기로 하고 먼저 장소부터 옮기실
까요? 여기서 죽치고 있다가 누가 또 오기라도 하면 곤란하
니까."

그는 극진히 모시겠다고 호언장담하더니 삼성역 인근에
있는 레지던스 호텔에 방을 하나 얻어 주었다. 창밖으로 서
울 스테이션 건물이 정면으로 보이는 방이었다. 적진을 코
앞에 둔 셈이었다.

"이런 게 또 소소한 재미 아니겠어?"

윤모가 킬킬거렸다.

응당 빨간색 컨테이너 박스로 가겠거니 생각했던 만큼 태
하는 새로운 거처의 상태를 보고 황송할 지경이었다. 그렇
다고 처지가 극적으로 바뀐 건 아니었다. 희수와 태하는 양
손을 뒤로 묶였다.

"아, 대표님! 고분고분 협조 잘하고 있는데 진짜 이러지
맙시다. 우린 적이 아니잖아요. 한배를 탄 동지라고요."

"동지라서 이나마 배려해 주는 거야. 성질 같아선 목줄을
채우고도 남았어."

"이러면 밥은 어떻게 먹습니까? 화장실에서 볼일은 또 어떻게 보고?"

"파자마 파티라도 하자는 거야? 분위기 파악 좀 해, 태하 씨."

윤모가 희수에게 카메라를 들이댔다.

"희수 씨, 고개 들고 여기 봐요. 까리하게 찍어 드릴게. 태하 씨는 아가리 좀 다물고."

그렇게 촬영된 영상에서 희수는 자신이 사고를 당한 지 21년 만에 예전 모습 그대로 돌아왔으며, 일립시스로부터 이를 비밀로 유지해 달라고 요구받았음을 시인했다.

"완벽해."

윤모가 흡족한 미소를 띠었다. 만사가 순조롭다는 느낌은 퍽 오랜만이었다.

그는 태하에게 받은 전화번호로 영상을 전송했다. 처음에 희수의 귀가를 도왔던 일립시스 담당자의 번호였다.

오래지 않아 전화가 걸려 왔다.

"남태하 씨? 방금 보내신 영상은 뭡니까? 갑자기 이런 걸 왜⋯⋯."

"수고 많으십니다. 구창선 과장님이시죠?"

윤모가 경쾌한 목소리로 인사했다.

"누구시죠? 남태하 씨 휴대폰 아닙니까?"

"영상 보셨으면 대충 돌아가는 상황이 파악되셨을 겁니다. 남희수 씨는 우리가 데리고 있어요. 내일 이 시간까지 화성 이주 명단에 자리 다섯 개 비워 놔요. 만약에 우리 요구를 거절하거나 전화를 안 받으면 즉시 영상을 공개할 겁니다."

"자, 자자, 잠시만."

담당자가 허둥거렸다.

"이주 관련 업무는 제 소관이 아니에요. 게다가 1차 선발은 이미 마감이 됐는데요."

"그래서 뭐? 어차피 안 들어줄 테니까 지금 그냥 시원하게 까발리라고? 이야, 패기가 상당하시네. 이게 실종보다 골치 아픈 문제인 건 알아요? 당신네가 실종시킨 사람들 다 되찾아오라고 전 세계에서 줄소송 이어질 텐데 뒷감당할 자신 있느냐고. 혹시 벌써 어디 이직 준비하고 있나? 근데 밥벌이가 문제가 아니야. 타이 로슨이 당신 죽이라고 사람 보낼걸?"

"저, 저는 까발리라는 게 아니라⋯⋯."

"하여간 나는 그쪽 사정까지 신경 쓸 시간 없으니까 징징대지 말고 알아서 하쇼."

윤모가 일방적으로 통화를 끝냈다. 담당자에게 다시 전화가 걸려 왔으나 윤모는 받지 않았다.

"자, 예고편은 상영했으니 이번에는 본편을 촬영해 볼까?"

앞서 보낸 예고편만으로도 물론 충분했지만 윤모는 보다 세세한 질문으로 인터뷰를 진행했다. 또한 그는 태하도 카메라 앞에 앉혀서 형이 사라진 후 식구들의 삶이 어떻게 망가졌는지를 물었다.

긴 인터뷰가 마무리됐을 즈음엔 다들 녹초가 돼 있었다.

윤모가 침대에 드러누웠다.

"여기다 과거 뉴스 영상 짜깁기해서 편집만 하면 영화제에 출품해도 되겠다. 내 인생 최고 역작이 될 거야."

다이내믹한 하루를 마친 그는 그대로 곯아떨어졌다. 그렇다고는 해도 다른 사내들이 서슬 퍼런 눈을 뜨고 감시하고 있었으므로 형제는 달아날 방법을 모색하기는커녕 대화조차 변변히 나누지 못한 채 호텔 바닥에서 밤을 지새워야 했다.

두 번째 통화는 예고했다시피 그 이튿날에 이루어졌다.

담당자는 윤모의 요구를 들어주겠다고 했다. 일립시스에서 자체적으로 남희수와 남태하가 실종된 사실을 확인하고서 내린 결정이었다.

"일전에 말씀드렸다시피 1차 선발은 마감되었으니 2차 이주 때 최우선으로 자리를 확보해 드리는 걸로 진행하겠습니다."

"무슨 말 같지도 않은 소리야? 무조건 1차여야 돼. 최초가 아니면 무의미하다고."

"그런 말씀은 없으셨잖습니까? 정 1차를 고집하신다면 자리 하나 정도는 긴급히 마련해 드릴 수 있어요. 다른 네 분은 2차 때 이주하는 걸로 하고요. 그렇게 추진할까요?"

"대화가 안 통하는군. 이런 걸로 나랑 기 싸움 할 생각일랑 집어치우고 1차 다섯 자리 내놔요."

"기 싸움이 아니라 최선의 제안을 드리는 겁니다. 막무가내로 요구하셔도 어쩔 수 없어요."

"그럼 결렬이로군. 남희수의 다음 소식은 뉴스를 통해 들을 수 있을 거요."

"그, 그러지 마시고 제 말 좀 들어 보십시오. 일단 남희수 씨만 무사히 풀어 주시면 저희도 최대한 성의를 보이겠습니다."

담당자가 곤란한 듯 신음했다. 윤모가 보기에 그건 협상을 위한 제스처였다. 1차 이주자의 정원이 500명이라는 건

임의로 할당된 숫자에 불과했다. 정원이야 늘리면 그만이었다. 그에게 그 정도 재량은 있을 터였다.

"그런 말은 티켓이나 내놓고 해요."

"알겠습니다. 요구하신 티켓 다섯 장은 제 모든 걸 걸고서라도 반드시 확보하지요. 이제 됐습니까?"

윤모가 서울 스테이션이 내다보이는 유리창을 톡톡 두드렸다.

"진즉에 그럴 것이지."

"그러면 이제 티켓과 남희수 씨를 교환하기로 하죠. 시간과 장소를 말씀해 주시면 제가 직접 나가도록 하겠습니다."

윤모가 코웃음쳤다.

"사람 참 우습게 보시네. 내가 당신들한테 뒤통수 맞은 게 한두 번이 아니거든. 남희수가 있는 곳은 우리가 화성에 무사히 이주하고 나서 알려 드리지. 그 뒤에도 어떤 식으로든 우리에게 해코지를 하려 들면 남희수가 찍힌 영상을 공개할 거요."

담당자가 숨을 들이켰다.

"맙소사. 그건 너무 위험해요."

"위험?"

윤모는 의아했다. 무엇이 누구한테 위험하다는 거지?

"현재 남희수 씨가 불안정한 상태라는 걸 이해하셔야 해요. 당신이 하는 협박은 남희수 씨가 살아 있는 동안에만 유효하다는 건 인정하시죠? 갑자기 죽어 버리기라도 하면 당신도 무사하지 못할 거라는 뜻입니다. 영상을 보유한 것만으로도 충분하니 부디 남희수 씨는 보내 주세요."

불안정한 상태라는 게 무슨 뜻이지? 윤모는 불현듯 태하가 했던 말을 상기했다. 남희수 몸속에 괴물인지 외계인인지가 도사리고 있다고 했었다. 그게 그냥 헛소리가 아니었다는 건가?

"잠시만 기다려 봐요."

윤모는 일단 통화를 끊고 생각에 잠겼다. 희수를 보았으나 딱히 특이한 점은 눈에 띄지 않았다. 희수는 태하가 그러하듯 불안한 눈동자를 이리저리 굴려 댈 뿐이었다.

윤모는 태하를 불렀다.

"이봐, 태하 씨. 종양 수술은 잘 끝났다고 하지 않았어?"

"종양 제거는 성공적이었는데 가벼운 후유증이 있을 가능성도 있다고 들었어요."

"그런 건 의사들 레퍼토리잖아."

이번엔 희수에게 물었다.

"본인이 잘 알겠지. 혹시 어디 아픈 데는 없나?"

희수가 고개를 가로저었다.

윤모가 통화 버튼을 눌렀다. 신호가 떨어지자마자 담당자가 전화를 받았다.

"우리 만납시다. 남희수에 관한 연구 자료 가지고 나와요. 내 눈으로 직접 확인해야겠어."

담당자는 단칼에 거절했다. 그 자신에게조차 열람할 권한이 없다고 했다. 물론 무슨 이유를 대든 윤모에겐 통하지 않았다.

"아무리 위험하다고 한들 말로는 무슨 말이든 못 하겠냐고. 얼마나 위험한지 내 눈으로 확인하기 전엔 안 믿어. 그쪽 말대로 정말로 남희수에 대한 보호가 시급하다면 돌려보내 드리지. 하지만 자료를 보기 전엔 어림없을 줄 아쇼."

수화기 너머에서 가느다랗게 한숨 소리가 들렸다. 그것은 담당자가 진정으로 고민하고 있다는 방증으로서, 아까의 가짜 신음과는 확연히 구분되는 것이었다.

마침내 담당자가 응답했다.

"정 그러시다면 저희 센터로 와 주셔야겠습니다. 내일 밤 11시에 기다리고 있겠습니다."

다음 날 윤모는 도즈 서울 스테이션으로 갔다. 담당자가 보안 요원 두 명과 함께 1층 로비에서 그를 기다리고 있었다. 그들은 어색하게 인사를 나누고서 15층의 연구센터로 이동했다. 요원이 철저히 신체검사를 했고, 문제가 될 물건들을 따로 보관한 뒤에 담당자와 함께 사무실에 입장했다. 거기서 연구 자료를 육안으로만 열람하도록 허가를 받았다.

자료를 모두 훑어보니 세 시간여가 훌쩍 지나 있었다. 담당자가 피곤한 듯 눈을 비볐다.

"어때요, 이제 믿음이 좀 가십니까?"

"뭐, 아주 허황된 소리는 아닌 것 같다는 정도로다가."

"그럼 이제 약속한 대로 교환 날짜를 정할까요?"

"약속? 난 아직 아무 약속도 안 했는데?"

"기 싸움은 하지 말자면서요. 시간이 지체될수록 불리한 건 우리가 아닙니다."

"지금은 생각을 정리할 시간이 필요해요. 연락할 테니 기다리쇼."

그들은 그날 두 번째로 악수를 교환했다.

이른 새벽이었으나 윤모는 호텔로 곧장 돌아가지 않았다. 그의 뒤를 밟는 그림자를 감지했기 때문이었다. 이러한 상황에 대비하고 있던 그는 일행의 도움을 받아 능숙하게 미행을 따돌렸다.

윤모가 희수의 방에 도착한 건 아침 해가 밝고도 한참이

지나서였다. 꾸벅꾸벅 졸고 있던 형제는 문소리가 나자 얼른 고개를 들었다.

"얘기가 잘됐습니까? 원하는 걸 얻었어요?"

"태하 씨 형에 관한 연구 자료를 보고 왔어. 마냥 놀고먹는 줄 알았더니 일립시스에선 꽤 자세히 파악하고 있더군. 함부로 발설할 만한 내용은 아니지만 당사자나 그 가족한테는 내가 본 걸 얘기해 주는 게 맞지 않나 싶은데."

태하가 옆에 있는 형을 곁눈으로 의식하며 물었다.

"제가 알아야 할 게…… 있습니까?"

"분량이 워낙 많아서 해 줄 말도 많은데, 결론부터 말하면 이거야. 남희수는 인간이 아니다."

＊ ＊ ＊

죽은 사람들이 돌아왔다.

귀환자는 미국의 조엘 리드, 체코의 야나 피알로바, 한국의 남희수로, 이들 세 명은 각기 다른 시기에 다른 장소에서 실종되었다가 수 분의 차이를 두고 각각 원래 가려 했던 목적지에 모습을 드러냈다.

60세인 조엘 리드에겐 의지할 가족이 없었다. 실종된 후

14년 만에 돌아와 보니 아내는 병사했고 하나뿐인 아들은 마약에 중독되어 생을 마감한 지 오래였다.

혼자 남은 조엘은 고향인 텍사스를 떠나 마이애미에서 새 삶을 시작하기로 했다. 일립시스에서 실험에 협조하는 대가로 정착금을 지원했다. 그가 실종되었을 때 이미 미국에선 실종 사고가 더 이상 세간의 관심을 끌지 못했기에, 더구나 그리 개성 있는 외모가 아니었기에 아무도 그를 기억하지 못했다. 게다가 일립시스에 검진을 받으러 갈 때 말고는 외출도 거의 하지 않아 새로운 이웃들과의 교류도 거의 없었다. 그저 집에 틀어박혀 펠릭스라고 이름 붙인 고양이형 스마트펫과 일상을 보내곤 했다.

그런 생활이 반년 가까이 이어졌다. 얼마 전 조엘은 갑자기 집을 나서더니 다섯 블록 떨어진 이웃집을 향해 걸어갔다. 목격자에 따르면 그는 무언가에 홀린 것처럼 길을 따라 곧장 직진했다고 한다.

길의 끝에는 집이 있었다. 조엘이 찾아갔을 때 그 집에 사는 37세의 흑인 남성은 자기 아들을 폭행하고 있었다. 우유를 흘렸다든가 다 마셔 버렸다든가 하는 시시한 이유를 들어 여덟 살짜리 아들에게 발길질을 해 댔다. 조엘은 초인종을 누른 뒤 현관문을 쿵쿵 두드렸다.

"이봐요! 문 좀 열어 봐요!"

"누구요?"

문이 열리자 조엘은 무작정 안으로 걸어 들어갔다. 주방 구석에서 아이를 찾아 번쩍 안았고, 당황한 남자를 뒤로한 채 다시 집 밖으로 걸어 나왔다.

"괜찮니?"

조엘이 아이에게 물었다. 아이가 고개를 끄덕였다.

"그래, 이제 괜찮을 거야."

그렇게 말하자마자 조엘의 목에서 피가 솟구쳤다. 아이 아빠가 휘두른 전지가위에 베인 것이었다. 이를 본 이웃이 911에 신고했으나 조엘은 구급차가 오기 전에 과다출혈로 사망했다. 남성은 체포되었고 아이는 무사히 구출되었다.

이후 일립시스로 옮겨진 조엘의 시신에 대해 부검이 이루어졌다. 그 결과 엉뚱하게도 조엘의 뇌에서 종양이 발견되었다. 보고서 말미에는 그가 종종 심한 두통을 호소했었다고 쓰여 있었다.

한편 17세인 야나 피알로바는 패션모델 데뷔를 앞두고 있었다. 그러나 그녀가 에이전시가 있는 밀라노에 도착한 건 모델 제의를 받고 집을 떠난 지 9년이나 지난 뒤였다.

야나는 체코에 사는 어머니와 언니를 밀라노로 불러 낯선

땅에서 함께 생활하기로 했다. 그녀 역시 일립시스로부터 정착금을 지원받았다. 게다가 그녀는 체코 최초의 실종자로서 당시 자국에선 꽤 화제가 됐었기에 일립시스의 권유로 성형수술을 받았다. 새로 바뀐 얼굴은 여전히 아름다웠지만, 그래도 그녀를 보고 9년 전에 사라진 실종자를 떠올리는 사람은 없었다.

밀라노에서 지내고 있지만 야나가 원래 예정대로 모델 활동을 시작한 것은 아니었다. 본사와의 계약으로 인해 정체를 숨기고 살아야 했다. 사고 전에 비해 생활 환경이 여러모로 나아졌으나 그녀는 그리 잘 적응하지 못했다. 지금이 언제인지 헷갈린다고, 자꾸만 헛것이 보인다고 호소했다.

야나는 나날이 야위었는데 식구들에게 그건 낯선 상황이 아니었다. 사고를 당하기 전부터 그녀는 거식증을 앓고 있었다. 식구들은 그녀가 환각에 시달리는 것이 그 때문이라고 여겼다. 결국 야나는 귀환한 지 3개월 만에 스스로 목을 맸다.

윤모가 말했다.

"살아남은 건 남희수뿐이야. 일립시스로서는 더없이 소중한 존재라는 얘기지."

"형에 대한 얘기는요? 뭐라고 나와 있습니까?"

"방금 말한 두 사람의 경우처럼 드라마틱하진 않아. 남희수는 그러니까…… 뭐라더라? 언제 해체되어도 이상하지 않은 불안정한 상태라던가?"

"그게 무슨 뜻입니까?"

"하나의 주체로 존재하기엔 여러 가지로 불안하다는군. 그래프랑 숫자가 잔뜩 그려져 있고 처음 보는 용어도 많이 있어서 일일이 기억하진 못하는데, 좌우간 안정화 작업 운운하면서 지속적으로 변화를 관찰해야 한다는 내용이었어."

윤모의 말을 한참 곱씹던 태하가 의문을 제기했다.

"그런데 그건 인간이 아니라는 얘기가 아니지 않습니까?"

"나 원. 간단히 요약하면 옛날에 출발했을 때보다 무슨 중량인지 질량인지가 30그램 늘었는데, 그게 외부에서 딸려온 걸로 추정된대. 그게 남희수의 신체를…… 뭐라더라? 단단하지 못하게 한다고."

설명 자체는 영조에게 들었던 것과 크게 다르지 않았다. 단지 그때는 개인의 공상쯤으로 치부했던 것이 지금은 정식 보고서에 기록되어 있다는 사실이 새삼스럽게 느껴졌다.

그뿐만 아니라 조엘 리드와 야나 피알로바가 겪은 일도 형의 그것과 엇비슷했다. 그들에게도 형과 같은 능력이 있었던 거라고 태하는 생각했다. 조엘은 이웃집 아이가 얻어 맞는 미래를 알고 있었다. 그가 기억하는 미래에서 아이는 아마 살해되었을 것이다. 이에 아이를 구하러 갔다가 새롭게 바뀐 미래에 자신이 죽음을 맞게 된 것이었다.

태하는 야나 역시 은연중에 미래를 바꾸었을 거라고 짐작했다. 언젠가 형이 얘기했다. 미래가 달라졌다고 해서 과거의 기억이 지워지는 것은 아니기에 중첩된 기억들이 머릿속에 범람한다고. 죽었어야 할 사람이 살아서 돌아다니고, 반대로 살아 있어야 할 사람들은 새로운 미래엔 존재하지 않는다고. 이처럼 여러 환영들이 어른거리는 걸 그녀는 견디지 못했을 것이다.

"형⋯⋯."

태하가 희수를 돌아보았다. 겁먹은 표정을 한 희수는 엄지손가락을 입에 물고 있었다. 골똘히 생각에 잠길 때면 그는 손가락을 잘근잘근 씹어 대곤 했다. 아무리 해도 고치지 못한 나쁜 버릇이었다. 형이 아닌 다른 무언가가 그것을 의도적으로 흉내 내는 거라고는 도저히 생각할 수 없었다. 한때 헷갈린 적도 있었지만 이제는 의심을 거두었다.

"아냐, 난⋯⋯ 난 아냐."

희수가 중얼거렸다. 그가 초점 잃은 멍한 눈으로 주위를 둘러보더니 스르르 몸을 일으켰다. 답답해, 여기서 나가야 겠어. 그가 혼잣말했다.

"어이, 나대지 말고 얌전히 앉아 있어."

그가 밖으로 나가려 하자 옆에 있던 럭비가 어깨를 짓눌러 그의 처지를 상기시키려 했다. 하지만 호리호리한 희수의 몸은 럭비의 완력에 조금도 밀리지 않았다. 침대에 주저앉기는커녕 오히려 럭비가 기우뚱 균형을 잃고 벽에 부딪쳤다.

"이 새끼가!"

낙타와 말코도 급히 희수에게 달라붙었다. 장정 세 명이 온 힘을 다해 저지했으나 희수는 개의치 않고 무언가에 홀린 것처럼 천천히 앞으로 나아갈 따름이었다. 그는 어쩐지 불편한 기색이었으나 그 불편이 사내들이 막아섰기 때문은 아니었다.

픽!

윤모가 커피포트로 희수의 뒤통수를 후려쳤다. 객실에 비치되어 있는 스테인리스 커피포트가 무기로서 그리 이상적이라고는 할 수 없겠지만 어쨌든 처음으로 희수가 휘청거렸다. 그는 악몽에 시달리는 사람처럼 호흡이 거칠었다.

"이 새끼 이거 왜 이래? 진짜로 괴물이잖아!"

퍽, 퍽. 윤모는 희수의 머리를 집요하게 공략했다. 희수는 몸을 웅크렸다. 둔탁한 소리가 났지만 그는 비명 한번 지르지 않았다.

비명은 태하의 몫이었다. 아연실색하여 꼼짝도 못 하고 있던 그는 희수가 머리를 얻어맞자 정신이 번쩍 들었다.

"안 돼! 하지 마!"

물론 윤모도 자신이 무슨 짓을 하고 있는지 잘 알고 있었다. 남자 다섯 명이 린치를 가하는 대상은 바로 며칠 전에 뇌수술을 받고 온 사람이었다. 보통 사람이라면 치명적일 터였다. 그런데 이런 상황에서도 정작 겁에 질려 있는 건 희수가 아니라 윤모였다. 희수가 보이는 가공할 괴력은 윤모를 발악하게 만들었다. 나쁜 예감에 피가 차갑게 식는 것 같았다.

"제발, 형은 사람이야! 당신들이 오해하고 있는 거라고!"

태하가 필사적으로 윤모를 제지했다.

윤모는 태하의 손길을 뿌리치고 무자비하게 커피포트를 휘둘렀다. 그것이 태하의 왼쪽 얼굴을 가격했다. 눈가죽이 찢어져 피가 흘렀다. 그의 세상 절반이 빨갛게 물들었고 얼굴은 불에 덴 것처럼 뜨거웠다.

"이런 염병! 저리 안 비켜?"

윤모가 버럭 신경질을 냈다. 사내들이 태하를 걷어찼다. 희수는 여전히 알 수 없는 말들을 중얼거리고 있었다.

그러다 희수의 초점 없는 시선이 태하에게 닿았다. 태하와 희수의 눈이 마주쳤다. 둘은 그대로 시간이 멈춘 것처럼 서로를 바라보았다.

바로 그 순간이었다.

희수의 몸이 가볍게 떨리더니 전신에서 섬광이 뻗어 나왔다. 무슨 일이 벌어지고 있는지 윤모 일행이 채 인지하기도 전에 희수가 폭발했다. 호텔 건물이 크게 흔들렸고 일대의 모든 전자 기기들은 먹통이 되었다. 휘황찬란하던 간판 불빛과 가로등도 꺼졌다. 도로를 달리던 차들 또한 통제를 벗어나 제멋대로 미끄러졌다. 삼성역 일대가 큰 구덩이에 빠진 것처럼 어둠에 잠겼다.

태하의 객실도 무사하지 못했다. 한쪽 벽이 무너져 내려 옆 객실이 드러났다. 무너진 벽의 잔해에는 윤모와 사내들이 깔려 있었다. 폭발이 호텔 건물을 무너뜨릴 정도로 크진 않았으나 방에 있던 사람들의 숨통을 끊어 놓기엔 충분했다. 그 아수라장에서 태하가 목숨을 건진 건 그야말로 기적이었다.

아니, 기적 같은 게 아니었다. 태하는 똑똑히 목격했다.

벽에 깔리기 전에 희수가 잔상처럼 나타나 자신을 뒤로 빼냈다. 엄밀히 말하면 그건 희수가 아니라 희수의 신체를 빌린 무언가였다. 그것이 폭발을 일으켰고 벽을 무너뜨렸고 사람들을 죽였다.

이 새끼 진짜로 괴물이잖아! 윤모의 경악한 음성이 귓전에 맴돌았다.

태하가 기력을 쥐어짜서 간신히 말했다.

"너…… 너 뭐야……."

그는 정신을 잃었다.

5장

절대로 갈 수 없는 곳

비카스 람이 귀환자들의 존재를 알아차린 건 다른 두 명이 이미 사망한 뒤였다. 그래도 괜찮았다. 그에게는 아직 한 명이 남아 있었다. 미리 잡혀 있던 화성 스마트 시티 관련 일정을 소화하고 나면 남희수를 만나러 갈 계획이었다.

그런데 그사이에 비보가 들려왔다. 바로 며칠 전까지만 해도 멀쩡히 지내고 있다던 희수가 갑자기 의식을 잃고 쓰러졌다는 소식이었다. 뇌에서 종양이 발견되어 수술을 앞두고 있다고 했다.

그럼 그렇지, 비카스는 생각했다. 그는 신의 존재를 애써 부정했다. 설령 신이 있더라도 그에게 그리 우호적이지 않을 것임을 알았다. 우주로 나가려 할 때마다 그를 가로막는 일들이 생기곤 했다. 어떤 보이지 않는 힘이 번번이 그의 계획을 방해하고 있는 것 같았다.

며칠 후 희수의 수술이 성공적으로 끝났다는 보고를 받았다. 비카스는 가슴을 쓸어내리면서도 내심 조바심이 났다. 이번엔 어쩌다 운이 따랐지만 그게 지속되리라는 보장은 없었다. 그는 남은 일정을 마치고 화성을 떠나 달에 있는 거처로 돌아왔다. 다시 불운한 사고가 덮치기 전에 희수를 찾아갈 셈이었다. 마음 같아서는 당장 만나고 싶었으나 희수가 기력을 되찾을 때까지 기다리는 게 나을 것 같았다.

비카스는 희수의 동향을 거의 실시간으로 보고받아 왔다. 그러나 희수가 납치되었다는 소식은 사건이 발생하고 며칠이 지나서야 그에게 도달했다. 이는 담당자가 늑장을 부려서가 아니라 윤모와의 대화가 어느 정도 진척될 때까지 기다리느라 그런 것이었다.

한국 지사의 담당자가 전하기를, 납치범들은 희수를 풀어주는 대가로 화성 이주를 요구하고 있으며 그를 해칠 의도는 없어 보인다고 했다. 현재는 희수를 돌려보내는 시기를 두고 교섭을 진행 중이라고 했다.

비카스는 짜증이 났다.

"무능한 인간 같으니. 무슨 일이든 지체 없이 보고하라고 그렇게 강조했건만……."

그가 휴이를 불렀다.

"급하게 해결할 일이 생겼어. 예전의 그 사람들한테 연락해서…… 아니, 너는 그때 없었겠군. 내가 직접 섭외하지."

다음 날 담당자에게서 새로운 메일이 도착했다. 메일엔 희수가 무사히 돌아왔다고 쓰여 있었다. 비카스는 자신이 보낸 사람들이 하룻밤 만에 납치범들을 처리하고 희수를 구출했으리라고 짐작했다.

그런데 내용 중에 묘한 대목이 눈길을 끌었다. 비카스는 자세를 고쳐 앉았다.

"폭발이라니?"

메일에는 원인 불명의 폭발이 발생했고 일대가 정전되었다고 서술되어 있었다. 거기 묘사된 걸 읽으며 그는 당연히 토끼굴 너머에서 벌어진 기이한 사고를 떠올렸다.

"그자들이 구한 게 아닌가 보군."

"네, 말씀하신 그 사람들은 대한민국 현지 시각으로 오후 4시경에 입국했어요. 남희수 씨의 위치를 추적하는 도중에 상황이 종료된 걸 알았습니다."

휴이가 대답했다.

"폭발은 왜 일어났지? 도대체 무슨 일이 있었던 거야?"

"정확한 경위는 아직 파악 중입니다."

"아냐, 됐어. 내가 직접 가야겠어. 남희수의 신병은 확보했지?"

"남희수 씨는 현재 인천공항 스테이션 측에서 보호하고 있습니다."

삼성역의 스테이션은 정전 사태로 인해 폐쇄되었다. 자체 발전기로 가동되는 전송 캡슐들까지 모조리 먹통이 되었다. 심야 시간대라 이용객이 많지 않아 그나마 혼란이 적었다고 한다.

비카스는 인천공항 스테이션으로 전송되었다. 경호원 두 명과 비서인 휴이도 그와 동행했다. 사정을 모르는 인천공항 측에서는 비카스의 기습 방문에 발칵 뒤집어졌다. 10년 전에 거주지를 달로 옮긴 이래로 그가 지구에 내려온 것은 이번이 처음이었다.

비카스가 왔다는 소식을 들은 담당자가 헐레벌떡 마중을 나왔다.

"모시게 되어 영광입니다. 남희수 씨의 케어를 담당하는 구창선 과장입니다. 남희수 씨도 이곳 진료센터에 있습니다."

"이봐, 미스터 구. 자네의 게으른 습성 때문에 큰 손실을 입을 뻔했네."

비카스는 납치 소식을 바로 알리지 않은 데 대해 담당자를 질책했다. 담당자는 낯빛이 하얗게 질린 채로 비카스를 병실로 안내했다.

입원한 사람은 희수가 아니라 태하였다. 형제는 입장이 바뀌어 이번에는 희수가 태하를 간병하고 있었다.

"남희수 씨. 이분은 일립시스 창업자이신 비카스⋯⋯."

"비카스 람이라네."

그가 손짓해 담당자와 경호원을 방에서 내보냈다. 휴이만 비카스의 곁에 남아 그의 말을 통역해 주었다.

"우리 쪽 기계의 결함으로 인해 피해를 입은 데 대해 진심으로 사과하네. 더 일찍 인사를 했어야 했는데 내가 거의 달에서 지내다 보니 지구와 소통이 잘 이루어지지 않았어. 최근에는 뇌수술도 받았다지?"

"네⋯⋯."

희수는 비카스를 봐야 할지 아니면 그의 말을 전달해 주는 휴머노이드를 봐야 할지 헷갈려 둘을 번갈아 보며 대답했다.

"그래도 수술이 잘돼서 천만다행이야. 게다가 돌아온 후로는 우리 연구에 도움을 주고 있다니 어떻게 감사를 표해야 할지 모르겠군."

"도움이라고 해도 거창한 건 아니고 그냥 신체검사만 하는 정도예요."

"아니. 자네는 존재만으로도 엄청난 도움이 되고 있다네. 실종자들이 집에 돌아올 수 있다는 가능성을 열어 주었잖은가? 사실은 그에 관해 대화를 좀 나누고 싶은데 장소를 옮기는 게 어떻겠나?"

비카스의 제안에 희수가 침대를 가리켰다.

"여기서 하면 안 될까요? 지금은 동생 옆을 지키고 있어야 해서."

"아, 실례했군."

비카스는 그제야 병실에 다른 사람이 있다는 사실을 깨달은 것처럼 놀란 표정으로 환자를 돌아보았다. 태하는 곤히 잠들어 있었다.

"동생은 상태가 많이 안 좋은가?"

"다치긴 했는데 일단 생명에는 지장 없다고 해요. 그런데 그 전에 심하게 폭행을 당하기도 해서……."

비카스가 분위기를 살피다가 슬그머니 운을 뗐다.

"그날 무슨 일이 있었는지 얘기를 듣고 싶군. 납치됐다고 대강 전해 듣긴 했네. 어떻게 풀려날 수 있었지?"

"담당자님한테도 설명했는데……. 우리가 묵던 방에서 갑자기 쾅 하고 폭탄이 터졌어요. 그 바람에 정신을 잃었다가 깨어나 보니 벽이 무너져서 다들 죽어 있고 태하는 기절해 있었어요. 전화도 먹통이라 일립시스까지 태하를 업고 가서 도움을 청한 거예요."

희수가 숨기려는 기색도 없이 선뜻 대답했다. 하지만 그는 거짓말을 하고 있었다.

"폭탄이라고? 무슨 폭탄이었지?"

"글쎄요. 잘 모르겠어요."

희수가 난처한 듯 콧등을 긁적거렸다.

"저를 납치한 사람들은 원래 테러리스트였다고 들었어요. 화성 이주에 반대하는 테러 조직이라고 하던데 아마 그 이름이…… 인섬니악이었던 걸로 기억해요."

"불면증 환자? 실례지만 제가 들은 게 맞습니까?"

비카스의 말씨로 통역을 하던 휴이가 끼어들었다.

"인섬니악. 그게 단체 이름이에요."

"인섬니악."

휴이는 희수가 설명한 대로 비카스에게 옮겼다.

희수가 이어서 말했다.

"폭탄은 그 사람들 것이었어요. 그걸 서울 스테이션에서 터뜨릴 계획이라고 했어요. 그러다 우리랑 그 사람들이 어쩌다 몸싸움을 벌이게 됐는데 그 난리 통에 폭탄 스위치가 눌렸던 것 같아요. 그게 터지고 천장이 와르르 무너져 내렸는데 우리는 기둥 옆에 있어서 운 좋게 목숨을 건졌고요."

비카스가 인상을 찌푸렸다. 그는 희수가 솔직하지 않은 것이 못마땅했다. 에이프릴-1호에 대해 몰랐다면 아마 희수의 말을 의심하지 않았을 터였다.

"그럼 다른 폭발에 대해서는 할 말이 없나?"

휴이가 머뭇거리며 비카스의 말을 옮겼다. 비카스가 섣불리 패를 보이는 게 아닐지 걱정하는 것이었다.

"다른 폭발이라뇨?"

"그 얘기를 하기 전에 알아 둘 게 있네. 내가 개인적으로 야심을 가지고 추진 중인 사업으로 아디티 프로젝트라는 게 있다네. 쉽게 말해 도즈 전송 장치를 이용해 태양계 너머로 나가는 것이지."

프로젝트는 궁극적으로 지구로부터, 나아가 태양계로부터 인류를 해방시키는 것이 목표였다. 과연 문외한이 듣기에도 발상 자체가 아주 생뚱맞진 않은 듯했다. 이는 도즈가 있기에 가능한 일이었다. 전송이 가능한 캡슐이 어느 곳에든 일단 설치되면 그 이후로는 이쪽과 저쪽의 두 지점의 거리가 0에 수렴하는 셈이었다. 이론상 인류는 우주 전역으로 활동 영역을 넓힐 수 있었다.

"네, 뉴스에서 봤어요. 달 뒤편에서 로켓을 쏘아 올리셨다고요."

"총 스물네 대의 탐사선이 태양계 끝으로 뻗어 나가고 있다네."

이들이 향하는 곳은 토끼굴이었다.

"지금부터는 극비 사항이니 아무에게도 발설해서는 안 되네."

희수가 고개를 끄덕였다.

"토끼굴을 통과한 탐사선 중 하나인 에이프릴-1호에서 사고가 있었습니다."

여기서부터는 비카스 대신 휴이가 직접 설명했다. 반응을 보건대 희수는 그 일에 대해 아예 모르는 눈치였다. 흠칫 놀란 표정이 꾸며 낸 게 아니라면 말이다.

"모르셨습니까?"

"극비라면서요. 우주에서 일어난 일을 제가 어떻게 알겠어요?"

"남희수 씨라면 어쩌면 알지도 모른다고 생각했습니다. 우리는 그 폭발이 남희수 씨와 밀접한 연관이 있다는 걸 확인했거든요."

"밀접하다니요?"

휴이가 비카스를 보았다. 비카스가 고개를 살짝 끄덕였다.

"에이프릴-1호에서 사고가 발생한 순간에, 그러니까 탐사선 내부에서 폭발이 일어난 바로 그 순간에 남희수 씨가 21년 만에 이곳으로 돌아왔습니다."

희수는 이번에야말로 충격을 받아 아무 말도 하지 못했다. 그저 까만 눈동자만 이리저리 굴릴 뿐이었다.

한참 만에 그가 물었다.

"그러니까 그 폭발로 인해서 제가 돌아오게 됐다는 말인가요? 그런 게 가능해요?"

"정확한 인과관계는 아직 모릅니다. 어쩌면 반대로 남희수 씨가 돌아오면서 폭발이 발생했을 수도 있겠지요. 그거야말로 가능할지 의문이지만……. 분명한 건 두 사건이 어떤 식으로든 연결되어 있다는 거예요."

"사라진 사람들은 어떻게 됐어요? 에이프릴-1호의 교대 근무자들 말이에요."

"여전히 실종된 상태입니다. 탐사선을 아무리 뒤져도 흔적조차 찾을 수 없다더군요."

비카스가 물었다.

"뭔가 짚이는 점이라도 있나?"

"아뇨, 전혀요."

희수가 즉시 부정했다. 하지만 그의 얼굴 표정은 정반대의 대답을 하고 있었다. 비카스는 그가 뭔가 숨기고 있다는 걸 알았다. 어떻게 해야 그의 입이 진실을 털어놓을까.

문득 비카스는 피로가 몰려왔다. 지금 그에게 지구의 중력은 너무 버거웠다. 단지 몇 시간 체류했을 뿐인데도 벌써 녹초가 돼 있었다. 아까부터 뭔가 잡힐 듯 말 듯한 기분이 들었지만 머리가 잘 돌지 않았다. 애초에 그가 직접 올 게 아니라 남희수를 달로 초대했어야 했다.

비카스가 지친 것을 보고 휴이가 염려스러운 듯 말했다.

"새로운 얘기가 나올 것 같지 않습니다. 오늘은 이만하시죠."

비카스도 자신이 너무 성급하게 굴었음을 인정했다. 너무 몰아붙여도 역효과가 나는 법이었다. 그는 물러날 때가 됐음을 알았다.

그가 말했다.

"아무튼 그 사고 때문에 모든 계획이 중단됐다네. 이 문제를 해결하지 않으면 앞으로도 계획을 진행할 수 없겠지. 그러던 참에 자네의 존재를 알게 된 거야. 오늘 당장은 아니라도 조만간 내가 있는 달로 와 줄 수 있겠나? 우리 계획에 큰 도움이 될 걸세."

"제가 아는 건 다 말씀드렸어요. 그리고 여기서 일어난 폭발과 우주에서 일어난 폭발은 서로 비슷해 보이긴 해도 다르잖아요."

"내가 관심 있는 건 폭발에 관한 게 아니야. 일대가 마비될 정도의 폭발에도 불구하고 자네는 상처 하나 없이 멀쩡하지. 얼마 전에 뇌수술까지 했는데도 말일세. 그런 점을 조사해 보고 싶은 거야."

"그건 정말로 운이 좋아서……."

"그뿐만이 아니야. 원인 규명 외에도 신체가 해체된 상태로 지낸 기간과 재조립된 신체 상태와의 관계를 연구하는 데에도 자네는 살아 있는 유일한 표본이야. 이게 무슨 말인가 하면 자네가……."

그때였다. 비카스의 머리에 기이한 발상이 떠올랐다.

'폭발과 관련 있는 정도가 아니라 남희수가 폭발 그 자체라면?'

그것은 줄곧 잡힐 듯 잡히지 않던 바로 그 아이디어였다. 보고서에는 남희수의 신체가 불안정하다고 쓰여 있었다. 즉 희수의 몸은 아직 완성되지 않았다. 전송 이전 단계, 즉 캡슐 내에서 해체가 막 시작되는 단계였다. 바꿔 말하면 재결합이 완료되기 직전의 단계라고 할 수도 있었다. 결국 남희수는 겉보기에는 인간의 형태를 띠고 있지만 엄밀히 따지면 그저 외양을 본뜬 목업(mock-up)에 불과하다고 할 수 있었다.

그러다 어떤 계기로 인해 그의 몸이 해체된 것이었다. 납치로 인한 스트레스가 자신을 제어하지 못하게 했을까? 아니, 의식적으로 벌인 일이 분명했다. 그렇지 않다면 새삼 거짓말을 지어낼 이유도 없었다. 어쨌든 그는 해체되었으며 폭발과 정전은 그 부산물이었다.

에이프릴-1호의 실종자들도 폭발이라는 형태로써 원자 상태로 분해되었다. 그러나 그들은 남희수와 달리 재결합에 실패했다. 오직 희수만이 원래 형상으로 복구되는 데 성공했다. 아무 장치도 없이, 누구의 도움도 받지 않고, 오롯이 그 자신의 의지로 말이다.

"제가 뭐요?"

희수는 아무것도 모르는 척 순진무구한 얼굴로 비카스를 바라보고 있었다.

"그게, 어, 자네가 어쩌면 내 생각보다 많은 도움을 줄 수 있을 것 같다는 말일세."

"그런데 아까도 말씀드렸지만 제가 지금은 동생 곁에 있어야 해서요. 죄송하지만 제안은 거절하겠습니다."

"그러면 동생도 데려오는 게 어떻겠나? 최고 수준의 의료 지원을 약속하지.”

“말씀은 고맙지만 필요한 건 휴식과 안정뿐이에요.”

“그런가…….”

동생을 끔찍이도 생각하는군. 비카스는 그날 두 번째로 태하를 제대로 살펴보았다. 긁히고 찢어지고 멍이 들어 있을 뿐 위중한 상태는 아닌 듯했다. 코앞에서 폭탄이 터졌는데 이 정도로 그쳤다면 기적이나 마찬가지였다.

“저 친구가 다 나은 뒤에 다시 한번 자리를 마련하도록 하지. 자네라면 언제든 환영일세. 내게 와 주기만 한다면 원하는 건 뭐든 다 들어주겠네.”

“네. 생각해 보겠습니다.”

비카스가 휴이의 부축을 받아 병실을 나섰다.

“얼른 돌아가지. 이곳은 정말이지 진이 빠지는군.”

“그래도 아까보다는 표정이 좋아 보이십니다. 수확이 있으셨군요.”

“그래. 저 친구가 뭔가 알고 있어.”

확실히 소득이 있었다. 그것은 그의 꿈을 실현할 어떤 가능성이었다. 비카스의 가슴이 오랜만에 두근거리고 있었다.

* * *

태하가 기억하기로 엄마는 늘 아픈 사람이었다.

엄마는 2년 가까이 병원에서 지냈다. 형제는 아침저녁으로 엄마와 영상통화를 하는 것이 일상이 됐다. 주말에만 병원에 가서 엄마를 만났다. 엄마가 힘들어해서 오래 같이 있진 못했다.

그날 엄마는 기분이 꽤 좋아 보였다. 통화를 마치고 학교에 가면서 희수는 태하에게 엄마가 건강이 좋아진 것 같다고 했다. 태하는 엄마가 퇴원해서 집으로 왔으면 좋겠다고 말했다. 형제는 상상하는 것만으로도 설렜다. 정말로 그렇게 되면 얼마나 좋을까?

점심시간에 태하는 친구들과 운동장에서 축구를 했다. 공을 쫓아 이리저리 뛰어다니는데 불현듯 누가 그의 옷깃을 잡아끌었다. 돌아보니 희수가 서 있었다.

"형?"

태하는 어리둥절했다. 형은 중학생이라 학교가 달랐다.

"올라가서 가방 가져와. 선생님께는 아버지가 연락드린댔어."

"왜, 왜……?"

"당장 병원 가야 해. 엄마가 위독하시대."

"어?"

"이럴 시간 없어. 서둘러."

태하가 교실에 올라가 휴대폰을 확인하니 부재중 전화 표시가 열 통 넘게 찍혀 있었다. 전화를 받지 않아서 희수가 직접 데리러 온 것이었다.

병실에 도착하니 아버지가 이미 와 계셨다. 형제는 몰래 눈물을 훔치는 아버지를 뒤로하고 엄마 옆에 무릎을 꿇었다. 달이 기울듯 엄마의 눈동자가 천천히 움직였다.

"엄마!"

"응, 왔니."

엄마는 숨을 토하듯 말했다. 아침의 활기찬 모습은 온데간데없고 얼마 남지 않은 생명을 힘겹게 붙들고 있었다. 그 모습을 보고 형제는 정말로 작별이 다가왔음을 직감했다.

"희수야, 사랑해. 동생 잘 돌봐 줘."

엄마가 희수와 인사를 나누었다. 그런 뒤에 앙상한 손을 뻗어 태하의 빰을 어루만졌다.

"우리 씩씩한 태하도 너무너무 사랑해. 형이랑 아빠랑 꼭 행복하게 지내."

"엄마. 엄마……."

태하도 엄마에게 사랑한다고 말하고 싶었지만 그러지 않았다. 말하면 그걸로 다 끝나 버릴까 봐 겁이 났다. 울먹이는 태하를 엄마는 다 안다는 눈빛으로 가만히 응시했다.

이윽고 모니터의 일렁이던 물결이 잔잔해지자 엄마가 세상을 떠났다. 의사가 엄숙하게 사망을 선고했고 직원들이 엄마를 침대째로 데려갔다. 아버지는 장례 절차를 진행하느라 자리를 비웠다. 갑자기 시간이 정신없이 흘렀다. 복도에는 태하와 희수만 덩그러니 남았다.

희수가 혼잣말처럼 중얼거렸다.

"좋은 데로 가셨을 거야."

태하도 말했다.

"엄마는 사랑한다고 했는데 나는 못 했어. 나도 말했어야 했는데."

"그런 건 말 안 해도 알아."

"그래도……."

"후회되는 기억 말고 좋았던 기억만 떠올리자. 중요한 건 우리가 엄마를 오래 기억하는 거야."

희수가 태하의 어깨를 가만히 다독였다. 고개를 떨구고 있던 태하가 문득 희수를 불렀다.

"그런데 형."

"응?"

"우리 형은 어디 있어?"

희수의 표정이 대번에 굳었다. 그와 함께 병실 복도가 어둠에 물들었다.

"너 그게 무슨 말이야?"

"형은 우리 형이 아니잖아. 형은…… 인간이 아니라 괴물이잖아."

"아냐. 나는 남희수야. 나는 나야. 남희수는 나야."

"거짓말하지 마."

"내가 진짜 나야. 나를 남희수라고 생각해. 나를, 나를……."

그러면서 희수는 무슨 표정을 지어야 할지 모르겠다는 듯 히죽 웃었다가 울상이 되었다가 찡그렸다. 반쯤 벌어진 입술에서 어쩐지 아득하게 느껴지는 목소리가 새어 나왔다.

"나는…… 날…… 나를……."

나를 구해 줘, 나를 꺼내 줘, 그것도 아니면 나를 지켜 줘. 희수의 입술이 모호하게 움직이고 있었다.

별안간 어린 희수의 몸이 파르르 전율했다. 불그스름한 빛무리가 마치 쥐어짜듯 그를 감쌌다. 이내 처절한 비명 소리와 함께 그의 몸이 핏빛 안개처럼 허공에 흩어져 버렸다. 이로써 침묵이 내려앉은 병원 복도엔 태하 홀로 우두커니 남게 됐다. 아무도 그를 찾아오지 않았다.

태하는 잠에서 깼다. 눈시울이 뜨거웠다. 눈물 한 가닥이 뺨을 타고 흘러내렸다.

"깼어?"

희수였다. 그는 팔짱을 낀 채 침대 옆에 앉아 있었다. 그를 본 태하가 소스라치며 몸을 일으켰다.

"으아악!"

"왜 그래? 나쁜 꿈이라도 꿨어?"

"이, 이, 이……."

"진정해. 이제 괜찮아."

"저리 가!"

방에는 태하와 희수밖에 없었다. 희수가 그를 진정시키려 했으나 소용이 없었다. 태하는 심지어 침대맡에서 간호사 호출 벨을 발견하여 누르기까지 했다.

오래지 않아 간호사가 왔다.

"아, 깨어나셨네요. 어디 불편한 데는 없으세요?"

"이, 이 사람 좀 내보내요! 사람이 아니라 괴물이야!"

태하가 희수를 가리키며 외쳤다. 희수가 어깨를 으쓱거렸다.

"나쁜 꿈이라도 꾼 모양이에요. 바쁘신데 죄송합니다."

"저기, 환자분, 진정하시고요. 괜찮으세요?"

태하와 거리를 둔 채 간호사가 달래듯 물었다. 태하는 도리어 자신이 괴물 취급을 당하고 있음을 알았다. 그는 비록 목소리가 덜덜 떨리긴 했지만 음성을 낮추어 설명했다.

"저건 우리 형이 아니에요. 사람인 척하는 괴물이라고요. 저게 갑자기……."

갑자기 스스로 폭발했고 사람들이 죽었다. 그리고 연기처럼 나타나 태하를 구했다. 제길. 도저히 납득시킬 자신이 없었다.

"괴물?"

"어렸을 때도 그러더니 아직도 이러네요. 꿈에서 본 걸 현실이랑 혼동하곤 했거든요. 별거 아니에요. 금방 괜찮아질 거예요. 제가 옆에서 지켜보다가 혹시 도움이 필요하면 다시 호출하겠습니다."

"그래 주시겠어요?"

간호사가 떨떠름하게 나가고 다시 태하와 희수만 남았다.

"가까이 오지 마!"

태하가 소리쳤다. 희수는 서글픈 눈으로 태하를 바라보았다.

"태하야, 이제 걱정할 것 없어. 다 끝났어."

"끝나다니, 뭐가 끝나?"

"기억 안 나? 호텔에서 폭탄이 터졌잖아. 천장이 무너져서 서윤모랑 다들 거기 깔려 죽었어. 우리만 겨우 목숨을 건졌고."

"폭탄이라고?"

"서윤모가 테러한다고 폭탄을 갖고 있었잖아. 그게 터진 거야."

"무슨 헛소리야, 폭발은 형이 일으켰는데……."

태하는 정신을 잃기 전에 두 눈으로 똑똑히 목격했다. 하지만 그게 정말로 현실이었을까? 형이 말한 것처럼 꿈과 현실을 혼동하는 게 아닐까?

천만에. 태하의 기억엔 형이 유령처럼 코앞에 나타나 자신을 끌고 나가던 장면이 생생하게 남아 있었다.

"형이야. 그건 분명히 형이었어."

"난 도대체 네가 무슨 말을 하는지 모르겠다."

희수가 한숨을 쉬었다. 그는 태하를 설득하기를 포기했다.

"뭘 어떻게 오해하든 상관없어. 이제 다 끝났으니까. 경찰은 서윤모가 테러를 준비하는 과정에서 부주의로 폭탄이 터졌다고 생각해. 방에는 우리 흔적들이 많이 남아 있겠지만 문제가 되지 않도록 일립시스에서 수습해 주겠다고 했어. 우리는 화성에 갈 때까지 조용히 지내면 돼."

"이 지경이 되어서도 화성에 갈 생각이야? 가려거든 혼자 가시지. 난 안 가."

"뭐? 같이 가기로 했잖아. 나 혼자서 어떡하라고?"

"내가 약속한 건 우리 형이야. 너 따위 괴물이 아니라."

"너 정말 왜 그래……."

희수는 상처받은 것처럼 보였다.

태하는 처음 그에게서 느꼈던 두려움이 어느샌가 모두 휘발되었음을 알았다. 그가 지껄이는 헛소리를 믿어 줄 생각은 없었지만, 이상하리만치 그가 태하에게 호의를 보이는 것도 사실이었다. 그가 자신을 해칠 거라고는 생각되지 않았다. 따지고 보면 그는 위협이 되기는커녕 오히려 목숨을 구해 준 은인이었다. 애초에 폭발한 것도 태하가 핀치에 몰렸기 때문이 아니었던가? 어쩌면 이 미친놈이 나를 정말로 자기 동생이라고 여기는 걸까? 아예 자기를 남희수라고 생각하나?

똑똑똑. 조금 전 다녀갔던 그 간호사가 들어왔다. 그녀 옆에는 영조도 있었다. 간호사가 태하의 상태를 확인하는 동안 영조는 희수와 인사를 나누었다.

"희수 씨 검사도 이곳 진료센터에서 진행할 수 있도록 세팅해 놨어요. 지난번 검사 후로 큰일을 겪으셔서 다시 체크해 봐야 할 것 같은데요. 지금 시간 어떠세요?"

"지금 당장이요?"

희수가 태하를 힐끔 쳐다보았다. 한두 시간 자리를 비운다고 문제가 생기진 않을 터였다. 게다가 잠시 시간을 두면 그를 대하는 태하의 태도가 조금 누그러질지도 몰랐다.

"그래요. 가요."

영조는 태하에게 안부를 묻기는커녕 눈길조차 주지 않은 채 희수와 함께 병실을 떠났다. 경황이 없어서라고는 해도 태하는 서운함을 느꼈다. 그런데 그녀는 이내 병실로 돌아왔다. 태하와 단둘이 얘기하기 위해 희수를 먼저 보낸 것이었다.

"납치당했었다고 들었어요. 그런 데다 폭탄까지……. 정말 큰일 날 뻔했네요. 몸은 어때요?"

"그럭저럭 괜찮습니다."

태하는 윤모에게 들은 이야기를 상기했다. 영조를 비롯한 이곳 연구원들은 태하가 생각하는 것 이상으로 희수에 대해 잘 알고 있었다.

"우리 형을 원래대로 되돌릴 수 있다고 하셨죠. 하지만 이제는 포기해야겠죠?"

태하는 의아해하는 영조에게 자신이 호텔에서 본 것을 이야기했다. 육감 운운하던 수준을 훌쩍 넘어서 버린, 도저히 인간의 것으로 생각되지 않는 그 기이한 능력에 대해서 말이다. 더 숨길 이유도 없었다. 세상에 그의 이야기를 믿어 줄 사람이 단 한 명뿐이라면 그것은 필시 권영조일 터였다.

그런 영조조차도 물론 쉽게 받아들이기 어려운 얘기였다.

"남희수 씨의 몸이 연기처럼 흩어졌다 다시 뭉쳐서 희수 씨 모습으로 돌아왔다는 거죠? 솔직히 믿기 어려운 얘기네요. 태하 씨가 머리에 큰 충격을 받아서 착각했거나 기억이 조작됐을 가능성은…… 없겠죠?"

"우리를 납치한 서윤모가 연구 자료에서 본 내용을 얘기해 주더군요. 형의 몸이 언제든 해체될 수 있을 만큼 불안정한 상태라고요."

그녀가 얼굴을 찌푸렸다.

"우리 자료를 봤다고요? 어떻게?"

"형의 몸값을 두고 흥정하는 과정에서 직접 열람했다고 들었어요."

"그 내용이 사실인지 아닌지도 아직 단정 짓기 어렵지만, 해체되어 흩어져 버리는 것과 그게 다시 원래 모습으로 결합하는 건 차원이 다른 문제예요. 도자기를 깨부수는 것과 그걸 다시 짜 맞추는 걸 생각해 보세요."

"저는 제가 보고 들은 그대로 말씀드리는 겁니다."

"하지만 도즈 캡슐 안에서나 일어날 법한 일이 어떻게……."

영조가 말을 잇지 못하자 태하가 물었다.

"하여간 저런 걸 도저히 사람으로 볼 수는 없잖아요? 애초에 형이 아니었던 거예요."

"글쎄요. 섣불리 말하기 어렵네요."

영조가 생각에 잠긴 듯 입술을 삐죽 내밀었다.

"현재 상태를 두고 보자면, 그러니까 태하 씨 말이 사실이라면요, 희수 씨는 인간이 아니기도 하고 인간이기도 해요. 상상하시는 것처럼 이른바 외계 생명체는 아마 아니라고 봐요. 적어도 다른 인격이 있다고 생각되진 않아요."

"그게 무슨 말입니까?"

"도즈 캡슐 안에서 전송이 진행되는 중에 몸이 해체되었다고 해서 인간이 아니라고 하진 않잖아요? 그렇다고 그 상태를 두고 인간이라고 하기에도 애매하고요. 우리가 검사한 바 남희수 씨는 결합력이라고 할지, 그런 힘이 약해서 인간의 형태를 가까스로 유지하고 있는 불안정한 상태였어요."

영조는 비밀을 말해 버린 걸 후회하는 듯했다. 하지만 이미 엎질러진 물이었다.

　"저희는 남희수 씨가 어떤 외부 충격으로 인해 곧 바스라지지 않을지 걱정했어요. 이렇게 자유자재로 해체와 재구축이 이루어지리라고는 상상도 못 했고요. 아마 미지의 물질이 섞이면서 그러한 능력을 지니게 된 게 아닐까요? 현재로선 막연한 추측에 불과하지만요."

　태하가 말했다.

　"사라졌다 나타나는 게 형이 얻은 새로운 능력이라는 겁니까? 자기 몸을 터뜨려서 사람들을 죽이는 것도요? 이상한 존재가 형인 체하는 게 아니고 아예 형이 이상한 존재가 돼 버린 거라고요?"

　영조는 더 연구할 사안이라며 덧붙였다.

　"아직 희망을 포기하지 마세요. 어쩌면 방법이 있을지도 몰라요."

　"방법? 그게 뭡니까?"

　"때가 되면 말씀드릴게요."

　영조는 희수의 검사가 끝날 시간이 되어 검사실로 돌아갔다. 그녀는 태하에게 희수를 평소처럼 대할 것을 주문했다. 쉽지 않은 일이었다. 태하의 뇌리엔 희수가 폭발하던 순간이 선명히 남아 있었다. 그런 걸 보고도 희수를 형이라고 부를 수는 없었다.

태하는 벽을 향해 돌아누웠다. 죽느냐 사느냐 하는 고민을 하던 때가 차라리 덜 복잡했다.

* * *

태하가 퇴원함에 따라 둘은 집으로 돌아갔다. 집은 희수가 의식을 잃고 쓰러지던 날의 상태 그대로 난장판이었다. 거기에 더해 윤모 일행의 침입으로 인해 장수가 처참한 몰골로 부서져 있었다.

희수가 말했다.

"장수, 고칠 수 있지?"

"서비스센터에 보내 보면 알겠지."

이제 태하는 희수를 가리켜 괴물이라고 하지 않았다. 물론 여전히 그를 인간이 아닌 존재로 여겼다. 단지 불필요하게 배척하여 자극하기보다는 서먹하게나마 관계를 유지하는 게 낫겠다고 판단한 것이었다.

한편으로는 희망을 품기도 했다. 영조가 말했듯이, 그리고 희수 본인이 강력히 주장하듯이 정말로 형인지도 몰랐다. 그게 어떻게 가능한지 태하는 여전히 이해가 안 됐다. 어쨌든 영조가 행할 방법이 효과가 있다면 형을 되찾을 수 있을 터였다. 소름 끼치는 능력 같은 건 없는, 한없이 다정할 뿐인 형 말이다.

"화성에 이주하시기 전에 어떻게든 결판을 낼게요."

"제 예상보다 훨씬 빠른데요? 정말 얼마 안 남았는데."

"저희도 그동안 놀고 있던 건 아니라서요. 비밀 유지 계약이 그때까지라고 위에서 어찌나 쪼아 대는지."

성공하면 함께 화성으로 이주하는 것이고, 실패하면…… 남희수라는 존재는 없는 셈 치고 다시 예전의 삶으로 돌아가면 된다. 밑져야 본전이었다.

그러니 태하는 그때까지 저 낯선 존재를 견뎌 볼 셈이었다. 서먹서먹한 형제, 둘의 관계는 그 정도가 적당했다. 워낙 세대 차이도 나고 관심사도 다른데 오히려 그동안 무리해 왔다. 처음엔 서운해하던 희수도 그 이상을 바라는 게 욕심임을 인정했다. 현재 태하와 희수가 공유하는 것이라곤 고작해야 한 줌의 추억뿐이었다.

장수는 서비스센터에 맡긴 지 일주일 만에 새로운 몸을 얻어서 돌아왔다. 기본적으로 외양은 예전과 똑같았는데, 취약하던 관절 부분이 보완됐고 인공지능 성능이 더 향상

됐으며 그 밖에 자잘한 기능이 새로 추가되었다고 했다.

태하가 배달 기사에게 말했다.

"딱히 업그레이드가 필요한 건 아닌데…… 그냥 다시 깨어나게만 해 주셔도 됩니다."

"이전 모델은 단종되어서요, 추가금 없이 최신 모델로 교체해 드린 겁니다. 메모리는 온전히 보존되어서 가족 등록을 새로 하지 않으셔도 되고요."

"그건 참 다행이네요."

과연 장수는 눈을 뜨자마자 태하와 희수를 향해 맹렬히 꼬리를 흔들었다.

"하하, 이 녀석."

태하가 발라당 드러누운 장수의 배를 살살 쓰다듬었다. 물렁물렁 만져지는 뱃가죽이 기분 좋았다. 그 모습을 못마땅한 듯 바라보던 희수가 구시렁거렸다.

"이건 차별이야."

"뭐가?"

"장수도 죽었다가 다시 살아난 거잖아. 몸도 기억도 예전 그대로인 상태로. 기간이 길지 않을 뿐이지 나랑 다를 게 없어. 그런데 너는 장수를 여전히 장수로 대하면서 유독 나한테만 괴물이니 뭐니 하면서 벽을 치고 있지."

"그런 억지가 어디 있어? 장수는 로봇이잖아. 형은 사람이고."

"그렇지만 나한테도 같은 일이 일어났잖아."

"젠장, 그래서 뭐? 배라도 쓰다듬어 줘?"

희수가 한숨을 쉬었다.

"됐다. 그만하자."

장수의 부활은 고요하던 집에 약간의 활기를 불어넣었다. 형제는 온종일 말없이 지내다가도 어쩌다 타이밍이 맞으면 장수 이야기를 간간이 나누곤 했다. 장수는 부지런히 둘을 오가며 사랑을 듬뿍 받았다.

그렇게 일상을 지내는 동안 희수는 태하가 자신을 왜 껄끄럽게 여기는지 차츰 이해하게 되었다. 장수의 태도는 예전과 다를 바 없었다. 하지만 보완되고 향상되고 추가된 기능으로 말미암아 간혹 낯설게 느껴지는 것도 사실이었다. 이를 통해 희수는 아무리 자신이 과거의 모습과 행동과 기억을 갖고 있을지라도 미묘한 변화만으로 이질적인 인상을 줄 수 있음을 깨달았다.

한편 태하의 심경에도 변화가 일었다. 그는 형이 했던 말을 종종 곱씹었다. 형의 말도 어느 정도 일리가 있었다. 미래를 기억한다거나 멀쩡하던 몸이 순식간에 사라졌다 나타

낳다 하는 능력이 생긴 것은 장수로 치면 최신 모델로 업그레이드한 것으로 볼 수 있었다. 엇비슷한 변화를 두고서 한쪽은 귀여워하면서 다른 쪽은 질색하며 꺼린다면 당사자로서는 차별을 당한다고 느낄 만도 했다. 장수와 형의 처지가 별반 다르지 않다면 둘을 대하는 태도를 달리할 이유가 없었다.

결국 저 섬뜩한 생물을 형으로 인정해야 할까? 인정하지 못하겠다면 부정하는 게 맞나? 그런데 어떤 존재가 거부감이 든다고 해서 그를 부정하는 게 가당키나 한가? 정확히 똑같은 맥락에서 누구를 인정하는 것조차 어불성설일 터였다. 존재라는 건 다른 사람의 인정 여부에 좌우되는 게 아니다.

그렇다면 저걸 어떻게 받아들여야 할까. 태하는 머리를 쥐어뜯었다.

"나더러 어쩌라는 거냐고……."

하루는 태하가 희수의 방문을 두드렸다. 희수는 책상 앞 의자에 꼿꼿이 앉아 있었다. 딱히 뭘 하고 있진 않았다.

태하가 말했다.

"잠깐 얘기 좀 할까?"

"그래."

희수가 거실로 나왔다. 장수가 공을 물어왔고, 태하가 그것을 받아 침실을 향해 대충 굴렸다.

"솔직히 난 아직도 형이 형이라는 확신이 안 들어. 심지어 인간인지조차 의심스러워. 뭔지 모를 괴물이 인간인 척 연기하고 있는 것 같다고."

"태하야, 난 진짜로……."

"내 얘기 들어 봐. 그런데 최근엔 생각이 조금 바뀌었어. 형이 말한 것처럼 형은 진짜 우리 형이고, 단지 이상한 능력이 생겼을 뿐이라는. 마음이 오락가락해서 어떤 때는 맞는 것 같고 어떤 때는 아닌 것 같아. 문제는 내가 형이 하는 말을 믿지 못한다는 거겠지."

장수가 가져온 공을 태하가 재차 굴렸다. 장수가 다시 공이 굴러간 쪽으로 우다다 달렸다.

"그러니까 이렇게 하자. 앞으로 그 이상한 능력을 봉인한다면, 무슨 일이 있어도 안 쓰겠다고 약속하면 나도 형을 받아들이도록 노력해 볼게."

그것은 이를테면 화해의 제스처였다. 희수는 고민할 것도 없이 제안을 수락했다.

"약속할게."

그렇다고 관계가 대번에 회복된 것은 아니었다. 이런

일은 서두르면 도리어 산통이 깨지게 마련이라 형제는 조심스럽게 한 걸음씩 서로에게 다가갔다. 연말이 그렇게 지났다.

그해 마지막 날에 태하와 희수는 새어머니 댁으로 갔다. 새어머니가 새해맞이를 하자고 초대한 것이었다. 100년 만의 한파가 덮쳤다더니 과연 뼛속까지 시린 날이었다. 서림도 일찌감치 집에 와서 기다리고 있었다. 저녁 시간에 맞춰 도착한 형제는 푸짐한 식탁에 감탄했다.

식사를 마치고 그들은 거실에 모여 앉아 귤을 까먹으며 대화를 나누었다. 새어머니는 주로 옛날얘기를 했고 서림은 최근 있었던 일을 얘기했다. 서림이 삼성역 일대가 초토화된 사고를 언급했을 때 태하와 희수는 괜히 움츠러들었다. 물론 서림이나 새어머니는 형제가 그 사건에 관련돼 있을 거라고는 의심조차 하지 않았다.

태하가 서림에게 넌지시 물었다.

"결혼식이 언제랬지?"

"3월 14일 오후 1시. 오빠 벌써 세 번째 물어보는 거야."

"알아. 그새 혹시 앞당겨졌나 해서."

물어볼 때마다 곧 할 거라고 얼버무리기만 하더니 최근에야 예식 날짜가 확정되었다. 태하로서는 심히 유감스러운 날짜였다. 태하와 희수가 화성으로 떠나는 건 2월 23일이었다. 자치정부의 방침에 따라 화성에서는 3년간 출입국이 제한되기 때문에 3월에 있을 예식에는 참석할 수 없다.

서림이 말했다.

"오빠들은 못 오지? 아쉽긴 하다."

"화성에서도 영상은 볼 수 있지 않니? 실시간 방송이 된다고 하니까 멀리서라도 시간 되면 축하해 주렴."

새어머니의 말에 태하가 대답했다.

"화성까지 거리가 멀어서 실시간으로 방송해도 10분 정도 지연될 거예요. 나중에 링크 보내 주세요."

태하가 눈짓하자 희수가 가방에서 봉투를 꺼냈다.

"자, 축의금이라도 미리 줘야지."

어머나, 서림이 놀라서 자세를 고쳤다. 액수를 확인하고선 한 번 더 놀랐다.

"미쳤어? 이런 건 못 받아."

"그냥 받아. 결혼식 못 간다고 구박하지 말고."

"구박은 내가 언제 했다고……. 고마워. 잘 쓸게."

TV에선 가수들이 노래를 부르고 있었다. 그러다 실내 무대에서 야외로 화면이 전환되더니 보신각 앞에 모인 사람들이 화면에 등장했다. 큼직한 숫자가 화면을 채우며 카운

트다운이 시작되었다. 5, 4, 3, 2, 1⋯⋯.

"해피 뉴 이어!"

해가 바뀌었다. 뎅뎅뎅, 제야의 종이 울리는 동안 식구들
도 새해를 축하하며 서로 덕담을 나누었다. 서림이, 태하와
희수가, 새어머니가 한 해 동안 건강하고 행복하게 해 달라
고 기도했다.

잠시 후 태하와 희수가 집에 갈 채비를 하자 새어머니가
붙잡았다.

"벌써 1시가 넘었어. 지금 출발하면 언제 집에 가니? 오
늘은 늦었으니까 여기서 자고 아침 먹고 가."

"새벽이라 금방 가요. 새어머니도 피곤하실 텐데 얼른 주
무세요. 아침에 연락드릴게요."

태하가 극구 사양하자 새어머니도 한발 물러섰다.

"정 그러면 자율주행으로 안전하게 가. 알았지?"

"그럴게요."

대답은 그렇게 했으나 그는 그러지 않다. 세상엔 꼭 기
계를 못 믿어서가 아니라 자신이 손수 다루어야만 직성이
풀리는 사람들이 있었다. 태하도 그런 부류였다.

내비게이션은 예상 도착 시각이 60분 후라고 일러 주었
다. 자율주행모드로는 85분을 예상했다. 그러나 그들이 집

에 도착한 건 60분이 지나서도, 85분이 지나서도 아니었다.

그들이 탄 차가 집까지 세 블록을 남겨 둔 사거리 교차로를 지날 때였다. 좌측 도로를 달려오던 덤프트럭이 정차 신호를 무시한 채 그들에게 돌진했다. 자율주행에 맡겼더라면 그대로 충돌 사고로 귀결되었을 터였다. 긴박한 순간에 태하는 가속 페달을 밟아 위기를 모면했다. 트럭은 태하가 탄 차의 뒤 범퍼를 살짝 스치고 지나갔다. 그 충격에 태하의 차가 속수무책으로 핑그르르 돌았다. 회전은 곧 멈추었으나 태하는 놀라기도 하고 어지럽기도 해서 거의 정신이 나가 있었다.

똑똑똑.

"괜찮으세요?"

누가 운전석을 살피며 유리창을 두드렸다. 뒤따라오던 오토바이 운전자였다. 그가 창을 내려 달라고 손짓했다. 태하가 더듬더듬 버튼을 눌러 유리창을 내렸다.

"어휴, 너무 놀랐어요. 다치신 덴 없습니까?"

"저는 괜찮은데…… 형은?"

"나도 안 다쳤어."

"다행이네요. 그런데 자동차 뒷부분이 상당히 찌그러졌네요. 이리 와서 이것 좀 보세요."

"아, 네."

태하가 내리려는데 갑자기 희수가 그를 제지했다.

"아냐, 내리면 안 돼. 그냥 밟아! 지금 당장!"

"응?"

"출발하라고!"

태하가 힘껏 액셀을 밟았다. 예기치 못한 돌발 상황에 남자는 당황하여 뒤로 자빠졌다. 남자를 뒤로한 채 정신없이 달려서 오토바이를 완전히 따돌렸다고 생각될 즈음 태하가 이유를 따져 물었다.

"뭔데? 귀신이라도 봤어?"

희수가 설명했다.

"방금 그 남자, 우릴 뒤따라왔어."

"그게 어때서?"

"우연이 아니야. 얼마 전에 마트 갔을 때 몰래 쫓아오는 사람이 있었거든. 아무 일도 없어서 내가 착각한 줄 알고 그냥 넘어가긴 했는데, 그때 우릴 미행했던 게 방금 그 사람이었어."

"미행을 했다고?"

"응. 아무래도 나를 노리는 것 같아. 아마 그 트럭도 한통속이겠지."

확실히 이상하긴 했다. 화물 운송 차량은 자율주행이 의무적이다. 자율주행하는 차량이 규정 속도를 지키지 않거나 통행 신호를 무시하는 것도 말이 안 됐다. 즉 사람이 직접 운전한 것이었다. 태하가 나타나기를 기다렸다가 타이밍에 맞춰서 충돌하려던 것일까?

"형 말대로라면 트럭이 우릴 죽이는 데 실패해서 오토바이 남자가 처리하러 왔다는 거야?"

"내 생각엔 그래."

"대체 누가 형을 죽이려고 하지? 서윤모 말고는 그럴 만한 사람이 없을 텐데……. 서윤모는 죽었잖아. 맞지?"

"응. 그건 확실해."

희수가 말했다.

"하여간 집에 가지 말자. 아무래도 예감이 안 좋아."

"혹시 미래가 기억났어?"

"아냐, 그랬으면 이 지경까지 오지도 않았지. 그냥 좀 조심해야 할 것 같아서. 또 누가 어디서 우릴 기다리고 있을지 모르니까."

장수한테 연락해서 집에 침입한 사람이 없었음을 확인했지만 그것으로는 희수의 불안이 해소되지 않았다. 집 근처에서 형제의 귀가를 기다리고 있을지도 모를 일이었다.

"어떡하지? 다시 서림이네로 돌아갈 수도 없고. 담당자한테 연락해 볼까?"

"응. 그게 좋겠다."

"매번 늦은 시각에 연락하려니 미안하네."

담당자는 한참 만에 잠에 취한 목소리로 전화를 받았다. 그가 정신을 차리기까지는 오래 걸리지 않았다.

"교통사고요? 남희수 씨가 다쳤습니까?"

"다행히 우리 모두 멀쩡합니다. 연락을 드린 건 그 때문이 아니라, 실은 얼마 전부터 누가 형을 미행했다고 하더군요. 그 사람이 저희를 습격하려고 한 것 같아요."

"그 사람이 누군데요?"

"그것까진 우리도 모르겠습니다."

"알겠습니다. 일단 거기 가만히 계세요. 진료센터에 연락해서 사람을 보낼게요."

"진료센터에는 저희가 갈게요. 그쪽에 미리 말씀 좀 전해 주세요."

태하는 뒤따라오는 차가 없는지 경계하며 이동했다. 도로는 한산했고 눈에 띄는 추격자도 없었다. 중간에 그들은 차를 세워 두고 택시로 갈아탔다. 자동차의 위치를 추적당할지 모른다는 생각이 들어서였다. 신중에 신중을 기한 끝에 그들은 무사히 스테이션에 도착했다.

"이제 숨 좀 돌리자."

폐쇄됐던 서울 스테이션은 최근 복구가 완료되어 정상적으로 운영되고 있었다. 새벽 4시경인데도 여행객들이 제법 눈에 띄었다.

태하가 말했다.

"아무리 새해 첫날이라지만 이 시간에도 여행을 가는 사람들이 있네."

"우리도 작년에…… 아니, 예전에 첫차 타고 왔었잖아. 조금이라도 일찍 가려고."

그랬지, 태하가 아련한 기억을 더듬었다.

"저 사람들도 따뜻한 나라로 가겠지?"

"타우랑가 정말 좋았어, 그치?"

"응. 좋았어."

엘리베이터가 진료센터에서 멈추었다. 담당자로부터 사정을 전해 들은 안내 직원은 흔쾌히 빈 병실을 내주었다. 비로소 긴장이 풀린 태하는 침대에 눕자마자 기절하듯 잠들었다.

동이 트고 얼마 지나지 않아 병실 문이 벌컥 열렸다. 영조였다.

"앗, 주무시는데 죄송해요."

"아닙니다. 깨어 있었어요."

형제가 놀란 가슴을 쓸어내리며 일어나 앉았다.

"새벽에 급하게 오셨다면서요? 무슨 일이에요?"

희수가 설명했다. 영조는 눈도 깜빡이지 않고 집중해서 들었다.

"다친 데는 없고요? 태하 씨도?"

"네."

"그런데 여긴 웬일이세요?

"웬일은요, 출근했죠."

"새해 첫날인데 일하신다고요?"

"그렇게 됐네요. 아무튼 희수 씨는 간단하게라도 검진을 받아 보는 게 좋겠어요. 저랑 같이 위층으로 가요. 그동안 태하 씨는 여기서 기다리시겠어요?"

"같이 나가죠. 저는 내려가서 요기할 것 좀 사 오려고요."

"그게 좋겠네요."

희수와 영조를 위로 올려 보낸 뒤 태하도 엘리베이터를 타고 아래로 내려갔다. 1층에 도착한 태하는 내리려다 말고 황급히 뒷걸음질을 쳤다. 몇 발치 떨어진 데서 익숙한 옷차림을 한 남자를 발견했기 때문이었다. 검정색 가죽 재킷을 입은, 간밤에 그들을 죽이려 했던 오토바이 남자였다. 그가 엘리베이터 쪽으로 곧장 걸어오고 있었다.

태하는 사색이 된 채 닫힘 버튼을 연타했다. 남자도 이내 태하를 발견하여 둘은 눈이 마주쳤다. 남자가 얼른 달려왔으나 간발의 차이로 엘리베이터 문이 닫혔다.

태하는 10층에서 내린 뒤 병실에서 옷가지를 챙겨선 계단을 통해 영조의 사무실로 올라갔다.

"당장 나와, 형! 여기서 도망쳐야 해!"

"응?"

"밑에서 그 남자를 봤어. 어제 그 오토바이 남자. 그 남자도 나를 봤어."

영조가 물었다.

"어쩌시려고요?"

"따돌려야죠. 그 사람은 진료센터를 뒤지고 있을 겁니다."

"그러면 어디 가지 말고 여기서 기다리세요. 제가 내려가서 그 사람을 내보낼게요. 혹시 일이 잘못되면 전화할 테니 그때 움직이면 될 거예요."

영조가 10층으로 내려갔다.

희수가 말했다.

"여길 어떻게 알았지? 우릴 따라왔나?"

"담당자야. 담당자가 우리 위치를 알린 게 분명해."

접수처 직원을 빼고 생각하면 형제가 여기에 와 있다는 걸 아는 사람은 담당자뿐이었다. 즉 그가 추적자들에게 위치를 알렸다고 생각할 수밖에 없었다.

희수는 태하의 말에 수긍하면서 새로운 의문을 제기했다.

"그럼 저 여자도 한통속인 거 아냐? 어쩌면 일립시스 전체가 나를 죽이려고……."

"그걸 모르겠어. 담당자가 개인적으로 벌인 일인지, 아니면 일립시스에서 지시한 일인지."

"개인적으로 그럴 만한 이유가 없을 텐데."

"그렇다고 회사 차원에서 그럴 이유도 없지."

연구를 지속하는 것보다 형을 없애는 편이 더 이롭다고 판단했을까? 언제든 제2의 서윤모가 나타날 수 있다는 위기감에 불안 요인을 제거하기로 했을지 모른다. 혹시 형 말고 다른 두 명의 귀환자도 사실은 일립시스에 의해 살해된 게 아닐까? 풀리지 않는 의혹들이 꼬리에 꼬리를 물었다.

문득 태하는 오래전에 시위대 리더가 미심쩍은 사고를 당해 죽은 일을 떠올렸다. 서윤모가 단언하기를 그것은 지사가 아닌 본사 차원에서 벌인 일이라고 했다. 각국의 시위대가 타격을 입은 건 바루나 스테이션의 론칭을 앞둔 시기였고, 지금은 화성 이주를 앞두고 있었다.

태하가 시기를 헤아려 보았다. 시위대 습격이 있었던 때가 비카스가 대표직에서 물러나기 전이었던가? 아니면 타이 로슨이 그 자리에 앉은 후였던가? 시기가 얼추 겹쳤던 걸로 기억하는데.

"내 생각에 지사는 아니고 본사에서 움직인 것 같아. 비카스 람이나 타이 로슨이 지시했을 거야."

희수는 이러한 추론에 일부 수긍하면서도 온전히 동의하진 않았다.

"비카스 람은 아닐 거야. 나한테 원하는 게 있거든. 자기 프로젝트에 내가 필요하댔어."

그러면서 그는 비카스가 찾아왔던 일을 태하에게 이야기했다.

태하가 말했다.

"응, 나도 타이 로슨이 더 의심스러워. 비카스 람이 미덥지 못한 인간이긴 해도 도즈 사업에서 손을 뗀 지 오래잖아."

"우리 그럼 달에 가자."

희수가 말했다.

"비카스는 내가 달에 오기만 하면 원하는 건 다 들어준다고 약속했어. 거기서 우리를 보호해 달라고 부탁하자고."

태하는 신중하게 반응했다.

"여기 연구가 아직 진행 중인데 달에 가 버리는 건 나는 좀 별론데. 누가 형을 노리는지 확실하지도 않고."

"그럼 그것도 알아봐 달라고 하자. 솔직히 난 여기서 불안에 떠느니 달에 가는 게 안전할 것 같거든. 비카스 람이 도와줄 거야."

"그 인간도 장사꾼이라 손해 보는 짓은 절대 안 해. 베푸는 것 이상으로 형한테 받아 낼 거라고. 형의 정체를 눈치채기라도 하면 어쩌려고?"

태하가 생각을 정리했다.

"이렇게 하자. 형은 먼저 달에 가서 관광이나 하면서 분위기를 좀 살피고 있어. 비카스 람을 만나도 미주알고주알 털어놓지 말고 일단 상황을 지켜봐."

"너는?"

"나는 나대로 여기서 형을 죽이려는 게 누구인지 알아볼게. 그렇게 해서 뭐든 확실해지면 그때 부탁을 하든 우리 선에서 해결을 하든 하자고."

"괜찮겠어? 위험하지 않을까?"

"노리는 건 내가 아니라 형이잖아."

"너는 어떻게 알아볼 건데?"

태하가 억지로 미소를 지어 보였다.

"빅토리 모텔에 그런 거 잘 알아내는 사람이 있어."

＊ ＊ ＊

오토바이 남자를 반강제로 돌려보내고 사무실로 돌아온 영조는 형제에게서 달에 가는 계획을 전해 들었다. 그녀는 계획에 협조하겠다고 대답하면서도 어딘지 불만스러워 보였다.

"가서 아예 안 오실 건 아니죠? 물론 남희수 씨 안전이 최우선이긴 하지만, 저희는 휴일도 반납하고 연구하고 있는데 이대로 희수 씨가 가 버리면 그간 해 온 연구가 그냥 물거품이 돼 버리는 거라서요."

"죄송합니다. 사정이 여의치 않아서⋯⋯. 금방 돌아올 게요."

"그렇다고 너무 서두를 필요는 없고요, 연구는 저희끼리 진행하고 있을 테니까 화성으로 이주하기 전에만 돌아오시면 돼요. 무사히 다녀와요."

오후 3시에 영조는 비카스의 비서실에 연락했다. 달에서는 그리니치 표준시를 적용하여 한국과 아홉 시간의 시차가 있었다. 즉 그녀가 연락했을 때 달은 아직 이른 아침이었고 비카스는 아직 침실에서 나오지 않았다. 그러나 비카스의 의사를 확인할 것도 없이 휴이는 그 자리에서 희수의 방문 요청을 승인했다.

"남희수 씨라면 언제든 환영입니다. 그렇잖아도 대표님께선 틈만 나면 남희수 씨 얘기를 하셨거든요."

"얘기가 수월해서 좋네요. 전송 준비 마치는 대로 다시 연락드릴게요."

연구센터는 고요했다. 그것은 사람이 없는 진료센터와는 다른 의미의 고요함이었다. 방마다 연구원들이 틀어박혀 업무에 몰두해 있었고, 따라서 사람이 가득 찬 도서관에서 느낄 법한 불편한 적막이 복도에 깔려 있었다.

"복도 끝으로 가죠."

영조는 연구용 캡슐을 통해 희수를 달로 전송하려는 것이었다.

태하가 물었다.

"이렇게 몰래 전송하는 게 허용됩니까? 밀입국이나 마찬가지잖아요."

"그렇죠. 연구용 캡슐을 사용하는 거라 전산 기록에는 실험이라고만 남거든요. 이건 진짜 비밀인데 연구원 중에는 세관을 거치지 않고 몰래 물건을 들이는 사람들도 있어요. 자주는 아니고 가끔. 다들 알면서 눈감아 주는 거죠. 그러니 남희수 씨도 달에서 체포되지 않는 한 문제없을 거예요. 안심하고 이용해도 돼요."

"위험 감수하고 도와주셔서 고맙습니다."

희수와 영조는 악수를 나누었다.

"달에 가서도 도움이 필요하면 언제든지 연락해요."

태하도 희수와 작별 인사를 나누었다.

"형의 안전이 무조건 최우선이야. 그것만 생각해."

"알았어. 너도 조심해. 무슨 일 있으면 꼭 연락하고."

희수는 캡슐에 들어가 누웠다. 전등이 꺼지고 전송을 알리는 기계음이 들렸다. 우웅, 우웅. 그는 소르르 잠이 들었고, 단꿈에서 깨어났을 때는 달에 도착해 있었다. 바루나 스테이션의 연구용 캡슐이었다.

그곳엔 비카스가 미리 마중 나와 있었다. 그가 웃으며 인사를 건넸다.

"무한한 공간 저 너머로(To infinity and beyond)!"

휴이가 어리둥절하게 바라보는 희수에게 비카스의 말을 전했다. 도착지의 고유 언어로 환영 인사를 하는 것이 일립시스사의 방침인데 달에는 고유 언어라고 할 만한 게 없어서 유명한 인용구를 몇 가지 돌려 가며 쓰고 있다고 했다.

비카스는 지난번에 봤을 때보다 얼굴에 한결 생기가 돌았다.

"듣자 하니 누구한테 쫓기고 있다던데……. 여기만큼 확실한 도피처도 없지. 이곳에선 편하게 지내게."

바루나 스테이션은 상주 인원만 5만여 명에 달하는 초대형 기지였다. 게다가 테마파크에 방문하는 관광객의 수도 하루에 1만을 웃돌았다.

스테이션은 달의 뒷면에 있는 남극의 지하에 건설되었으므로 지구에선 스테이션을 볼 수 없었다. 당연히 스테이션에서도 지구가 보일 리 없었다. 그럼에도 테마파크에는 지구가 보이는 통창이 버젓이 설치되어 있었다. 물론 실제 풍경이 아니었다. 반대편에서 촬영한 영상을 스크린으로 재생한 것이었다. 이러한 기만에도 관광객들은 별로 개의치 않았다. 통창 앞은 언제나 붐볐다. 그들은 그 앞에서 지구를 배경으로 기념사진을 찍곤 했다.

"사람들은 눈에 보이는 걸 진짜라고 믿거든."

스테이션을 짧게 둘러본 뒤 비카스는 희수를 자기 사무실로 데려갔다. 고풍스러운 탁자를 가운데 두고 마주 앉아 있으니 비서가 냉차를 두 잔 가져왔다. 희수가 그것을 입에 머금자 묘한 향이 입 안에 감돌았다.

비카스가 말했다.

"지구에서 다닐 때와는 느낌이 다르지? 지구 환경을 최대한 구현하려 했는데 이질감이 생기는 건 어쩔 수 없더군."

희수가 고개를 끄덕였다. 이곳에 도착한 후로 그는 줄곧 고속으로 달리는 열차 안을 돌아다니는 듯한 기분이었다.

"처음 온 사람들은 여기저기 부딪치고 넘어지기 일쑤인데, 그래도 금세 적응될 걸세."

"네. 참을 만합니다."

비카스가 시간을 확인했다.

"이렇게 계속 붙잡아 두는 것도 예의가 아니지. 나도 꼭 참석해야 하는 스케줄이 있어 이만 나가 봐야 하니 자네도 숙소에서 자유롭게 쉬고, 우리는 이따 저녁 식사나 함께 하세."

"식사요?"

"기대해도 좋아. 여기 음식이 꽤 괜찮거든."

비카스는 휴이를 시켜 희수가 지낼 곳을 안내하게 했다. 휴이는 희수와 함께 무빙워크로 이동했다. 비카스의 사무실에서 멀지 않은 곳에 주거 단지가 조성되어 있었다. 달에 상주하는 인력을 위해 마련된 곳으로, 희수의 방도 그중 하나였다.

"저녁 6시에 다시 모시러 오겠습니다. 근처를 둘러보시려거든 휴대폰에 안내 지도 앱을 미리 설치하시는 게 좋습니다."

"네, 알겠습니다."

말은 그렇게 했지만 희수는 방 안에 틀어박혀 시간을 보냈다. 반나절 동안 그가 한 일이라곤 태하에게 달에 도착했다고 메시지를 보낸 게 전부였다. 태하에게서도 모텔에 도착했다는 연락을 받았다.

저녁 식사는 훌륭했다. 오묘한 맛이 나는 생선 요리로 난생처음 먹어 보는 것이었다.

비카스가 본색을 드러낸 것은 저녁 식사를 마친 뒤였다.

"낮에 회의에 갔다가 들은 얘기인데, 미국 뉴저지주에 폭설이 내려서 사망자가 오늘 하루에만 300명 가까이 나왔다더군."

"네. 제가 있던 서울에도 올해 100년 만의 한파가 찾아왔다고 했어요."

"지구의 기후가 부쩍 심상치 않아졌어. 문제는 상황이 점점 나빠지기만 할 거라는 사실이지. 인류가 수십 년 내에 멸종할 거라는 경고가 괜히 나오는 게 아니야. 우리나 우리 자식들이 인류의 마지막 세대일 수도 있다네."

"그래서 화성 이주를 준비하시는 거잖아요?"

흥, 비카스가 가볍게 조소했다.

"화성은 임시방편일 뿐이야. 솔직히 말하면 화성은 대안이 못 돼. 인류가 화성에서 번영을 이룩할 거라는 기대가 안 들어."

그는 지구와 공존한다면 모를까 화성이 독립적인 터전으로 기능하기는 어려울 거라고 진단했다. 그러면서 말하기를, 사실 화성 스마트 시티는 투자금을 모으기 위한 미끼이며 진짜는 전에 말한 아디티 프로젝트라고 했다. 당대는 물론이고 후대에도 성과를 내리라는 보장이 없는 사업에는 돈이 잘 모이지 않는 탓에 화성 이주라는 미끼를 내걸었다는 설명이었다.

"저희도 화성에 이주하기로 했는데 별로 안심이 되는 얘기는 아니네요."

"말은 이렇게 해도 사실 화성 프로젝트는 성공적이야. 실제로 화성 스마트 시티 건설 계획을 발표한 뒤로 투자자들이 몰리기 시작했지. 달에 기지를 건설하고 로켓을 쏘아 올릴 기회를 준 것만으로도 나는 화성에 감사한다네. 게다가 천문학적인 자금을 들이부어 다른 행성에 도시를 세우는 것이 아주 무의미한 돈 낭비는 아닐 걸세. 이러한 경험을 통해 행성 이주에 관한 노하우를 축적할 수 있으니까."

"네에……."

희수가 고개를 끄덕였다.

"반면 아디티 프로젝트는 현재 생각지도 못한 암초에 걸려서 진행이 중단된 상황일세. 하루하루가 아무런 소득도 없이 저무는 걸 지켜보는 일은 나에게 큰 고통이라네. 인류에게 남은 시간이, 그리고 내게 남은 시간이 그리 많지 않거든."

휴이는 비카스가 불치병에 걸려 오래 살지 못할 거라고 말했다.

"불치병이라면 앞으로 얼마나……?"

"장담할 순 없지만 최근의 진단으로는 반년 정도로 예상하고 있습니다."

"유감입니다."

비카스가 말했다.

"그렇기에 자네의 도움이 절실한 거야. 나는 자네가 폭발에 대해 아직 이야기하지 않은 것들이 있다는 걸 알고 있네. 부디 그 애기를 들려주게."

희수가 말했다.

"그런데 저는 아무것도 모르는걸요. 저더러 무슨 얘기를 하라는 건지 도통 모르겠습니다."

"아니, 아는데 입을 다물고 있는 것이겠지. 오히려 나는 자네가 무얼 그리 숨기는지 그 이유가 궁금하군."

"죄송합니다. 정말로 드릴 말씀이 없어요."

"정 그러면…… 알겠네. 오늘은 여기까지 하지."

몇 차례 간곡히 부탁하던 비카스는 더 이상 대답을 강요하지 않았다. 희수는 그가 체념하지 않았다는 걸 알았다. 무언가 다른 방식으로 설득하려는 것이었다.

희수는 예감이 좋지 않았다.

＊ ＊ ＊

빅토리 모텔은 현재 영업하고 있지 않았다. 그런데도 주차장은 늘 만차였다. 국도 40호선을 지나는 운전자들 가운데 이 점을 이상하게 여기는 사람은 없었다.

태하는 만차 표지판 앞에 차를 세우고 모텔로 들어갔다. 서윤모가 폭사한 여파로 조직이 와해되고 아지트는 폐허가 돼 있지 않을까 우려했지만 다행히 사람들이 있었다.

"태하 씨가 여긴 무슨 일로……?"

그들은 태하를 보고도 그다지 반가워하지 않았다. 태하가 찾아온 것이 좋은 신호인지 나쁜 신호인지 가늠이 되지 않아서였다. 하기야 서윤모 사건이 세간의 이목을 끈 만큼 그들로서는 돌발 상황을 경계하는 것도 당연했다.

"여덟 명뿐이에요? 나머지는?"

"대표님 소식은 알고 있지? 그 일이 있고서 다들 떠났어."

"여기 계신 분들은요? 끝까지 가는 겁니까?"

"태하 씨는 왜 왔어? 새삼 우리 안부가 궁금해서 오진 않았을 것 같은데."

태하가 한숨을 쉬었다.

"대표님 사고에 대해서 자세히 말씀드리러 온 거예요. 자기 혼자 설쳐 대다 자폭한 줄 알고 계시죠? 하지만 그 정도로 어수룩한 인간은 아니었죠."

그들이 어리둥절해했다.

"그럼 뉴스에서 떠들어 대는 건 뭔데? 사실이 아니야?"

"사고사로 꾸며진 겁니다. 애초에 대표님은 그런 폭탄을 갖고 있지도 않았어요. 예전에 우리 시위하던 때에도 비슷한 일이 있었잖아요. 리더가 갑자기 말도 안 되는 실족 사고를 당해서 목숨을 잃었던……. 기억하실 거예요."

"그게 왜? 이번 일과 관련이 있어?"

"그때도 사고다 아니다 말이 많았잖아요. 몇 달 전에 대표님을 만났는데 그때 그런 얘기를 하더군요. 사실은 그 사고가 달 기지 완공을 앞두고 일립시스 본사 차원에서 기습적으로 작전을 펼친 거라고요."

"확실한 거야?"

태하가 어깨를 으쓱거렸다.

"최근에 대표님은 일립시스 전 한국 지사장을 협박하고 있었어요. 화성 이주 티켓을 요구했다더군요. 제 생각엔 그에 대한 제재를 당하지 않았나 싶어요."

"협박이라니? 우리는 모르는 일인데?"

"그럴 겁니다. 개인적으로 진행했으니까. 워낙에 꿍꿍이가 많은 인간이었잖아요. 아무튼 뉴스에서 보도된 게 전부 진실은 아니에요."

태하의 폭로에도 동료들의 반응은 영 미적지근했다. 그의 말을 믿지 못해서가 아니었다. 그들은 이미 사기가 꺾여 있었다. 더러는 이곳을 떠났지만 아직도 여덟 명이나 이곳에 남아 공동체 생활을 영위하고 있었다. 일립시스에 대한 증오가 깊어서 남았다기보다는 인생을 새로 출발하기엔 다들이미 너무 멀리 와 버렸기 때문이었다. 이곳에 처박혀 서로위무하며 천천히 말라 죽어 가길 택한 것이었다.

물론 개중엔 의욕의 불씨가 꺼지지 않은 사람도 있었다. 그러나 그들이 위험을 무릅쓰고 복수에 나서 줄 정도로 서윤모가 그들에게 각별했는지는 다른 문제였다. 서윤모는 악랄한 인간이었고, 남은 동료들은 그의 죽음으로 인해 슬픔이 아니라 해방감을 느꼈다.

태하는 접근을 달리해 보기로 했다.

"그런데 사실 우리도 안전하지 않아요. 일립시스에선 대표님을 처리한 걸로 만족하지 않을지도 몰라요. 아예 조직을 괴멸시키려고 할 수도 있다고요. 사실은 제가 어제 새벽에 좀 수상한 일을 당했거든요. 그것 때문에 여러분은 무사한지 확인하러 온 거예요."

"수상한 일이라니?"

태하는 트럭의 돌진과 오토바이 남자의 미행에 대해 이야기했다. 몰래 뒤를 밟았더니 남자가 도즈 서울 스테이션에 출입하더라는 말도 덧붙였다.

과연 이번엔 즉각적으로 반응이 왔다. 좌중이 술렁거렸다. 저마다 의견이 분분했다.

"우릴 죽이러 온다고? 설마 그렇게까지 할까? 개인적으로 협박했다며."

"지사장을 협박하는 인간이 조직 이름을 안 팔았겠어? 우리도 이미 수배 중일지 몰라."

"맞아, 예전에도 이랬어. 지금은 화성 이주를 앞두고 있으니 우리를 본보기로 삼으려는 건지도 몰라."

"그래서 뭐 어쩌자고? 여기 이렇게 숨어 있는 것 말고 우리가 뭘 할 수 있는데?"

"뭐라도 해야죠. 평생을 숨어서 살 순 없잖아요."

"빌어먹을……. 그냥 다 때려치우고 싶다."

"아냐, 들어 봐. 내 생각엔 화성 이주가 마무리될 때까지만 버티면 될 것 같아."

"그럼 계속 죽은 듯이 처박혀 지내자고?"

"솔직히 이쪽에서 먼저 도발할 필요 없잖아."

절반은 불평이었지만 그래도 먼젓번보다는 활기가 돌았다. 그들의 넋두리에 가만히 귀 기울이던 태하가 말했다.

"그래도 최소한의 대비는 합시다. 여기서 함정을 파 놓고 기다리다가 혹시 누가 우릴 습격하러 오면 우리가 거꾸로 그자를 유인해서 붙잡자고요. 제가 청부업자의 얼굴을 알고 있으니 도즈 스테이션의 CCTV를 확보해서 암살의 배후 인물이 누구인지 알아내는 것도 좋겠죠."

"배후야 보나 마나 지사장이겠지."

"예전의 일을 생각하면 그보다 윗선에서 움직였을 수도

있어요."

"지사장보다 높으면 누구? 타이 로슨?"

태하가 근엄하게 고개를 끄덕였다.

"환장하겠군."

그러나 그들이 미처 대비에 나서기 전에, 식사를 하고 술을 마시고 그간의 회포를 풀고 한숨 푹 자고 일어난 뒤에, 다음 날 점심이 되어서야 이곳을 요새로 만들려면 무엇을 어떤 식으로 배치할까 하며 막연한 구상이나 주고받을 때, 그보다는 시국을 한탄하는 일에 더 열을 올리고 있을 때 일이 벌어졌다.

"잠깐. 밖에 누가 왔어."

모니터 앞에 앉아 있던 동료가 말했다.

모텔 입구를 비추고 있는 카메라에 움직임이 포착된 것이었다. 웬 남자 한 명이 입구에서 서성거리고 있었다. 남자는 캐주얼 차림이었고, 5, 60대쯤 돼 보이는 백인이었다.

"외국인인데?"

"관광객인가?"

"누가 봐도 수상하잖아."

"문이 잠겨 있는데 왜 안 가고 자꾸 기웃대지?"

동료들이 태하를 보았다. 일립시스 본사에서 보낸 암살자인지 아닌지 판단해 주기를 바라는 눈치였다.

사실 태하야말로 누구보다도 놀랐다. 여길 어떻게 알았지? 나를 따라온 건가? 형의 행방을 찾아 여기까지 따라왔나? 아니, 그건 불가능했다. 스테이션에서 먼저 빠져나온 건 형이 아니라 태하였으니까. 형을 찾으려면 진료센터나 집을 뒤졌어야 했다. 그렇다는 건…… 애초에 미행하던 게 형이 아니라 나였나? 나를 죽이려던 거였나?

물론 지레짐작이 틀릴 가능성도 다분했다. 설날 새벽에 태하를 습격하려던 오토바이 운전자는 한국인이었고 나이가 젊었으며 키는 큰 편이었다. 문밖의 백인은 처음 보는 얼굴이었다. 백인은 겉모습만 봐서는 별로 위험하게 느껴지지 않았다. 어쩌면 남자의 정체는 암살자나 청부업자 같은 게 아니라 그저 인근에 있는 자라섬에 볼일이 있어서 왔다가 해가 저물기 전에 숙소를 찾으려는 여행객인지도 몰랐다.

그런 기대가 무색하게도 남자는 곧 스스로 정체를 드러냈다. 그가 품에서 총을 꺼내더니 감시 카메라를 쏘아 망가뜨렸다. 모니터로 상황을 지켜보던 사람들은 마치 자신들이 총에 맞은 것처럼 움찔거렸다.

동시에 다른 화면에서 새로운 기척이 감지됐다. 주차장 쪽에서 남자 두 명이 입구를 향해 성큼성큼 걸어오고 있었다. 백인의 일행임이 자명했다. 그들 중 한 명은 낯이 익었다.

"제가 말한 그 남자예요."

이윽고 잠겨 있던 모텔 출입문이 자못 폭력적인 방식으로 개방되었다.

"젠장, 들어왔어!"

상황이 긴박하게 돌아갔다. 태하와 여덟 명의 동료는 총을 가진 전문 암살자들을 상대로 제법 훌륭하게 맞섰다. 먼저 그들은 2층으로 올라가 복도에 연막탄을 터뜨렸다. 한 동료가 모퉁이에서 기다리다가 타이밍에 맞게 철제 파이프를 휘둘렀다. 애석하게도 불의의 일격은 허공을 갈랐고 상대의 총탄이 그의 왼쪽 무릎에 박혔으나, 균형이 무너지면서 재차 휘두른 파이프가 암살자의 턱을 스쳤다. 비틀거리는 암살자를 다른 동료가 덮쳐 목에 칼날을 쑤셔 넣었다. 그와 무릎을 다친 동료는 뒤따라오던 암살자가 쏜 총탄에 절명했다.

기습을 통해 암살자 한 명의 목숨을 빼앗은 것이 고작이었다. 이제 상대는 방심하지 않았다. 그들은 몰아붙이기는커녕 거꾸로 내몰리기만 할 뿐이었다.

만약 대비할 시간이 충분했더라면 결과가 달랐을까? 그

렇지 않을 거라고 태하는 생각했다. 적의 역량은 압도적이었고 실패는 예정돼 있었다. 사실 모든 것이 처음부터 예정돼 있다. 탄생하기 전에 이미 죽음이 정해져 있다. 인간은 주어진 운명을 맹목적으로 따르는 태엽 인형에 불과했다. 그리고 태하는 이제 자신의 태엽이 거의 다 풀렸음을 느꼈다. 추격을 피해 들어온 방은 침대도 없이 휑했다.

"여긴……."

그 방은 서윤모가 스튜디오로 쓰던 장소였다. 문경직 교수를 참수하려던 곳 말이다.

태하는 운명이 자신을 왜 이곳으로 보냈는지 이해했다. 그는 다급히 컴퓨터를 부팅해 인섬니악의 계정에 접속했다. 자동으로 로그인이 이루어졌다. 멀지 않은 곳에서 총소리가 들렸다. 태하는 버튼형 카메라를 앞주머니에 부착한 뒤 스트리밍 방송을 시작했다.

이내 침입자들이 문을 부수고 스튜디오에 들이닥쳤다. 모텔 밖을 기웃거리던 온화한 인상의 백인과, 내내 그를 따라다녔던 오토바이 운전자였다.

태하는 투항의 의미로 양팔을 위로 들었다.

"쏘지 말아요. 당신들이 이겼어요."

그를 무표정하게 바라보던 오토바이 남자가 손가락을 까

딱거려 태하를 불렀다. 그를 따라가니 동료 두 명이 팔을 뒤로 묶인 채 붙잡혀 있었다.

"다른 사람들은? 다들 어디 있어요?"

대답하는 대신 그는 태하를 케이블 타이로 묶었다.

"다 죽고 우리만 남았어."

붙잡힌 동료가 대답했다.

"우리도 곧⋯⋯."

다른 동료가 중얼거렸다.

쉿. 오토바이 운전자가 손가락을 입에 가져다 댔다. 백인이 휴대폰으로 누군가와 통화하고 있었다.

태하가 오토바이 운전자를 불렀다.

"이봐요, 나 죽이러 온 거죠? 그럼 나만 죽이고 이 사람들은 풀어 줘요. 상관없는 사람을 죽일 필요가 어디 있어요."

그는 대답하지 않았다.

"죽을 때 죽더라도 하나만 알고 갑시다. 누가 시킨 거예요?"

"닥치고 있어."

"타이 로슨이죠? 그자가 죽이라고 시켰죠?"

남자의 입꼬리가 슬쩍 올라갔다. 긍정의 뜻인지 부정의 뜻인지 알 수 없었다.

백인이 통화를 끝내더니 오토바이 남자에게 속닥거렸다. 오토바이 남자가 알아들었다는 듯 고개를 끄덕이더니 망설임 없이 총을 쏘았다. 탕! 탕! 동료 두 명이 차례로 고개를 떨구었다.

총구는 마지막으로 태하를 겨누었다.

"자, 잠깐⋯⋯."

"탕!"

남자가 입으로 총소리를 냈다. 그러더니 빙그레 웃었다.

"남태하 씨, 당신 목숨이 한 시간 연장됐어. 운이 좋군."

"빌어먹을."

태하의 이마에 땀이 맺혔다.

"나를 죽이려면 당신들 고용주 허락이 떨어져야 하나 보지? 하지만 나는 누구 허락도 받을 필요 없지. 누가 보냈는지 이름만 말해. 그러면 멈출 테니까."

태하는 자신의 혀를 힘껏 깨물었다. 주도권을 쥐려면 자해하는 것 외에 다른 수가 없었다. 각오하고 저지른 짓이건만 예상한 것보다 훨씬 더 끔찍한 고통이 밀려왔다.

"이 미친 새끼가!"

오토바이 남자가 달려와 지혈했다. 완전히 끊어 버릴 셈으로 깨물었으나 혀는 절반만 잘린 채 입 안에서 덜렁거렸다.

"허튼짓하지 말고 있어."

으읍읍, 입 안 가득 거즈를 문 채로 태하가 소리쳤다. 말이라고 할 수 없는 괴성이 튀어나왔지만 어쨌든 남자는 태하가 내는 소리를 알아들었다.

남자가 한숨을 쉬었다.

"비카스야. 비카스 람이 우릴 고용했어."

* * *

비카스가 다시 희수를 찾은 건 이틀이 지나서였다. 그는 휴이를 시켜 희수를 사무실로 데려왔다.

"어제 하루는 어떻게 지냈나? 이곳에서 관광도 좀 했는지 궁금하군."

"실은 그냥 방에서 쉬었습니다."

"그래? 이래 봬도 구석구석 볼거리가 제법 있는데……. 나중에라도 찬찬히 둘러볼 기회가 있으면 좋겠군."

비카스는 사무실 안쪽에 연결된 작은 방으로 그를 안내했다. 육중한 철문이 소리를 내며 열렸다. 방음벽으로 둘러싸인 그곳은 방이라기보다는 금고에 가까웠다.

"보안이 중요해서 말이야."

그가 말했다.

"이렇게 이른 시간에 보자고 한 건 다름이 아니라 상의할 일이 있어서야."

"네, 거기까지는 오면서 들었어요. 그런데 구체적으로 무슨 일인지는 말씀을 안 해 주시던데."

희수는 비카스의 여유로운 태도가 마음에 들지 않았다. 기분 나쁜 예감이 엄습했다.

"먼저 자네가 봤으면 하는 게 있다네. 얘기는 그다음에 나누도록 하세."

그러더니 비카스는 말릴 틈도 없이 방을 나갔다. 철문이 잠기는 소리가 났다. 그는 자기 컴퓨터와 연결된 화면을 방 안 모니터에 띄웠다.

희수의 시선이 모니터로 옮겨 갔다. 거기엔 태하가 있었다. 화면 속 동생의 몰골은 엉망진창이었고 양손은 뒤로 묶여 있었다. 희수의 표정이 일그러졌다. 태하를 보자마자 대번에 모든 것이 이해됐다.

"당신이었어? 당신이 나를 죽이라고 시켰어?"

그의 분노한 몸이 세차게 떨리기 시작했다. 그와 함께 아물아물 아지랑이 같은 것이 피어올랐다. 그러나 떨림은 이내 사그라들었고 폭발은 진행을 멈추었다.

"잘 나가다 왜 멈추지? 오늘은 폭발하지 않기로 했나?"

모니터 화면이 좌우로 분할되더니 왼쪽 화면에 비카스의 얼굴이 나타났다. 그는 휴이의 눈을 통해 희수를 지켜보고 있었다. 휴이가 그의 말을 통역했다.

"자네가 이성을 잃고 날뛸까 봐 특별히 제작한 방인데, 의외로 화를 다스릴 줄도 아는군. 감탄했어. 뭐, 시원하게 폭발해 버려도 상관없네. 거기선 무슨 짓을 해도 바깥에 영향을 못 끼치거든."

희수는 문을 열려 했으나 설계상 방 안에서는 열 수 없었다.

그가 이를 갈았다.

"이런 걸로 나를 가둘 수 있다고 생각해? 내 말 똑똑히 전해. 여기서 나가자마자 죽여 버리겠다고."

"정말 그럴 수 있겠나? 동생의 목숨이 나한테 달려 있다는 걸 모르지 않을 텐데?"

"타깃은 처음부터 태하였나? 나를 협박할 셈으로 태하를 납치한 거야?"

"납치라니, 오해하지 말게. 오히려 나는 자네로부터 동생을 보호하려는 거야. 자네 곁에 있다가 언제 또 폭발에 휘말릴지 모를 일이잖은가."

비카스가 부드러이 달랬지만 그것은 조롱이나 다를 바 없었다. 희수의 몸이 떨렸다. 희미하게 빛나기도 했다. 하지만 그 이상은 없었다. 그는 가까스로 화를 억누르고 있었다.

스피커에서 알람 소리가 들렸다. 비카스가 휴대폰을 꺼내 납치범에게 지시했다.

"한 시간 연장하지."

오른쪽 화면에서 백인이 손가락으로 오케이 표시를 했다. 비카스와 통화하는 모습이 실시간으로 모니터 화면에 비치는 것이었다. 즉 아직 태하의 목숨이 붙어 있다는 뜻이었다. 그리고 한 시간 연장한다는 말로 추측하건대 태하의 생사여부가 한 시간 후에 다시 통보될 터였다.

비카스는 앞으로 한 시간 안에 자신의 궁금증을 해소하지 못하면 동생을 다시 만나지 못할 거라고 엄포를 놓았다.

"저 사람들은 일단 일을 맡기면 어떻게든 완수하는 프로페셔널이야. 설령 내가 죽더라도 주어진 임무는 끝까지 해낼 거라는 얘기지."

그러면서 그는 희수가 아집을 버리고 대화에 성실하게 임하면 동생을 무사히 돌려보내는 것은 물론이고 후하게 사례하겠다고 약속했다.

희수가 물었다.

"저기가 어디지? 빅토리 모텔?"

"글쎄, 여기서 한 시간 안에는 절대로 갈 수 없는 곳이라고만 해 두지."

달에서 지구로 가는 데 걸리는 시간만 해도 20분이 넘었다. 빅토리 모텔에서 가장 가까운 도즈 스테이션은 춘천역에 있는 춘천 스테이션이었다. 거기서 차로 이동하면 어림짐작으로 40분 넘게 소요될 터였다. 여기에 건물을 빠져나가 차를 잡아타는 시간과 모텔에서 태하를 찾는 시간까지 합하면 한 시간 안에 동생을 구하기란 불가능했다.

희수가 크게 한숨을 쉬었다.

"이러면 선택의 여지가 없잖아."

"솔직히 나도 마음이 좋지 않다네. 하지만 자네의 비밀을 들을 수만 있다면 무슨 짓이든 할 거야. 인류의 미래가 걸린 일이니까."

"자꾸 인류를 들먹이는데, 그런 건 아무래도 좋은 거 아닌가?"

"뭐?"

"그냥 본인 욕심에 그러는 거잖아. 주변에서 선지자다 위인이다 칭송하니까 그에 걸맞은 인간인 걸 스스로 증명하고 싶어서."

비카스가 인상을 찌푸렸다.

"그야 물론 내 욕심이기도 하지. 내가 꿈을 좇는 것이 잘 못이기라도 한 양 비난하는군."

"꿈? 그래서 당신 꿈이 뭔데?"

"인류의 생활 반경을 우주 전역으로 넓히는 게 내 궁극적 인 목표라네. 인류의 영속을 이룩하는 거지. 불가능하다고 보나?"

"불가능해."

"자네가 아는 걸 전부 털어놓아도?"

"불치병에 걸려서 기껏해야 반년밖에 못 산다며."

비카스가 말했다.

"지금 당장은 그렇지. 하지만 의학은 언젠가 내 병을 정복 할 걸세. 나야 그때까지 잠들어 있다가 깨어나면 그만 아니 겠나."

하이버네이션으로 그의 시간을 멈추겠다는 뜻이었다. 그 가 의지의 불꽃을 꺼뜨리지 않는 건 이 때문이었다.

"기가 막히는군. 병도 병이지만 이미 나이도 많잖아. 앞으 로 살면 얼마나 더 살겠냐고."

"그때쯤이면 인간 수명도 더 늘어나겠지. 게다가 시기상 조이긴 한데 사실 우리는 그 문제에 관해 혁신적인 연구를 진행 중이야. 내 건강에 관한 걱정은 천천히 해도 되네. 자네가 걱정할 문제도 아니고 말이지. 그나저나 계속 이렇게 시시콜콜한 잡담이나 할 셈인가? 한 시간은 생각보다 짧다네."

시계를 보니 15분이 지나 있었다.

"좋아, 내가 궁금한 것들은 거의 해소되었으니 남은 시간엔 당신이 궁금해하는 이야기를 해 드리지. 45분이면 충분해."

희수가 작심한 듯 이야기를 시작했다.

그가 희수의 몸으로 실체화되기 전에 있던 곳은 소위 클립보드라 부르는 곳이었다. 시간도 공간도 없는, 외로움도 충만함도 없는 곳에 오직 그만이 존재했다. 그는 정념이자 의지였다. 개인이자 전부였다. 어디에나 있는, 아무것도 아니면서 모든 것이기도 한, 세상의 일부이자 세상 그 자체인 존재였다.

그런데 언젠가부터 공간을, 자신을 침범받기 시작했다. 데이터 파편들이 자신을 통과해 갔다. 보통 그것들은 유성처럼 반짝거리다 스러졌다. 처음엔 그것을 개의치 않았으나 그를 통과하지 않고 돌처럼 박히는 것들이 하나둘 늘어났다. 그것들은 그의 안에 남아 있었다.

문득 이변이 일었다. 작은 충격으로 인해 언짢은 감정이 생성된 순간 그의 안에 박혀 있던 반짝이 중 일부가 그에게서 다시 떨어져 나왔다. 거기엔 그의 일부도 들러붙어 있었다. 그는 낯선 곳에서 낯선 몸으로 눈을 떴다. 갑자기 생경한 기억이 밀물처럼 쏟아졌다. 그는 자신이 남희수라는 걸 알았다. 동시에 그는 자기가 남희수가 아닌 다른 존재이기도 하다는 사실을 알고 있었다.

본능적으로 그는 자신을 숨기려 했다. 희수의 기억에 의존해 희수인 체하며 지냈다. 그러다 희수는 뇌에 문제가 생겨 의식을 잃었고, 뜻하지 않게 수술 중에 심장이 멎었다. 클립보드를 떠나고부터 산산이 흩어져 버리기를 줄곧 갈망해 왔던 그로선 그 순간 활동을 멈출 수도 있었다. 다만 그가 깃든 몸에는 희수의 기억이 여전히 남아 있었다. 그것이 그를 붙들었다. 기억이란 존재의 근간이었다.

그는 희수를 되살렸다. 방법은 어렵지 않았다. 클립보드에서 그랬던 것처럼, 이제는 남희수라는 세상을 자신으로 가득 채우면 되는 것이었다. 그는 점차 자신의 연약한 세계를 다루는 방법을 터득했다. 그 안에서 그는 자유로웠다.

비카스가 물었다.

"그러면 그 폭발도 의도했나?"

"그 인간이 태하를 죽이려 해서 어쩔 수 없었어. 그때는 나도 무슨 짓이든 해야 했으니까."

"자네 의지에 따라 몸을 터뜨렸다 재생했다 할 수 있다는 말인가? 그게 어떻게 가능하지?"

"그야 애초에 내가 인간이 아니기 때문이지."

비카스의 눈썹이 꿈틀했다. 희수는 개의치 않고 이어 말했다.

"당신 말이 맞아. 사람들은 눈에 보이는 걸 진짜라고 믿지. 내가 자기들처럼 생겼다고 자기들과 같다고 여기더군. 나는 그저 남희수라는 인간을 가장했을 뿐인데."

"가장했다는 게 무슨 뜻이지?"

"남희수를 흉내 내고 있다는 거야. 연극배우처럼."

"흉내를 내지 않은, 자네의 본래 모습은 어떠한가?"

"그건…… 당신도 곧 알게 될 거야."

화면 속에서 비카스는 약간 겁을 먹은 눈치였다.

"다른 이야기를 해 보지. 에이프릴-1호에서 전송된 승무원은 왜 폭발했다고 생각하나? 거기서도 위협이 있었을까?"

"그 승무원들은 균형을 잃은 상태였어. 새로운 몸에 적응하는 대신 원래 모습으로 돌아간 거야. 내가 폭발하거나 흩어지지 않고 이 모습을 유지하고 있는 건 남희수와 융합하여 그를 받아들일 시간이 충분히 주어졌기 때문이야. 하지만 승무원들은 그러지 못했지."

"자네와 함께 돌아온 다른 귀환자들이 죽은 건? 그것도 설명할 수 있나? 그 사람들도 자네처럼 충분히 동화됐을 텐데."

"그건 다른 문제야. 그 사람들도 이곳에서 적응하는 데 나처럼 어려움을 겪었을 거야. 시간의 개념을 모르고 있다가 갑자기 유한의 감옥에 갇힌 탓에 이런저런 부작용을 겪었겠지. 실은 나도 그 문제로 한동안 애를 먹었거든. 내가 무사할 수 있었던 건 순전히 태하 덕분이야. 그러니 당신은 용서받지 못할 짓을 저지른 거야."

비카스가 입을 열기까지 조금 뜸을 들였다.

"자네 말을 정리하자면 너무 먼 거리를 전송한 것이 여러 가지로 문제를 일으켰다는 거로군. 탐사선 승무원들에게 딸려 온 존재들은 갑작스러운 변화를 받아들이지 못해 산산이 흩어졌고, 한편 그들을 전송하는 데 따른 충격으로 엉뚱하게 자네나 다른 사람들이 돌아오게 됐는데 비록 신체적인 적응은 했어도 환경적인 문제로 어떤 질환을 얻었다는……. 내가 제대로 이해했는가?"

"대강은."

"웜홀 너머로 전송하고도 무사할 방법은 없겠나? 이 비좁은 우주를 벗어날 방도가 없을까?"

"나는 나에 관한 것밖에 할 말 없어. 그 전송이 클립보드 시절에 나를 불쾌하게 했고, 나의 일부를 떼어 갔다는 것. 내 입장에서 가장 좋은 해결책은 그냥 당신이 헛된 꿈에서 깨어나는 것이겠지."

희수가 시계를 보며 말했다.

"약속한 시간이 거의 다 됐군."

"하나만 더 묻지. 혹시 나를 자네처럼 만들어 줄 수는 없나? 내 말은, 자네가 나와 동화되면 내 몸도 자유자재로 다룰 수 있게 되느냐는 걸세."

"나처럼 되면 어쩔 셈인데?"

"내가 직접 길을 찾아야지. 자네 몸이라면 웜홀 너머로 전송해도 견딜 수 있을 것 같거든. 제발 나를 도와주게. 그 몸은 버리고 내게로 와. 내 몸을 기꺼이 자네에게 주지."

비카스의 눈이 광기로 번득였다.

"그건 안 돼. 나는 이미 남희수에게 동화되었거든. 아무한테나 붙었다 떨어졌다 하는 게 아니라고."

"이봐, 여유 부릴 시간 없다네. 이제 5분밖에 안 남았어."

"나도 알아."

희수가 모니터 화면을 노려보았다.

"꼭 자네가 아니어도 좋아. 자네의 그 구름 떼 같은 동족이
내게 들러붙게 해 주면 동생을 풀어 주지. 부디 도와주게."

"거절하면?"

희수의 심드렁한 반응에 비카스가 벌컥 성을 냈다.

"아직도 허세를 부릴 여유가 남았나? 이제 동생은 포기할
셈이야? 어디 마음대로 해 보시지. 그 안에서 폭발해도 나
는 생채기 하나 없을 테니!"

"비카스 람. 당신 정말 애잔하군. 이런 걸로 나를 가두었
다고 믿었어? 내가 이 안에 갇혀서 안달복달하리라고 기대
한 거야? 여기서 나가자마자 죽여 버리겠다고 말한 건 공연
한 협박이 아니었어. 당신이 연장한 한 시간은 태하가 아니
라 당신을 위한 것이었어. 그리고 이제 시간을 다 썼지."

희수가 휘이에게서 시선을 뗀 뒤 천천히 걸음을 옮겼다.
그는 태연하게 철문을 투과해 나왔다. 마치 유령처럼.

"무, 무슨……."

"내가 죽이겠다고 말했잖아."

비카스가 희수에게 생긴 이변을 감지했다. 희수의 몸 주
위로 아지랑이가 피었다.

"자, 자자, 잠깐! 네 동생! 네 동생 목숨이 나한테 달려 있

어!"

"당신은 내가 뭘 할 수 있는지 몰라."

비카스가 책상을 더듬어 버튼을 눌렀다. 철문이 열리자 휴이가 희수를 제지하려고 달려들었다. 하지만 붉은빛이 사무실을 가득 채우기 시작했고, 그곳을 중심으로 큰 폭발이 일었다. 어둠이 달 기지 전체를 집어삼켰다.

비카스는 간신히 살아남았다. 심각한 부상을 입긴 했지만 최후의 순간에 휴이가 방향을 바꿔 그를 감싼 덕에 목숨을 건질 수 있었다. 휴이는 찌그러진 고철 덩어리가 돼 있었다.

"남희수……."

그가 기력을 짜내 희수를 불렀다. 그러나 희수는 이미 그곳에 없었다.

2인조는 시계를 보고 있었다. 이번에 맡은 일은 이상하게 잘 안 풀리는 기분이었지만 결국 완수했다. 불필요한 품이 너무 많이 들었고 오늘은 오랜 벗을 잃기까지 했다. 그래도 이제 초침이 한 바퀴만 더 돌면 임무는 완전히 끝이었다.

그런데 문득 그들 앞에 어슴푸레한 핏빛 안개가 번졌다. 그것들이 점차 선명해지더니 인간의 형상을 띠기 시작했다.

"어?"

어느새 그들 앞에 남희수가 서 있었다. 환영이나 착시가 아니라, 멀쩡히 살아 있는 인간이 그들 앞에 나타난 것이었다.

"으, 읍······."

태하도 형을 보았다. 그가 얼른 몸을 수그렸다.

그런 태하를 희수가 슬픈 눈으로 바라보았다. 동생을 구하려면 그와 했던 약속을 어길 수밖에 없었다. 설령 동생이 자신을 영원히 외면하더라도.

각오는 돼 있었다.

2인조가 당황하여 그를 공격했다. 그러나 총알은 그를 그대로 관통했고 칼날도 베지 못했다. 희수의 몸은 흩어졌다 뭉쳤다를 거듭하며 잔상처럼 떠돌았다. 암살자들은 희수를 죽일 수 없었다. 반면 희수에게 그들은 너무도 연약했다.

"이제 다 끝났어. 집에 가자."

태하는 몸을 더 깊이 숙였다. 형이 약속을 어겨서가 아니었다. 겁에 질리거나 혐오스러워서도 아니었다. 그의 가슴팍에 부착된 카메라를 가려야 했기 때문이었다. 형의 존재를 세상에 드러내는 일만은 막아야 했다.

6장

내가 꾸는 꿈에
머물러 줘

인섬니악의 스트리밍 방송을 실시간으로 시청한 사람은 1000명이 채 되지 않았다. 그러나 그것은 곧 전 세계로 급속히 퍼져 나갔다.

영상은 그 자체로 비카스 람이 청부 살인을 지시했다는 증거였다. 더구나 그것이 방송되던 시각에 달 기지에 원인 불명의 폭발이 발생한 사실도 의미심장했다. 특히 폭발로 인해 비카스가 중태에 빠졌다가 사망한 것으로 알려지면서 이것이 서윤모 원혼의 복수라는 다분히 오컬트적인 소문이 퍼졌다. 그도 그럴 것이 바루나 스테이션의 폭발은 서윤모 사건 때 일어난 폭발과 대단히 흡사했기 때문이다.

그뿐만 아니라 방송 막바지에 암살자 2인조 앞에 정체불명의 안개가 깔린 것이나 암살자들이 당황하여 비명을 지른 것, 미지의 인물이 태하를 구출한 것 등등을 두고 사람들은 서윤모의 원혼이 옛 동료를 구했다고 여겼다.

암살자들을 죽인 인물이 누구였는지 증언할 사람은 태하뿐이었다. 그러나 사건 현장에 경찰이 도착했을 때 태하는 이미 어디론가 대피한 상태로 그곳엔 시체들만 뒹굴고 있었다. 경찰은 태하를 수배했다.

한편 희수는 서울 스테이션의 진료센터로 태하를 데려갔다. 일립시스 측에서도 중요한 이벤트를 앞둔 터라 일을 조용히 처리하고 싶었으므로 당분간 형제를 보호하기로 했다.

연구원들은 폭발이 희수의 소행이라고 짐작하면서도 선뜻 당사자에게 묻기를 꺼렸다. 자칫 그의 신경을 건드렸다가 무슨 꼴을 당할지 두려워서였다. 영조만이 한결같은 태도로 그를 대했다.

한편 타이 로슨이 희수를 만나기 위해 극비리에 서울에 방문했다. 비카스 람이 사망한 현재 그는 도즈 사업뿐 아니라 일립시스의 사업을 총괄하여 대표하게 되었으니 이번 사태의 거의 유일한 승리자인 셈이었다. 물론 바루나 스테이션의 복구 작업에 천문학적인 비용이 들게 된 것은 논외로 해야겠지만 말이다.

그는 희수에 관한 보고를 익히 받아 왔다며, 앞으로 각별한 주의를 기울여 생활하는 조건으로 이번 일에 책임을 묻지 않기로 약속했다. 눈에 띄지 말고 죽은 듯이 지내라는 얘기였다.

아무 일도 없었던 것처럼 평온을 가장한 나날이 이어졌다. 태하는 인공 혀를 장착하는 수술을 받았다. 익숙하지 않아 발음이 어눌하게 나왔지만 차츰 적응했다.

"미안해. 안 쓰겠다고 약속했는데 또 능력을 써 버렸어."

희수가 말했다. 모텔을 빠져나온 후로 그는 태하를 피해 왔으나 그날은 단단히 각오하고 태하가 있는 병실로 찾아왔다.

"다시 안 보겠다고 한 건 알아. 그렇지만 마지막으로 할 얘기가 있어서 왔어. 이것만 말하고 돌아갈게."

태하가 고개를 끄덕였다.

"사실 나는 남희수가 아니야."

그는 얼른 부연했다.

"그렇다고 너를 속일 생각으로 형인 척했던 건 아니야. 그저 나를 남희수와 분리해서 생각할 수 없을 뿐이지. 나는 남희수가 아니지만, 그렇다고 아예 동떨어진 존재라고 할 수도 없어. 두 개의 인격이 하나의 몸을 공유한다면 이해가 쉬울까."

희수는 비카스에게 들려주었던 얘기를 태하에게도 했다.

묵묵히 듣고만 있던 태하가 모처럼 입을 열었다.

"진짜 우리 형도 그 안에 살아 있다는 뜻이야?"

"응. 그런데 뇌수술을 받은 후로 우리 관계가 역전됐어. 그전까지는 남희수가 이 몸의 주인이었다면 이후로는 내가 남희수 대신 나서게 됐어. 이 몸을 살리려면 그래야만 했거든."

"그렇다면 그런 거겠지."

혀의 감각이 낯선지 태하는 입을 우물거렸다.

"다시 형이 나서게 할 수는 없고?"

"그렇게는 못 해. 내가 몸을 통제하지 않으면 아마 해체돼 버릴 거야."

"연기처럼 흩어진다고?"

"응."

태하가 고개를 들어 천장을 바라보았다.

"달에서 바로 온 거였지? 이젠 전송도 마음대로 할 수 있는 거야? 도즈 장치 없이도?"

"말처럼 쉽진 않아."

"형은 아무렇지 않아? 형이 일으킨 폭발 때문에 달 기지에 있던 사람이 100명 가까이 죽었어."

동료 여덟 명을 죽게 했다는 죄책감에 시달리는 태하로서는 희수의 무덤덤한 태도를 용납할 수 없었다. 더구나 자신을 살리기 위해 그런 짓을 벌였다는 걸 받아들이기 어려웠다.

"비카스 람이 나를 협박하면서 그런 얘길 했어. 자길 원망해도 좋다고, 내 입을 열게 할 수만 있다면 무슨 짓이든 할 거라고. 나도 마찬가지야. 너를 구하려면 무슨 일이든 할 수 있어."

"수십 명이잖아."

"숫자는 무의미해. 설혹 수천수만 명을 희생해야 한대도 너 하나랑은 비교할 수 없어. 태하 네가 나를 형으로 보지 않아도 이해해. 하지만 여전히 나에게 너는 하나뿐인 동생이야."

태하는 서윤모의 스튜디오에서 목도한 그 기이한 등장을 떠올렸다. 그때 그는 두렵지도 분노하지도 않았다. 솔직히 말하면 반가웠다. 핏빛 안개를 보며 가슴 깊이 안도했다.

인간이 아니지만 형이었다.

형 역시 같은 얘기를 하고 있었다. 자신은 남희수가 아니고 심지어 인간이 아니지만 그럼에도 태하를 동생으로 여기고 있다고 했다.

"젠장……."

오래전 타우랑가에서 형은 말했었다. 새어머니의 존재를 받아들이는 것이 엄마에게 미안해할 일이 아니라고, 엄마를 배신하는 게 아니라고.

그렇다는 건……. 지금 이 괴물을 형으로 받아들이는 것 또한 형에 대한 배신이 아닌 걸까? 하지만 눈앞에 형이 있는데 애써 밀어내야 하나? 형이 진짜로 원하는 건 무얼까. 내가 진짜로 원하는 건?

태하가 마음을 정했다. 21년 만에 돌아온 건 남희수다. 그것은 부정할 수 없는 사실이었다. 이제는 형을 잃고 싶지 않았다.

* * *

달 기지의 업무가 마비된 탓에 화성 이주도 일정이 다소 미루어졌다. 새로운 날짜는 원래 날짜보다 세 달가량 뒤인 5월 19일로 잡혔다.

일정이 연기되어 좋은 일도 있었다. 태하가 서림의 결혼식에 참석할 수 있게 됐다. 옛날의 꼬맹이가 다 커서 생판 모르는 사람과 가정을 꾸리는 걸 보니 태하는 동생이 대견하기도 하고 신기하기도 했다. 식구라는 건 그냥 한집에 같이 사는 것뿐이야, 오래전에 형은 그렇게 말했었다. 하지만 단지 그뿐이 아니었다. 그 이상의 의미가 있었다.

신랑과 신부가 혼인 서약을 낭독했다. 하객들이 박수를 치며 새로운 가정이 탄생한 것을 축하해 주었다. 태하는 서림의 행복을 빌었다.

화성 이주를 한 달여 남긴 4월 20일에 영조가 태하에게 연락해 새로운 소식을 전했다. 형을 되살릴 방법을 확정했다는 것이었다.

태하가 희수에게 적당히 핑계를 대고 진료센터에 혼자 방문했다. 영조가 사무실에서 기다리고 있었다.

"자, 보세요. 이런 식으로 이전 기록을 대조해 전송체의 데이터 묶음에서 일부를 걸러 내는 거예요."

그녀가 컴퓨터 화면을 가리키며 설명했다.

"일부를 걸러 낸다는 게…… 새로 섞여 들어온 존재를 제거한다는 겁니까?"

"그런 셈이죠. 쉽게 말해 백업본을 불러오는 거예요."

영조가 말하기를, 21년 전의 설계도를 가지고 현재의 원자들로 재구축한다는 것이었다. 그렇게 하면 이질적이거나 잉여인 재료들은 걸러지고 원본과 거의 유사한 상태로 되돌릴 수 있다고 했다.

"기존에 비카스 람이 비밀리에 추진하던 프로젝트가 있었어요. 우리도 이번에 공개돼서 알게 됐는데 그간 우리가 해 오던 연구와 유사한 부분이 많아서 놀랐죠. 덕분에 시행착오 과정을 줄일 수 있었어요."

비카스는 30년 전에 스캐닝했던 자신의 신체 지도를 바탕으로 세월을 되돌릴 생각이었다. 그러나 백업본으로 새로이 구축한 몸은 노화를 되돌리지 못했다. 이미 늙은 몸을 젊게 하지 못했다는 뜻이었다. 프로젝트는 이 대목에서 전혀 나아가지 못하고 있었다.

"그런데 남희수 씨는 경우가 달라요. 엄밀히 따지면 이 몸은 21년 전에 스캐닝한 후로 고작 1년 지났을 뿐이니까요. 원자들을 매치하는 과정에서 오류가 많지 않을 거예요."

"많지 않다는 건 잘못될 위험이 있긴 하다는 거죠?"

"오늘은 일단 진척 상황을 말씀드린 거고요. 추후 안정적으로 매칭이 이루어지리라는 확신이 생기면 그때 다시 연락드릴게요. 시간이 좀 걸릴 거예요. 화성 이주 전까지는 어려울 것 같아요."

"그런데 기다리는 동안에도 형의 세포들은 점점 노화할 텐데요."

"기술적으로 최대 5년까지는 복원이 가능하다고 판단하

고 있어요. 정 불안하시면 하이버네이션을 통해 노화를 방지하는 방법도 있겠죠."

"그건 사양하겠습니다."

태하가 말했다.

"하나 더요. 걸러 낸 부분들은 어떻게 되지요? 그 30그램 말이에요."

"전송 중에 폐기됩니다. 아마 클립보드에서 걸러질 거예요. 원래 있던 곳으로 돌아가는 거죠."

영조가 대답했다.

"혹시 형의 몸속에 그대로 남겨 둘 수는 없습니까?"

"왜요? 그걸 남길 거면 되돌리는 의미가 없잖아요. 애초에 가능하지도 않겠지만."

"그렇습니까……."

"다시 검토해 볼게요. 그래도 큰 기대는 하지 마세요."

그녀가 열의 없이 말하고는 원래 하려던 말을 했다.

"참, 백업에 성공하면 21년 전 뉴질랜드에서 출발하던 당시의 상태로 돌아가는 겁니다. 즉 돌아온 희수 씨에게 여기서 지냈던 시간은 존재하지 않는 거예요."

"그렇겠군요."

"다음에 연락할 때는 희수 씨도 태하 씨도 다들 화성인이 되어 있겠네요. 새로운 별에서 건강히 지내세요."

"그동안 고마웠습니다. 영조 씨도 늘 행복하세요."

집에 와서도 며칠 동안 혼자 고민하던 태하는 희수에게도 소식을 전했다. 이는 희수에게도 갑작스러운 것이었다.

"어, 잘됐다. 정말 잘됐어."

"내 말 제대로 들은 거 맞아? 백업본을 되살린다는 건 형을 지워 버리겠다는 뜻이야. 예전처럼 이 몸에 섞여서 남아 있는 게 아니라고."

희수의 표정은 알쏭달쏭했다.

"알아. 하지만 당장 떠나는 것도 아니고, 여기서 몇 년 더 같이 지낼 수 있잖아."

"맙소사. 길어야 4년이야."

"4년⋯⋯. 그 정도면 적당해. 난 불만 없어."

문득 태하는 희수의 태도에서 일말의 망설임을 느꼈다.

"시한부 선고가 내려졌는데 불만이 없기는!"

"너야말로 뭐가 그렇게 불만인데? 태하 너는 진짜 형을 되찾고 싶어 했잖아. 그럼 좋은 소식 아니야?"

"되찾고 자시고 간에 진짜 형은 이 안에 들어 있다며!"

그가 희수의 가슴을 콕콕 찔렀다.

희수가 조용히 말했다.

"태하야, 가끔 난 여기서 지낸 시간이 꿈처럼 느껴지곤 해. 그리고 이제는 꿈에서 깨어날 때가 됐을 뿐이야. 아쉬워도 어쩔 수 없어. 이 몸은 원래 주인에게 돌려주고 나는 내가 있던 세상으로 다시 돌아가야지."

"돌아가고 싶어? 그게 형이 원하는 거야?"

"내가 원하는 건……."

희수는 고개를 돌려 태하의 시선을 피했다. 그의 목소리가 가늘게 떨렸다.

"내가 원하는 건 우리가 서로 기억하는 거야. 네가 기억하는 한 나는 네 안에 계속 있을 테니까."

"답답한 소리 하지 말고. 그보다 더 좋은 방법이 있을 거야. 형도 이곳에 머무를 수 있는 방법 말이야. 내가 찾아볼게."

"더 좋은 방법이라면 내가 알아."

희수가 태하의 머리카락을 헝클었다.

"이제 그런 얘기는 하지 말고 남은 시간 동안 행복하게 지내는 거야. 나중에 후회하지 않도록 좋은 기억만 남기는 거. 알겠지? 고민은 이걸로 끝."

* * *

형제가 화성에 정착한 지도 3년이 지났다. 희수는 일립시스에 연구 보조로 고용되었다. 말이 연구 보조지 실상은 폭주하지 못하도록 감시를 당하는 신세였다.

태하는 경비 일을 시작했다. 예전과 달리 이번엔 그 자신이 사업체를 꾸리는 것이라 순찰을 나갈 일은 없었다. 밤낮이 뒤바뀐 생활도 더는 하지 않았다.

화성은 처음에 홍보했던 것처럼 지상낙원이라고 할 정도는 아니었다. 사람 사는 곳이면 어디든 따라다니는 문제들이 이곳에서도 불거졌다. 하지만 적어도 지구에 만연해 있는 허무주의 같은 건 이곳에 없었다. 어딜 가든 활기와 의욕이 넘쳤다. 무엇보다 희수가 화성인으로서 자기 신분을 숨기지 않아도 되어 좋았다.

하루는 태하의 사무실에 반가운 사람이 찾아왔다. 영조였다. 그들은 명절이나 기념일에 서로 안부 메시지를 보내곤 했다. 그런데 두 달 전부터 스마트 시티의 출입국이 개방되어 화성에 직접 방문한 것이었다.

지난번 영상 메시지에서 봤을 때와는 다르게 긴 생머리가 쇼트커트가 되어 있었다.

"머리가 짧아졌네요."

"더워서 잘랐어요. 서울은 여름이라."

"잘 어울립니다."

영조가 꾸벅 인사했다.

"고마워요. 다름이 아니라 좋은 소식을 전해 드리러 왔
어요."

좋은 소식? 태하의 가슴이 철렁했다.

"오래 기다리셨죠. 마침내 설계가 끝났어요."

태하가 그녀의 말에 반응하기까지 다소 시간이 걸렸다.

"어, 벌써요? 아직 1년 남은 걸로 알고 있는데."

"기한에 늦을까 봐 속도를 냈죠."

그는 영조가 새해 첫날에도 사무실에 출근했던 걸 기억했
다. 여느 지구인 관광객들과 달리 그녀는 피로에 찌들어 초
췌해 보였으나 눈빛만은 형형했다.

"정말로 수고 많으셨습니다."

"별말씀을요. 그래서, 언제 시작할까요?"

"그게…… 위험 확률은 얼마나 됩니까?"

"성공률 100퍼센트라고 말하면 오히려 믿음이 안 가겠죠?
사고 확률은 통상의 도즈 전송 정도로 생각하시면 돼요."

흠, 태하가 머뭇거렸다. 또 실종될 수도 있다는 얘긴가?

그 고생을 하고 또 사라지면 볼만하겠군.

영조가 얼른 부연했다.

"아, 제가 만든 프로그램은 완벽하게 작동한다는 뜻이었어요. 예전의 희수 씨로 돌려놓을 거라고 자신해요. 믿으셔도 좋아요."

"그런가요."

태하는 어쩐지 힘이 쭉 빠졌다.

"그럼 형하고 상의해서 날짜 알려 드릴게요. 정말 애쓰셨습니다."

영조가 돌아간 뒤 그는 사무실에서 반쯤 넋이 나간 채로 시간을 보냈다. 느지막이 퇴근하니 거리는 은근한 밝기의 야간 조명이 켜져 있었고 통행하는 사람들의 수가 부쩍 줄어 있었다.

일찌감치 퇴근한 희수는 태하와 함께 식사하려고 기다리고 있었다.

"왜 이렇게 표정이 굳었어? 무슨 일 있었어?"

"형, 있잖아……."

태하는 영조의 이야기를 전하는 대신 다른 이야기를 꺼냈다.

"예전에 머리에 종양이 왜 생겼지?"

"종양? 생뚱맞게 그건 왜?"

"우리끼리는 형이 미래를 기억하는 능력을 쓸 때마다 종양이 자랐을 거라고 생각했잖아. 그런데 과연 그랬을까? 자라게 한 건 그렇다 쳐도, 애초에 종양이 발생한 것 역시 그때문이었을까?"

희수가 웃음기를 거두었다.

"진지하게 묻는 거지? 혹시 너도 어디 아파? 내일 나랑 진료센터 가 볼까?"

"만약 종양이 미래 기억과 무관하게 생긴 거라면, 진짜 형을 되돌려도 반년쯤 지나면 종양이 생긴다는 소리잖아. 그렇지?"

그것은 태하가 줄곧 해 온 고민이었다.

진짜 형은 수술 중에 목숨을 잃었다고 했다. 그러자 가짜 형이 강제로 숨을 불어넣어 진짜 형의 역할을 떠맡았다. 그런데 이제 영조의 프로그램으로 시간을 되돌려 25년 전의 형을 되살린다면, 그런 뒤에 형의 머리에 예정대로 종양이 자라나고, 또한 필연적으로 수술이 잘못된다면? 결국 형은 짧은 삶을 마감할 운명 아닐까? 결국 다 잃고 마는 것이 아닐까?

희수가 물었다.

"권영조 씨한테 연락받은 거지?"

태하가 고개를 끄덕였다.

"아까 낮에 직접 찾아왔었어. 다 준비됐대."

새로운 소식을 전해 들은 희수는 쉽게 말을 꺼내지 못했다.

태하가 말했다.

"잘될 거라고 호언장담했지만 종양 문제도 고려해야지. 나중엔 잘못돼도 돌이킬 수 없으니까."

"걱정할 것 없어. 영조 씨 말대로 다 잘될 거야. 적어도 이번엔 대비할 수 있잖아. 종양은 조기에 발견하면 괜찮아."

"아니, 우리 그냥 없던 일로 하자. 난 마음 정했어. 영조 씨한테는 내가 잘 얘기할게. 형은 지금까지처럼 내 곁에 있어 줘."

"이러지 마. 서로 힘들어져……."

"사실은 형도 나랑 헤어지기 싫잖아. 날 두고 가지 마."

희수가 크게 한숨을 쉬었다.

"고집 피워서 될 일이면 나도 여기 남겠지. 하지만 내 욕심 채우느라 네가 진짜 형을 되찾을 유일한 기회를 날리는 건 말도 안 돼. 나중에 후회할 거야. 날 원망할 거라고."

"원망 안 해. 후회도 안 해. 그러니까, 형."

"나도 지난 3년 동안 마음 정리하느라 괴로웠어. 이제 그 냥 받아들이자."

"제발⋯⋯."

"도대체 뭐가 그렇게 두려워서 그래? 종양은 평계가 안 되는 거 너도 알잖아."

"좋은 의도가 꼭 좋은 결과로 이어진다는 보장은 없다고, 형이 그랬잖아. 아무리 상상해도 지금보다 나은 미래가 그 려지지 않아서 그래."

"진짜 형을 되살릴 수 있잖아. 그거면 충분하지 않아?"

"진짜 형? 누가 진짜 형이고 가짜 형인지, 애당초 둘이 뭐 가 다른지도 난 정말 모르겠어. 나는 그냥 형이면 돼. 내가 알고 나를 아는 형이면 충분해. 형은 가짜가 아니잖아. 또 다른 진짜 내 형이잖아. 그러니까 난 형 못 보내. 이게 최선 이야."

"태하 너⋯⋯."

"형."

태하가 떨리는 목소리로 희수를 불렀다.

"형은 여기서 지내는 시간이 꿈을 꾸는 것 같다고 했지?"

"응."

"나도야. 진료센터 병실에서 형을 처음 본 순간부터 지금까지 줄곧 꿈속에 있는 것 같아. 두렵고 아팠던 순간조차 깨어나고 싶지 않았어. 난 이대로 계속 꿈속에서 살고 싶어."

"하지만 태하야. 이러는 건 옳지 않아."

"옳고 그른 건 관심 없어. 형만 있으면 돼. 그러니 부탁할게. 내가 꾸는 꿈에 조금만 더 머물러 줘."

태하가 손을 내밀었다.

희수는 난감하게 그걸 바라보았다. 금방이라도 울음이 터질 듯한 얼굴로.

"나는……."

희수가 말을 멈추었다. 그러더니 엄지손가락을 입에 문 채로 긴 침묵에 잠겼다. 한참 만에 그가 목멘 소리로 말했다.

"이젠 나도 모르겠다."

희수가 태하의 손바닥에 살포시 손을 얹었다. 맞잡은 손에서 온기가 느껴졌다.

새삼 달라질 건 없었다.

아니, 어쩌면 모든 게 바뀌었는지도 몰랐다. 긴 밤을 지새우는 동안 그들은 서로의 손을 꼭 쥐고 있었다. 놓치면 영영 잃어버리기라도 하는 것처럼.

작가의 말

처음 이 이야기를 떠올린 곳은 비행기 안이었다. 주지하다시피 세상에는 유독 왕성하게 공상이 이루어지는 장소들이 있다. 샤워 부스가 그러하고 마사지 숍이 그러하며 민방위 교육장이 그러하다. 만원 버스나 지하철도 그럭저럭 괜찮지만 비행기는 정말이지 끝내준다.

그때 나는 베트남에서 휴가를 보낸 뒤 한국행 비행기에 탑승해 이륙을 기다리고 있었는데, 빈 좌석이 다 채워지기도 전에 이미 공상에 빠져 있었다. 그렇다고는 해도 당시엔 그것이 곧장 소설의 구상으로 이어지진 않았다. 대략 이런 식이었다.

'비행기 띄우느라 앞뒤로 잡아먹는 시간이 끔찍이 길구나. 요즘 세상이면 순간이동 기술 같은 게 나와도 안 이상할 텐데. 어쩌면 이미 개발은 됐는데 모종의 이유로 공개되지 않는 걸지도 몰라. 무슨 치명적인 문제라도 있나? 전송 중인 사람이 온데간데없이 사라져 버린다든가 하는. 그래, 아무래도 그건 곤란하지. 하지만 그래서야 구더기 무서워서 장 못 담그는 격 아닌가? 문제는 사고가 얼마나 자주 일어나느냐 하는 건데…….'

그런 뒤엔 밸런스 게임이 시작됐다. 전송 10만 건당 실종 사고가 한 건 일어난다면? 그 정도면 그냥 비행기를 타고 말지. 100만 건당 한 건은? 아직 불안해. 1000만 건당 한 건이면? …… 이런 식으로 숫자놀음을 하던 나는 이윽고 비행기가 날아오르자 곧 흥미를 잃었다. 보통 그런 식으로 끝난다.

다시 이 이야기를 떠올린 건 다음번에 비행기를 탔을 때였다.

내게는 두 살 터울의 동생이 있는데 어느 날 갑자기 병원에 입원했다. 엄마 말로는 머리가 아프다고 했다. 상태가 좋지 않아 식구들이 소집되었고, 나 또한 제주도행 비행기를 탔다. 병원에서 이틀 지내고 서울에 돌아왔다가 사흘 후에 다시 제주도에 긴급히 내려가는 식으로 한 달 동안 몇 차례나 비행기를 탔다. 그때마다 나는 순간이동에 대해 생각했다.

동생은 끝내 깨어나지 못했다. 마지막으로 숨을 거두었을 때 식구들 모두 그 애 곁을 지켰다.

2019년 이래로 매년 7월이면 제주도에 찾아간다. 하지만 딱히 비행기에서가 아니라도 종종 순간이동을 생각했다. 그리고 그보다 더 자주 동생 생각을 했다. 그렇게 이야기에 살이 붙기 시작했다.

결국 도즈는 그 생각들이, 공상과 기억이, 머릿속에서 뒤죽박죽으로 반죽된 것을 보기 좋게 매만진 결과물이라 하겠다. 지난한 과정을 거쳐 현재의 모양으로 굳어지기까지 안전가옥 쏘냐 PD님과 알렉스 PD님의 도움을 많이 받았다.

2024년 1월

이나경

프로듀서의 말

차세대 텔레포트 캡슐인 '도즈'를 이용해 갈 수 있었던 이
야기의 갈래는 여러 가지가 있었습니다. 좀 더 스펙터클하
고, 좀 더 하드 SF의 외피를 걸친 이야기가 될 수도 있었죠.
제가 프로듀서로서 작가님과 이 작품을 개발하면서 가장 중
점에 둔 부분은 바로 희수와 태하의 관계성이었습니다.

소설 속에서는 도즈로 인해 어느 형제에게 '사랑하는 사
람을 의심할 수밖에 없는 상황'이라는 비극이 주어지는데
요. 저는 이 상황이 이야기의 매력적인 소재에 커다란 동력
을 부여했다고 생각합니다. 소재는 어디까지나 소재일 뿐,

우리가 이야기에서 얻고 싶어 하는 것은 언제나 '사람 사는 모습'이니까요.

희수와 태하가 겪는 한 여정의 끝을 작가님 곁에서 지켜보니, 결국 이 이야기는 '내 곁의 소중한 사람을 영원히 사랑할 수 있을까?'에 대한 답을 찾아 나가는 이야기였다는 생각이 듭니다. 도즈 캡슐의 전송 오류를 겪지 않았어도 한때 내 곁에서 내 삶의 한 축을 담당했던, 지금은 어떤 연유로든 떠나고 없는 많은 사람들을 의미할 수도 있겠죠. 그 사람을 지금 다시 만난다면, 그 사람은 여전히 그 사람일까요? 그 사람이 그대로가 아닐지라도, 나는 여전히 그를 소중히 아껴 주고 사랑할 수 있을까요?

그런 의미에서 저는 《도즈》가 독자분들에게 언젠가 사랑했고 소중히 여겼지만 지금은 멀어져 버린 어떤 사람을 떠올리게 만드는 이야기가 되었길 바랍니다. 이와 같은 맥락으로 희수, 태하와 함께하는 여정이 제게도 무척 의미 있었습니다. 태하의 마지막 선택도 생각할 거리를 남겨 주는 인상적인 결말이었고요.

첫 장편 작업이셨기에 작품 개발 동안 쉽지 않으셨으리라 생각됩니다만, 끝까지 잘 완주해 주신 이나경 작가님께 감사의 말씀을 드립니다. 태하와 희수에게는 이런 인사를 하고 싶네요. 카 키테 아노!

독자분들에게도 이 소설 속 두 주인공의 이야기가 인상 깊었기를 바라며.

안전가옥 스토리 PD

임미나 드림

도즈

1판 1쇄 발행 2024년 1월 25일

지은이 이나경

기획 안전가옥
콘텐츠 총괄 이지향
프로듀서 신지민 · 임미나
　　　　　고혜원 · 김보희
　　　　　윤성훈 · 이수인 · 이은진
퍼블리싱 박혜신 · 임수빈
편집 박나래
일러스트 김상욱
디자인 이경란
서비스 디자인 김보영
비즈니스 강윤의 · 이기훈
경영지원 홍연화

펴낸이 김홍익
펴낸곳 안전가옥
출판등록 제2018-000005호
주소 04779 서울특별시 성동구 뚝섬로1나길 5, 헤이그라운드 성수 시작점 201호
대표전화 (02) 461-0601
전자우편 marketing@safehouse.kr
홈페이지 safehouse.kr
ISBN 979-11-93024-38-6 (03810)

안전가옥 오리지널

01 뉴서울파크 젤리장수 대학살 조예은 지음

02 인스타 걸 김민혜 지음

03 호랑공주의 우아하고 파괴적인 성인식 홍지운 지음

04 선샤인의 완벽한 죽음 범유진 지음

05 밀수: 리스트 컨선 이산화 지음

06 못 배운 세계 류연웅 지음

07 그날, 그곳에서 이경희 지음

08 밤에 찾아오는 구원자 천선란 지음

09 세련되게 해결해 드립니다, 백조 세탁소 이재인 지음

10 머드 이종산 지음

11 뒤틀린 집 전건우 지음

12 베르티아 해도연 지음

13 우리가 오르지 못할 방주 심너울 지음

14 메리 크리스하우스 김효인 지음

15, 16, 17 저승 최후의 날 시아란 지음

18 기이현상청 사건일지 이산화 지음

19 모래도시 속 인형들 이경희 지음

20 온난한 날들 윤이안 지음

21 스타더스트 패밀리 안세화 지음

22 상사뱀 메소드 정이담 지음

23 프로젝트 브이 박서련 지음

24 망각하는 자에게 축복을 민지형 지음

25 당신이 사랑을 하면 우리는 복수를 하지 범유진 지음

26 혐오스런 선데이 클럽 엄성용 지음

27 테디베어는 죽지 않아 조예은 지음

28 집 보는 남자 조경아 지음

29 벽사아씨전 박에스더 지음

30 모래도시 속 인형들 2 이경희 지음

31 도즈(Doze) 이나경 지음